LA GUERRE D'HIVER

PHILIP TEIR

LA GUERRE D'HIVER

roman conjugal

Traduit du suédois (Finlande)
par Rémi Cassaigne

ALBIN MICHEL

Édition originale suédoise parue sous le titre :
VINTERKRIGET
Chez Natur & Kultur, Stockholm

« Et pourtant ces petits riens ne sont pas sans importance dans la vie, car la vie est faite de petits riens. »

August Strindberg, *Mariés*.

NOVEMBRE-DÉCEMBRE

UN

La première erreur de Max et Katriina cet hiver-là – et ils devaient en faire beaucoup d'autres avant leur divorce – fut de congeler le hamster de leur petite-fille.

C'était un pur accident. Max marcha sur l'animal. Il sentit quelque chose de mou bouger sous son pied, entendit un cri curieux et déchirant – trop tard. Éclair, âgé d'un an et demi, finit dans un sac plastique tout au fond du congélateur.

Cela suffit pour que leur fille aînée Helen refuse de leur parler pendant deux semaines. Mais en y repensant, Max se demandait si les problèmes n'avaient pas déjà commencé en novembre.

L'automne était doux. La baie de Töölöviken soupirait dans l'humide brouillard tandis que les joggeurs passaient en haletant. Un vendredi à la fin du mois, Max et Katriina furent invités à dîner chez les Keskinen. Katriina fut rapidement absorbée par la fête et Max, comme il le craignait, se retrouva placé à côté de la chef de sa femme.

Wivan Winckelmann était petite, la soixantaine, dotée d'une voix affreuse qui semblait uniquement faite pour vriller les nerfs de Max. Elle était haut placée au sein de l'HNS, le système de santé de la région d'Helsinki-Nyland, une femme d'une très grande influence dans toute l'administration publique, mariée à un homme chauve aux allures de lapin, Pertti. Il semblait toujours posté un mètre derrière elle, comme s'il avait trouvé en Wivan un rempart efficace contre un monde malfaisant et exigeant.

Les Keskinen habitaient un des nouveaux quartiers de Nordsjö, dans un appartement tout droit sorti des films finlandais contemporains : clinique, blanc et stérile, un appartement où Max imaginait volontiers qu'un tueur en série puisse se plaire. Auparavant, ils avaient habité un vieil immeuble Art nouveau de Fredriksgatan, et Max appréciait davantage les Keskinen dans leur précédent appartement. C'était le genre de logement qu'on pouvait acheter pendant la dépression des années quatre-vingt-dix. Risto – tout comme Max – s'en était bien tiré pendant la crise. Ils travaillaient tous deux dans des secteurs qui n'avaient pas souffert de la mauvaise conjoncture. Au contraire : alors que le reste de la Finlande plongeait dans la dépression et le chômage de masse, Risto et Max avaient prospéré, chacun dans son domaine. La crise semblait avoir fait croître la demande du type de diagnostic sociétal dont Max avait fait sa spécialité. Risto, qui était psychiatre, avait de son côté vu affluer les patients dans le sillage de la récession, avec son lot de divorces et de tragédies personnelles.

Max embrassa sur la joue Tuula Keskinen, qui disparut ensuite dans l'appartement, Katriina sous le bras et un gin-tonic à la main.

Katriina et Max ne s'étaient pas adressé la parole de tout le trajet en taxi. Max s'était abandonné au mouvement souple de la voiture lancée sur Sturegatan en regardant par la vitre la pluie tomber en confettis luisants. Il avait plu toute la semaine, une pluie douce et agréable qui teintait de noir les troncs des arbres et faisait qu'on avait tout le temps froid aux joues.

Il s'était mis à faire sombre d'un coup, cette année. Max avait travaillé tout l'automne à un livre, avec une *deadline* en mars qui approchait à une vitesse inquiétante et, quand il regardait par la fenêtre de son bureau, l'après-midi, il s'étonnait chaque fois que les jours soient si courts.

Leur fille cadette Eva était partie à Londres ce même automne et Katriina avait plongé dans ce qu'elle appelait sa *dépression*, ce qui, selon Max, n'était qu'une manière narcissique de désigner ce qui se produit quand les enfants grandissent. Transformer cette évolution normale en diagnostic personnel permettait à Katriina de dramatiser à souhait.

En la conduisant à l'aéroport, en août, Katriina avait parlé en long et en large – à son habitude – de ce qu'Eva devrait faire après son année à Londres, des possibilités qu'elle aurait, de la façon dont elle devrait alors organiser sa vie, de la somme qu'elle devrait économiser chaque mois si elle parvenait à trouver un travail. Elle avait aussi suggéré, comme une alternative, qu'Eva reprenne les études qu'elle avait délaissées à Helsinki, et peut-être même qu'elle s'arrange pour achever sa maîtrise.

« Tu sais quoi, j'en ai vraiment assez d'écouter ça, Maman. Tout le monde ne planifie pas sa vie dans le moindre détail », avait dit Eva depuis le siège arrière, où elle pianotait sur son téléphone. Elle avait habité tout l'été chez eux, puisqu'elle avait rendu son appartement dès son admission à l'école d'art. C'était selon elle pour faire des économies, même si elle ne s'était pas trouvé de job d'été. Elle avait vingt-neuf ans et avait passé toutes les vacances à bronzer et boire du vin sur le balcon.

« Non, non, mais je dis juste que c'est bien d'avoir un plan.

– Mais j'ai un plan. Je vais étudier l'art. J'espère bien sortir avec plein d'Anglais canons. Ça me suffit. Tu réalises combien c'est dur d'entrer dans ce cursus ?

– Oui, oui, nous sommes très fiers de toi. »

Max avait essayé de se taire. Il était réellement très fier d'Eva. Katriina et Eva se disputaient parfois pour des choses que Max était absolument incapable de comprendre, et il supposait que c'était parce qu'elles se ressemblaient beaucoup. Elles avaient toutes les deux le sentiment que le monde leur appartenait. Eva l'avait hérité de Katriina, mais il ignorait d'où Katriina le tenait. C'était un de ces traits de caractère faciles à admirer en théorie, mais avec lesquels il est plus difficile de vivre. D'aussi longtemps qu'il connaissait Katriina, elle n'avait jamais hésité quand elle voulait quelque chose.

Ce soir, il lui avait fait comprendre qu'elle ne devrait peut-être pas appeler Eva *chaque semaine*, mais la laisser un peu vivre sa vie à Londres. Cela avait conduit Katriina à lui reprocher de vouloir aller faire deux heures de tennis avant le dîner chez Risto et Tuula. Il lui avait alors dit qu'elle ne devrait pas boire autant de vin à jeun, sur quoi Katriina avait rétorqué qu'il devrait peut-être s'occuper un peu d'elle, ce qui lui éviterait d'avoir besoin de boire.

Et ainsi de suite, jusqu'à ce que Max parte au tennis sous la pluie, en claquant la porte. Il avait joué comme un manche, fâché, sans aucune finesse, et était rentré d'encore plus mauvaise humeur. Ils avaient fini par monter dans un taxi pour se rendre chez les Keskinen, sans s'adresser la parole de tout le trajet.

Max n'avait pas le permis de conduire. Quand ils s'étaient rencontrés, trente ans plus tôt, Katriina avait admiré son refus de se plier au conformisme de la voiture. À présent, elle le méprisait pour le même motif. Elle affirmait que, depuis le début, il s'agissait plus de paresse et de radinerie que de souci de l'environnement.

Ils avaient vingt minutes de retard, et on passa bientôt à table. Max s'installa et remarqua qu'il connaissait ou reconnaissait la plupart des convives : Wivan et Pertti, Tuula et Risto – Risto le salua de la tête en faisant le tour de la table pour servir à chacun un verre de schnaps, une poignée de collègues de Katriina, avec femme ou mari.

Il y avait aussi un couple de Chinois qu'ils avaient eu quelquefois chez eux à dîner, l'homme s'appelait John, et Max se souvenait de lui comme d'un laconique mais sympathique expert en droit commercial international. À l'autre bout de la table étaient assis Stefan et Gun-

Maj, un couple de Finlandais suédophones qui, à leur retraite, avaient vendu tous leurs biens pour sillonner l'Asie du Sud-Est et proposaient à présent de coûteux cours de méditation à d'autres couples finlandais dans la force de l'âge désireux de sauter du train en marche. Stefan était bronzé en permanence et cultivait ces derniers temps un petit bouc ridicule.

Max salua ses voisins de table. Wivan entama aussitôt la conversation.

« J'ai vu qu'ils t'avaient interviewé dans le dernier numéro d'*Anna*. C'est ce que j'ai dit à Pertti, pas plus tard qu'hier : *Tiens, c'est Max !* Hein, Pertti ? »

Pertti hocha la tête à quelques places de là, semblant n'avoir pas la moindre idée de ce que sa femme venait de raconter, mais programmé pour donner son assentiment en toutes circonstances. Wivan se tourna vers Max en lui tendant un plat de betteraves. Son bracelet tinta contre le plat en argent.

« Non, tu dois parler de mon collègue, dit Max.

– Mais non, on disait bien qu'il s'agissait d'un sociologue de l'université d'Helsinki. Vous ne pouvez quand même pas être plusieurs à vous appeler Max Paul ? »

Il fit passer le plat.

« En fait si, nous sommes deux à la faculté. C'est amusant, mais les gens nous confondent souvent. »

Wivan resta quelques secondes interloquée, puis se mit à rire nerveusement. Max leva les yeux vers Katriina, mais elle ne croisa pas son regard. Elle avait visiblement décidé de l'ignorer pour le restant de la soirée. Il vit que son verre de vin était déjà à moitié vide, alors que Risto venait de la resservir.

« Non, je suis sérieux. Ce n'était pas moi », dit-il alors en se tournant vers Wivan.

Wivan cessa de rire et le regarda, désarçonnée. D'une certaine façon, Max disait vrai : la personne interviewée par le magazine *Anna* n'était pas lui, mais une sorte d'avatar médiatique dont il se servait justement dans ce genre de situation, quand un magazine féminin l'appelait pour lui demander une ou deux formules bien senties – le plus souvent sur la famille ou la sexualité, sujets autour desquels Max avait certes mené quelques recherches, mais qui n'étaient en rien ses domaines de prédilection. Pourtant, plus il accordait d'interviews de ce genre, plus les journalistes téléphonaient pour parler à « Doc sexo ».

Max s'était promis de ne plus répondre à ce type de questions, car on allait finir par croire que la sociologie finlandaise s'occupait exclusivement de recherches sur la sexualité, mais il était tout simplement trop paresseux et trop poli pour dire non, et il était beaucoup plus facile de répondre positivement que de décliner l'invitation. Cette fois-ci, il avait été interviewé par une jeune femme, probablement dans les vingt-cinq ans, qui l'avait appelé à la faculté alors qu'il était devant le site web du quotidien *Helsingin Sanomat* en train de dialoguer sur un forum de discussion.

Elle commença par se présenter – Max n'eut pas le temps de saisir son nom – comme une journaliste du magazine *Anna*.

« Je me demandais si vous accepteriez de répondre à quelques questions pour un article que je suis en train d'écrire au sujet de l'idéal de la femme au foyer aujourd'hui ?

– Allons-y », répondit Max, toujours concentré sur son forum. Il y consacrait de plus en plus de son temps dernièrement. Il y avait quelques utilisateurs qui prenaient souvent part aux mêmes discussions que lui. Depuis plusieurs mois, ils avaient vivement débattu de toutes sortes de sujets, de l'islam à la gestion par la ville d'Helsinki de l'extension du métro ouest. Max savait qu'il ferait mieux de ne pas intervenir dans ces débats en ligne. La satisfaction immédiate d'écraser l'argument d'un adversaire était gâchée par le fait que cela ne finissait jamais, qu'il y avait toujours de nouveaux participants pour faire rebondir la discussion ou la saboter par des provocations délibérées. C'était comme jouer à une machine à sous, on faisait un pas en avant et deux pas en arrière, et c'était au moins aussi addictif. Il s'était parfois retrouvé chez lui à deux heures du matin en train de participer à des polémiques sur la différence biologique entre hommes et femmes, en essayant d'y introduire une perspective scientifique, bien conscient pourtant que ses interlocuteurs pouvaient très bien être de simples collégiens.

À l'autre bout du fil, la femme entama l'interview.

« Bon, pour commencer… on entend dire que nous connaissons actuellement une tendance néoconservatrice, avec des femmes nées dans les années quatre-vingt qui embrassent l'idéal traditionnel des années cinquante. Une série télé comme *Mad Men* en est un exemple. Qu'en pensez-vous ? »

L'idéal de la femme au foyer ? Rien de plus simple. Max n'eut pas besoin de réfléchir bien longtemps.

« Difficile à dire sans données statistiques. Si l'on considère les dix dernières années, on constate au contraire que les gens se marient de plus en plus tard, et que le nombre de personnes vivant en couple sans être mariées augmente constamment. En outre, les femmes aujourd'hui font carrière et ne sont plus reléguées derrière leurs fourneaux.

– Pourtant, on parle d'une tendance…

– On peut dire que c'est une tendance, mais cela ne signifie rien en termes purement statistiques. »

Il ferma son moteur de recherche.

« Oui, mais bon, mon article parle du nouvel idéal de la femme au foyer. Pourriez-vous dire quelque chose à ce sujet ? Je veux dire, il y a bien un énorme engouement pour la cuisine en ce moment. Par exemple. À quoi est-ce dû, à votre avis ?

– Les gens ont besoin de manger. »

La femme au bout du fil rit poliment.

« Bien sûr, mais comment analysez-vous ces nouvelles tendances ? Le fait, là, qu'aujourd'hui des jeunes femmes semblent vouloir de plus en plus rester à la maison, avoir des enfants plus tôt ? »

Cette tendance, Max l'avait de fait observée de près. Sa fille aînée Helen s'était mariée tôt et avait très vite eu des enfants – il l'avait presque interprété comme une révolte contre ses parents. Mais Eva n'avait pas l'air d'avoir la moindre intention de suivre la voie de sa sœur.

« C'est vraiment ce qu'elles veulent ? demanda Max.

– Euh… là, je n'ai pas de chiffres, mais on parle quand même beaucoup de ce nouvel idéal de la femme au foyer… de plus en plus de journaux écrivent à ce sujet, et puis il y a plein de nouveaux magazines qui s'adressent directement aux jeunes mamans… »

Max n'était pas idiot. Il comprenait bien comment naissaient ces articles : il fallait juste quelques affirmations suggestives et – le plus important – un *cas*, une personne interviewée qui corroborait la thèse que voulait promouvoir le journaliste. L'idéal était de dégoter par-dessus le marché un universitaire médiatique, comme Max, pour confirmer l'hypothèse. Il se dit qu'il aurait mieux fait de refuser, mais décida au contraire de lui donner ce qu'elle voulait. Il se cala au fond de son fauteuil et parla lentement, pour lui laisser le temps de prendre des notes.

« Bon, si l'on considère le mariage d'un point de vue purement historique, il a toujours été lié à la conjoncture. Longtemps, on a eu coutume de dire que le cours des céréales influait sur le nombre des mariages, c'était presque un axiome statistique jusqu'au dix-neuvième siècle. Vous me suivez ?

– Mmh », répondit-elle. Il entendait qu'elle tapait sur un ordinateur.

« Quand le pouvoir d'achat est bas, moins de gens se marient. Aujourd'hui, dans le monde occidental, notre niveau de vie est extrêmement élevé – on ne se marie donc plus dans le seul but de subvenir à ses besoins. Et cette évolution concerne tout particulièrement les femmes. Mais le mariage est une tradition immémoriale, qui a toujours existé sous une forme ou l'autre dans toutes les cultures humaines. Le mariage comme comportement a la peau dure. Aujourd'hui, des jeunes se marient peut-être parce que cela fait partie de leur projet d'identité. Il ne s'agit probablement plus de sécurité, mais d'une sorte de jeu de rôle, un rite nécessaire pour devenir adulte à une époque où l'adolescence se prolonge *in absurdum*. Ou, comme vous disiez, une tendance. Nous qui étions jeunes dans les années soixante-dix, nous avons cherché à rompre avec le mariage qui nous semblait ringard et dépassé. Nos parents représentaient le vieux schéma patriarcal, et nous voulions l'égalité des sexes. Et donc, pour répondre à votre question : la tendance de fond est bien que le mariage a perdu son poids d'institution sociale. Divorcer n'a jamais été aussi simple qu'aujourd'hui. Peut-être est-ce pour cette raison qu'il est aussi plus facile de se marier. »

Max ne savait jamais exactement où il allait quand il commençait à parler, mais il trouva plausible cette théorie improvisée dans l'instant.

Lors de la publication de l'article, sa réponse avait été réduite à deux phrases. La journaliste prétendait même citer ses propos. Voici ce qu'on pouvait lire :

> *Le sociologue Max Paul, spécialiste de la sexualité, souligne que nous connaissons un boom du mariage chez les jeunes :*
>
> *« Le mariage est dans notre nature, on le trouve dans toutes les cultures. Pour les jeunes, aujourd'hui, le mariage est une façon de marquer le passage à l'âge adulte, et il est facile de se marier aujourd'hui. »*

Wivan Winckelmann attendait toujours que Max développe son histoire d'homonymes au sein de la faculté de sociologie. Il allait parler quand il entendit un raclement de gorge à l'autre bout de la table. C'était Risto qui s'apprêtait à entonner une chanson à boire. Il avait une descente notoire : grand et solidement bâti, une couronne de cheveux gris autour de la tête, il pouvait porter une dizaine de toasts au cours d'un dîner sans pour autant s'enivrer. Il semblait aimer le son de sa propre voix. Max se demandait si c'était là un trait commun à tous les psychiatres : forcés d'écouter en silence toute la semaine, le week-end venu ils faisaient preuve d'une sociabilité exubérante.

L'ambiance s'anima peu à peu. On s'esclaffait en écoutant Stefan raconter une histoire à rallonge à l'autre bout de la table, mais ceux qui étaient assis du côté de Max ne pouvant pas entendre, Wivan n'arrêtait pas de demander à son voisin de gauche de répéter ce qu'il disait. Très clairement, ses bons mots ne survivaient pas aux quelques mètres qui séparaient Stefan de Wivan : elle semblait de plus en plus perplexe à mesure que se déroulait l'histoire. Max regarda du côté de Katriina. Elle écoutait parler Stefan, mais elle avait ce regard qui lui venait souvent à cette heure de la soirée, et qui signifiait en fait qu'elle n'entendait rien.

Après le dîner, Katriina sortit sur le balcon fumer en compagnie de Tuula. Il pleuvait toujours. Max se posta dans un coin du séjour et regarda sa montre. Il était bientôt l'heure de rentrer : dès que Katriina reviendrait, il lui demanderait d'aller chercher ses affaires.

Tout ce qu'il pouvait faire en attendant, c'était de rester dans son coin en faisant semblant de passer un bon moment. Les convives s'étaient dispersés dans l'appartement, certains étaient restés à table, d'autres s'étaient installés dans le canapé.

Max feuilletait un livre quand Stefan le rejoignit. C'était une vieille connaissance, il avait été journaliste à la fin des années soixante-dix, avait pas mal voyagé pour couvrir des manifestations antinucléaires au Japon et à Genève, publié sur ce thème dans le *Courrier de la paix* et *Temps nouveaux* des articles que Max n'avait jamais eu le courage de lire, s'était engagé contre l'OTAN et les euromissiles au début des années quatre-vingt. Mais aujourd'hui, il parlait surtout des petites îles qu'il visitait en Asie du Sud-Est, Koh Phangan et Pulau Pinang. Max n'avait pas eu le temps de lui dire comment il allait que Stefan s'était déjà lancé dans un monologue sur le yoga.

« C'est plus que du yoga, tu vois, c'est une façon de voir la vie. Je veux dire, j'ai toujours été engagé dans des questions morales, comme toi, mais à la fin des fins – depuis que j'ai appris à respirer correctement –, j'ai compris que le voyage doit commencer à l'intérieur de soi. N'est-ce pas ? »

Max hocha la tête.

« Absolument.

– Dis-moi si tu veux venir essayer, à l'occasion. Je peux te donner un cours de base. Gratuit, bien sûr. »

Max promit d'y songer, et Stefan parut satisfait.

« En un mot : flexibilité. Tu n'imagines pas de quoi le corps est capable avec un peu d'entraînement, même à nos âges. »

Max n'aimait pas qu'on lui rappelle son âge.

« Tu veux dire qu'on peut être plus souple ?

– Pas seulement. Tu apprends à respirer, ton sang circule mieux, tu apprends à connaître chaque mouvement de ton corps. Tu deviens tout simplement plus sensuel.

– Ça a l'air fantastique, releva Max.

– Ça, tu peux le croire, mon vieux », dit Stefan en faisant un signe de tête à Gun-Maj, à quelques mètres d'eux. Elle lui fit à son tour un signe de la main que Max trouva excessivement aguicheur. Il se demanda quelle était la fréquence de leurs rapports sexuels. Certainement plus grande qu'entre lui et…

Il fut interrompu dans ses pensées par le retour de Katriina.

Elle était à présent avec Wivan, visiblement en train de parler boulot, car Katriina hochait impatiemment la tête, comme si elle voulait expédier au plus vite cette discussion. Max vit Risto arriver avec deux verres pleins à leur intention.

Une heure plus tard, ils étaient dans un taxi et se reparlaient pour la première fois depuis leur dispute.

« Tu peux m'expliquer pourquoi on fréquente ces gens-là au juste ? » interrogea Max.

Katriina avait les yeux dans le vague. Elle avait bu, peut-être plus que d'habitude, et Max se demanda d'abord si elle l'avait seulement entendu. Mais au bout d'un moment elle répondit :

« Parce que les gens se fréquentent, Max, c'est tout à fait normal. »

Sa voix était lasse et découragée. Max aurait dû en rester là, mais il avait bu un whisky avec Stefan et se sentait en forme.

« Oui, mais je veux dire ces gens-là, en particulier. Enfin, nous n'avons rien en commun. Bon d'accord, Risto et Tuula, passe encore, mais tous les autres… Stefan, par exemple, s'il s'avise encore une fois de me parler d'une fichue presqu'île au large de Bornéo, je te promets, je l'étrangle. Tu sais ce qu'il m'a sorti ce soir ? Que je devrais commencer le yoga pour avoir une meilleure vie sexuelle. »

Katriina pouffa.

« Pour quelqu'un qui fait de la recherche sur le sujet, c'est fou ce que tu es sceptique dès qu'il s'agit de sexe », dit-elle en lui posant la main sur l'entrejambe.

Max regarda le chauffeur du taxi en se demandant s'il l'avait vue faire. Le chauffeur avait la quarantaine, et sans doute assez roulé sa bosse dans Helsinki pour ne plus s'étonner de rien, se dit Max en imaginant comment il les voyait, lui et Katriina : encore un vieux couple de privilégiés malheureux en ménage, qui se haïssent et se mettent à se disputer à peine assis sur la banquette arrière.

« Pourquoi les gens ont-ils tant de mal à comprendre que je ne fais pas de la recherche sur la sexualité ? C'était un seul article, il y a presque vingt ans.

– Un article qui a fait toute ta carrière. Tu pourrais quand même avoir la reconnaissance du ventre, dit Katriina.

– Je dis juste que c'est la dernière fois que je t'accompagne. »

Sa réplique tomba complètement à plat. Il savait d'ailleurs que ce n'était pas vrai. D'ici quelques semaines, ils se retrouveraient dans un taxi, revenant d'une soirée chez l'un ou l'autre de leurs amis.

Ils restèrent un moment silencieux. Soudain, Katriina demanda :

« Tu sais si Eva a un petit ami ? »

Max regarda par la fenêtre.

« Comment je le saurais ?

– Je m'inquiète pour elle, c'est tout. »

Max se mit à rire.

« Pourquoi tu ris ?

– Parce que c'est exactement ce qu'elle m'a dit à ton sujet.

– À mon sujet ?

– Oui, qu'elle s'inquiétait pour toi. "Papa, Maman est déprimée." Tu as vraiment besoin d'aller te plaindre auprès d'elle ? Elle n'est quand même pas forcée d'écouter tous tes problèmes ?

– Mais je ne fais pas du tout ça !

– Dis-moi tes raisons de déprimer !

– Téléphoner à ses enfants n'est pas forcément pathologique, quand même ? Tu lui as parlé quand ?

– Je ne sais pas, avant-hier.

– Elle a appelé ?

– Si elle a appelé ? Oui, bien sûr. »

Il savait que cela allait énerver Katriina : Eva ne l'appelait jamais. Mais c'était compréhensible, puisqu'elle savait que Maman finirait tôt ou tard par le faire.

Ils se turent le reste du trajet mais, une fois à la maison, tandis qu'ils se brossaient les dents, Max s'approcha de Katriina pour finir de s'expliquer – il détestait quand la discussion tournait court, quand elle se contentait de se taire et se réfugiait dans la salle de bains. Mais elle le repoussa du coude.

« Je n'ai pas le courage d'écouter ça. Je suis fatiguée, je voudrais aller me coucher. »

Il resta une heure sur le canapé du salon, dans le noir, à contempler la pluie. Il se versa un verre de whisky, puis un autre et, quand il les eut vidés, alla chercher son ordinateur dans le bureau et revint s'asseoir sur le canapé. Il se logga sur le forum de l'*Helsingin Sanomat* et consulta les derniers commentaires postés. Max fut saisi du violent désir de poster quelque chose de provocant, de passer outre les conventions du bon goût. À cette heure de la nuit, il n'y avait pas de modérateur pour censurer les contributions. Mais qu'écrire ?

Il ouvrit une discussion, testa des idées, écrivit quelques lignes, effaça. Il décida de mettre un lien vers un texte qu'il avait lui-même rédigé – ne serait-ce que pour voir ce que les gens pensaient de lui. Il trouva une ligne de discussion concernant les réductions budgétaires de l'aide aux soins à domicile et se dit que cela pouvait fonctionner. Il prit un autre pseudonyme que celui qu'il utilisait d'habitude et écrivit : « Si les femmes commençaient à travailler plus tôt, les familles et l'économie finlandaises ne s'en porteraient que mieux. La nouvelle "tendance" de la femme au foyer est une bombe à retardement. Voici un article sur le sujet du sociologue Max Paul. » Il indiqua un lien vers un texte sur les grands groupes démographiques et mit à jour son moteur de recherche. L'article montrait que, d'ici quelques années, il y aurait en Finlande cent actifs pour soixante-cinq retraités et enfants.

Il n'y avait probablement pas grand monde de réveillé à cette heure de la nuit. Il resta quinze minutes devant son ordinateur à attendre que quelqu'un écrive quelque chose mais, comme il ne se passait rien, il éteignit, posa son verre dans l'évier et alla se coucher dans l'ancienne chambre d'Eva.

Mais impossible de dormir. Il se sentait irrité, comme s'il voulait encore parler mais que personne ne l'écoutait.

Au bout d'une demi-heure, il se leva et traversa à tâtons l'appartement plongé dans l'obscurité pour aller dans le séjour ouvrir son ordinateur. Plusieurs commentaires étaient arrivés. Quelques-uns semblaient objectifs, mais le regard de Max fut aussitôt attiré par l'un d'eux en particulier.

« Mais allô, quoi, ça intéresse quelqu'un, ce que pense Doc sexo ? »

DEUX

À trois heures et demie du matin, Katriina se réveilla et ne parvint pas à se rendormir. Ces dernières années, ses problèmes de sommeil avaient empiré et, depuis quelque temps, elle se réveillait toujours à cette heure précise et restait à réfléchir à ce qu'elle ferait le jour suivant, celui d'après, à ce qui allait se passer au cours des six prochains mois, dans sa vie, dans celle de ses enfants, tout cela mis en rapport avec les événements des six derniers mois et, souvent – car les petites heures du matin semblaient interminables –, par association d'idées, elle se mettait à réfléchir à sa vie tout entière, à ses parents, à son enfance et au peu de souvenirs qu'elle en gardait.

Katriina avait passé une bonne soirée chez Risto et Tuula, même si elle n'avait pas apprécié d'être placée à côté de Risto. C'était probablement son idée à lui. Il flirtait avec elle depuis qu'ils se connaissaient et elle s'étonnait que Tuula ne l'ait jamais remarqué. Il avait tendance à effleurer volontairement ses cheveux chaque fois qu'il se levait ou passait devant elle. Plus la soirée avançait, plus il la collait.

Mais Tuula, comme d'habitude, était trop occupée à parler de ses enfants. Ce soir, elle était particulièrement indignée d'avoir trouvé ce qu'elle appelait une « pipe à haschich » dans le sac à dos de son cadet.

« … et tu sais ce qui est le pire ? Le pire, c'est qu'il ment. Il me ment effrontément ! »

L'expression du visage de Tuula trahissait un mélange d'inquiétude et de fascination, comme si elle avait travaillé cette réplique à l'avance, en préparant le dîner. Katriina l'avait écoutée en essayant de glisser quelques bons conseils ici ou là. Le fils de Tuula avait quinze ans, ce n'était peut-être pas la fin du monde qu'il expérimente les drogues et le tabac, tous les adolescents le font. Katriina se souvenait d'avoir vomi dans tout Brunnsparken à la fin des années soixante-dix.

« … et tu sais comment est Risto. Il ne peut pas prendre ce genre de chose au sérieux. Il dit juste que c'est une phase, il veut qu'on ferme les yeux. Mais non, ce n'est pas possible, je veux dire, un jour c'est une pipe à haschich, et le lendemain des seringues d'héroïne. Ou ces drogues de synthèse que prennent tous les jeunes aujourd'hui. J'ai lu un article là-dessus… Ils les commandent sur internet, puis en prennent quand ils doivent réviser pour un examen. »

Katriina ne se rappelait pas toute la discussion, elle s'était concentrée sur son verre de vin, mais elle avait l'impression d'avoir dit quelque chose comme : eux non plus n'avaient pas été des anges dans leur jeunesse, et leurs filles avaient bien dû faire des expériences à droite et à gauche dans leur adolescence.

« Mais si tu voyais ses amis, Katriina ! Si tu les voyais ! Ils ont des chaussures grandes comme des barques, ils puent la sueur et Dieu sait quoi d'autre, et ils sont rivés à leurs ordinateurs ou à leurs téléphones en dégageant une odeur d'ados en chaleur, et ils rotent, et ils pètent. Je veux dire, tu comprends ce que je vis ? »

Et Katriina l'avait assurée qu'elle comprenait. Parent, on est une sorte de commis voyageur, toujours à colporter des anecdotes sur la vie de ses enfants.

Elle avait décidé de se coucher aussitôt rentrée. S'il y avait une chose qu'elle détestait, c'était bien une dispute interminable et cauchemardesque, pleine de mesquineries. C'était comme le sexe – pas la peine d'en faire tout un plat.

Katriina considérait le mariage comme une forme de tyrannie réciproque, comme vivre dans un état totalitaire hautement fonctionnel. Les possibilités de choix étaient peu nombreuses, mais tant qu'on restait dans son coin sans remettre le système en question, ça marchait.

Être marié avec Max, c'était comme flotter à la dérive sur un radeau, sous un climat agréable, et parfois échouer à terre sans se souvenir d'avoir jamais regretté la civilisation. Quand il était d'humeur, il pouvait être formidable et généreux mais, ces dernières années, elle avait aussi appris à apprécier la solitude, à ne pas passer son temps à guetter ardemment le port, mais à se laisser dériver sans but.

Couchée dans leur lit, elle entendait Max ronfler dans la chambre d'Eva. Il était probablement sur le dos, la bouche entrouverte et la tête légèrement en arrière, épuisé d'être resté longtemps devant l'ordinateur, comme d'habitude. Il croyait qu'elle ignorait qu'il se levait en douce pendant la nuit, mais elle se réveillait toujours quand il allait dans le séjour.

Comment la dispute avait-elle commencé ?

Ah oui : elle avait faim. Max était arrivé dans la cuisine, à peine deux heures avant le dîner, en survêtement. Katriina avait regardé l'heure : cinq heures et demie. Il lui avait demandé si elle avait encore téléphoné à Eva, comme si elle n'avait pas le droit d'appeler sa fille.

« Tu as l'intention d'aller jouer maintenant ? » avait alors dit Katriina, pour s'en tenir à l'essentiel : ils devaient bientôt partir à la soirée.

Elle se réjouissait à l'idée de rencontrer des gens. Depuis plusieurs semaines, Max et elle n'avaient rien fait ensemble. Elle imaginait déjà le gin-tonic que Tuula lui mettrait entre les mains dès qu'elle aurait franchi le seuil, le compliment que son amie lui ferait sur sa nouvelle robe et ses chaussures, comment elles iraient s'asseoir au salon, comment Katriina lui parlerait de ses projets de nouvelle cuisine, et comment Tuula hocherait la tête, compréhensive, lui suggérant peut-être quelque artisan de confiance (le goût de Tuula pour la décoration intérieure avait valu à leur appartement de faire l'objet d'un reportage de quatre pages dans le magazine *Avotakka*). Mais Max était revenu du tennis en retard, comme toujours, puisqu'il ne jugeait jamais nécessaire de faire le moindre effort quand il s'agissait de ses amis à elle.

Katriina tendit l'oreille. La pluie avait cessé. Elle se leva et gagna le séjour. Edvard dormait sur le canapé. Elle alla ouvrir le réfrigérateur.

Les étagères étaient pleines d'emballages entamés, paquets de beurre, bocaux de betteraves et de cornichons, conserves. Il y avait un pâté de canard dans un plat en porcelaine (quand l'avait-elle fait ?), une demi-bouteille d'eau gazeuse, un plat de purée, des petits pots de fond de veau, de poulet, de chanterelles, plusieurs bocaux de tomates séchées, de pesto, de marmelade verte, de moutarde de Dijon, de confiture de cassis. Elle ne se rappelait pas la dernière fois qu'elle avait fait le ménage dans le réfrigérateur.

Elle sortit le pâté de canard, souleva le film plastique et le huma. Ça ne sentait pas mauvais. Elle prit un peu de pain, y étala le pâté et mangea. Edvard se réveilla et accourut. Elle mit une noix de pâté sur son doigt et le lui fit lécher. Il commença par flairer ce petit morceau rouge-brun, puis l'avala d'un coup de dents. Elle songea à ce que Wivan lui avait annoncé – qu'elle devrait voyager beaucoup ce printemps. Elle avait fait de nombreux voyages ces dix dernières années, mais elle s'en lassait de plus en plus. Là où elle trouvait jadis de l'excitation, elle ne voyait plus que des soucis logistiques.

La cuisine avait été commandée spécialement pour leur appartement dix-sept ans auparavant. La menuiserie avait été réalisée par trois frères estoniens qui venaient de lancer leur entreprise familiale – Max avait entendu parler d'eux par un de ses copains du tennis. Il les avait appelés, avait reçu un devis raisonnable, puis, un beau jour, ils avaient débarqué et démoli l'ancienne cuisine sans que Max ou Katriina aient eu le temps de les consulter sur les détails. Casser l'ancienne cuisine leur avait pris à peine quelques heures, puis le travail s'était enlisé d'un coup. Les mégots s'accumulaient sur le sol en béton poussiéreux, et Katriina avait fini par les pointer du doigt pour leur signifier qu'il était interdit de fumer à l'intérieur. Les trois frères semblaient avoir compris : ils s'étaient mis à aller fumer sur le balcon, travaillant du coup au moins deux fois moins vite.

Deux mois plus tard, la cuisine enfin installée, Katriina avait été globalement satisfaite. Du sur-mesure, bien conçu, dans un beau chêne presque rouge au caractère intemporel : bref, une cuisine impressionnante sans être tape-à-l'œil.

« On dira ce qu'on voudra des artisans estoniens, mais ceux qui ont fait notre cuisine étaient super », avait-elle pris l'habitude de dire quand le sujet venait dans la conversation.

Aujourd'hui, même dans l'obscurité compacte de novembre, n'importe qui pouvait voir que cette cuisine avait passé sa date de péremption. La surface du bois était poisseuse et tachée à plusieurs endroits. Ils auraient dû la raboter et la traiter, mais personne n'avait touché à rien depuis qu'ils habitaient là. Une partie des portes des placards avaient du jeu ou ne fermaient plus, et le réfrigérateur – jadis blanc et moderne, avec un distributeur à glaçons dans la porte et des casiers à bouteilles – avait jauni et commencé à émettre un son bizarre, une sorte de toux. Le distributeur à glaçons n'était plus utilisé depuis qu'il était tombé en panne, causant une inondation qui avait atteint le parquet du hall d'entrée.

« Cette cuisine n'a pas vraiment de problème, au fond. Il lui faut juste un petit rafraîchissement. Aucune cuisine ne tient plus de quinze ans, pas même une Puustelli », avait dit Max la dernière fois que le sujet avait été abordé, et il n'en avait plus reparlé.

Quand Katriina avait soulevé la question devant ses filles, elles avaient été d'accord pour dire qu'il fallait en changer.

« Commandez-en une nouvelle, Maman sera contente », avait commenté leur aînée Helen un week-end qu'elle leur rendait visite. Helen était la plus raisonnable des deux sœurs, et Max suivait en général ses conseils.

« On verra. Mais je dois le faire à mon idée. Si je la laisse commander, je sais que les coûts vont déraper. On a vite fait de jeter l'argent par les fenêtres avec ces entreprises.

– Mais qu'est-ce que ça va changer ? Que sont deux mille euros de plus ou de moins si on pense que c'est une cuisine qui va tenir quinze ou vingt ans ? »

Katriina avait senti à la voix d'Helen qu'elle essayait vraiment de mettre son père dans sa poche. Au moins, elle avait ses filles de son côté.

Eva était du même avis. Elle avait habité tout l'été chez eux et avait un avis sur tout, ce qui, presque chaque jour, mettait à rude épreuve la patience de Katriina.

« Et puis ce n'est pas seulement la cuisine, Papa, il s'agit aussi de votre couple. Tu ne peux pas laisser traîner cette histoire qu'elle peut à tout moment utiliser contre toi, il faut choisir tes combats, penser un peu stratégie. »

Eva disait toujours ce qu'elle pensait et Katriina avait l'impression que dans ce cas précis elle cherchait plus à provoquer qu'à prendre réellement son parti sur le fond. Eva était mince et blonde. Elle avait l'assurance légèrement teintée de mépris de celle qui s'était toujours entendu dire qu'elle était belle. Katriina n'en aurait jamais parlé à personne (pas même à Tuula), mais elle avait parfois l'impression qu'Eva la prenait de haut, comme si elle n'arrivait pas vraiment à admettre que Katriina soit sa mère. C'était sans doute un comportement normal chez une adolescente. Mais à vingt-cinq ans ?

Katriina avait écouté ses filles. Et elle s'était fait sa propre idée de ce que serait cette nouvelle cuisine : blanche, lisse, sans aucune étagère visible, presque trop moderne. Étagères et placards à portes coulissantes, comme tout droit sorties d'un vaisseau de science-fiction. En la visualisant, elle voyait la vie qui allait avec, simple, blanche, blanche, blanche. Rangée, en ordre. Une vie parfaitement agencée.

Katriina remarqua que manger l'avait fatiguée. Elle regagna la chambre et régla son réveil à huit heures. Helen et les enfants devaient passer le lendemain, et elle avait besoin au minimum de quelques heures sinon de sommeil, du moins de repos.

TROIS

L'appartement se remplit du bruit de leurs petits-enfants et des exclamations de Katriina (« Ooh, comme c'est joli ! », « Tu as fait ça tout seul ? », « Quelle belle robe tu as ! »). Les voix semblaient venir d'ailleurs, d'une autre vie. Par la fenêtre, Max voyait qu'il était plus de neuf heures, bientôt dix peut-être. La lumière avait une netteté qui laissait deviner que la pluie avait cédé à la neige au cours de la nuit.

Il avait dû oublier qu'Helen devait passer les voir avec les enfants aujourd'hui. Katriina ne lui en avait pas parlé mais, il était vrai aussi que, la veille, elle ne lui avait pratiquement pas adressé la parole de la soirée.

Il resta couché, songeant à une théorie échafaudée pendant son sommeil. Ce que Katriina ignorait, ce dont elle n'avait en fait pas la moindre idée, c'était que Max avait consacré beaucoup de temps à réfléchir à leur cuisine au cours de l'année passée. Il détestait le mot *intégré*, c'était une sorte de mantra répété partout à l'envi de nos jours, intégré, sans fil, tout devait disparaître, l'avenir ne serait fait que de surfaces lisses, tout était potentiellement transformable en écran tactile commercial. Selon Max, le monde entier était en train de se changer en galerie marchande. Pour cette raison, il avait du mal à accepter que Katriina veuille commander une cuisine aseptisée.

Une maison devait se patiner, se remplir lentement d'objets que l'on aimait, avec lesquels on avait une relation. Max détestait toute cette tradition moderne de l'immobilier consistant à jeter tout ce qui était vieux et humain pour le remplacer par des lignes strictes et pures. Bref, pour lui, une maison était un organisme vivant. Pourquoi le design contemporain s'appliquait-il à ce point à gommer tout sentiment de vie ? Pourquoi les gens ne pouvaient-ils pas vivre dans des environnements agréables, beaux ? Pourquoi tout devrait-il être comprimé pour entrer dans le même moule cubique, la même banalité industrielle, le même milieu – oui, c'était le mot – aseptisé ? C'était sans âme et sans raison. Aujourd'hui, la frontière était abolie entre la consommation et l'environnement personnel. Tout devait ressembler à la réception d'un hôtel, ou à l'appartement de tueur en série des Keskinen à Nordsjö.

Max avait une théorie selon laquelle beaucoup de gens construisaient leur idéal esthétique à partir de ce qu'ils avaient vécu enfants et, dans son cas, il était clair qu'une partie de ses idées sur la Beauté provenaient de l'Österbotten où il avait grandi – la chaleur des intérieurs de ferme, les maisons rouges à coins blancs, des meubles fabriqués par des oncles, cadeaux de mariage ou autres. Des meubles avec une histoire, qui avaient peut-être traversé l'Atlantique et pouvaient parler de la vie et des peines des hommes. Il était impossible de construire une relation avec un meuble Ikea, il ne vous surprenait jamais par une inscription inattendue, il n'avait pas d'histoire à vous raconter, à part peut-être celle des enfants chinois qui se tuaient au travail du matin au soir pour en fabriquer les composants.

Max pensait aussi que certaines expériences de la beauté étaient conditionnées par des données profondément ancrées dans le code évolutif de l'espèce. Une étude des années quatre-vingt-dix avait montré que, partout dans le monde, l'être humain tendait à apprécier le même type de paysage qui, dans ses grandes lignes, ressemblait aux savanes où l'homme s'était développé voilà des millions d'années.

Il fut tiré de ses pensées par l'irruption de sa petite-fille Amanda qui sauta sur le lit pour l'embrasser. L'irritation qu'il ressentait quelques secondes plus tôt reflua de son ventre pour se mêler à un sentiment de gratitude et, comment dire ? De bonheur ? Amanda était une intelligente fillette de neuf ans qui semblait aimer le monde avec une sorte de gravité passionnée, qui vous serrait, vous embrassait et vous chuchotait à l'oreille des « Moffa je t'aime » qui faisaient toujours fondre Max, comme s'il retombait chaque fois amoureux. S'il existait une beauté universelle, n'était-ce pas ça ? Le sourire de sa petite-fille ?

« Moffa ?

– Oui ?

– Tu sais quoi ?

– Quoi, ma chérie ? »

La voix d'Amanda était enthousiaste, elle le regardait droit dans les yeux.

« Mommo dit que tu as promis de faire quelque chose avec nous aujourd'hui.

– J'ai promis ça ?

– Oui ! Tu vas venir à la piscine avec nous.

– Ah oui ?

– Mommo dit en tout cas que tu n'as rien prévu d'important aujourd'hui.

– Elle dit ça ?

– Elle dit que tu crois devoir travailler, mais que tu t'amuseras beaucoup plus avec nous. »

Max songea que ce n'était pas si bête. De toute façon, il n'avait pas envie de se remettre à son manuscrit aujourd'hui.

« Moffa ?

– Oui ? »

Amanda semblait soudain soucieuse.

« On est obligés d'emmener Lukas ?

– Il n'a pas le droit de venir ?

– Non. Il ne fait que se plaindre parce qu'il trouve que c'est trop froid. Et il ne peut pas aller dans le grand bain.

– Je crois qu'il doit venir avec nous. »

Amanda se redressa sur le lit et regarda Max.

« Moffa ?

– Oui.

– Ne sois pas triste, mais tu sens de la bouche. »

Amanda se pinça le nez de façon démonstrative. Max ferma la bouche, mais fut en même temps ému par la phrase : « Ne sois pas triste. » Sa gorge se noua.

« C'est juste parce que je n'ai pas encore eu le temps de me brosser les dents. Allez file, que j'y aille. Je vais m'habiller et j'arrive. »

Amanda disparut dans l'entrée. Max se leva et sentit aussitôt tout son corps comme paralysé. Il lui fallait parfois une heure pour mettre la machine en marche. Il alla à la salle de bains et se brossa les dents sous la douche, méticuleusement, pendant plusieurs minutes, pour se débarrasser de la sensation de dégager une odeur de petit vieux. Il aimait l'anonymat que lui offraient ses petits-enfants – pour eux, il était juste Moffa, et personne d'autre. Tant qu'ils n'étaient pas en mesure de le googliser, en tout cas. En arrivant dans le séjour, il embrassa sa fille sur le front et demanda :

« Christian est avec toi ? »

Helen baissa un instant les yeux, comme si elle hésitait sur la réponse.

« Oh, il doit être en train de chercher une place de parking. Mais tu as l'air un peu pâlichon ?

– Tout va bien. J'ai juste un peu mal dormi. »

Max n'avait pas l'intention d'avouer qu'il avait à nouveau veillé tard devant l'ordinateur.

Il comprit que s'il allait à la piscine avec ses petits-enfants, sa dispute avec Katriina – si dispute il y avait – serait oubliée. Que Katriina ait proposé qu'il aille nager avec eux lui apparaissait plutôt comme un geste de réconciliation de sa part.

Il suivit sa femme à la cuisine. Ses cheveux blonds étaient négligemment noués en queue de cheval. En temps normal il l'aurait prise dans ses bras par-derrière, mais il se contenta de lui poser la main sur l'épaule.

« Apparemment, je vais aller nager », dit-il.

Elle se tut un moment. Puis :

« Très bien. Tu pourrais aller promener le chien d'abord ?

– Tu as l'intention de me faire la tête ?

– La tête ? Je ne fais pas la tête. Mais le chien a besoin de sortir. J'ai juste fait un tour rapide avec lui tôt ce matin et il a l'air d'avoir envie de faire pipi. Tu peux emmener Amanda, ça te tiendra un peu compagnie. »

En arrivant dehors avec Amanda, Max fut frappé de voir le monde entier transformé. Le soleil brillait, d'une clarté irréelle, d'une clarté qui lui donnait presque le vertige, un paysage sobre, finlandais, qui semblait s'adresser directement à lui et lui dire quelque chose comme : secoue-toi, ressaisis-toi, c'est aujourd'hui le premier jour du reste de ta vie !

Ils descendirent vers la baie de Tölöviken, précédés par Edvard qui gambadait en rasant les murs. Edvard était un West Highland White-terrier, baptisé ainsi en hommage au sociologue du dix-neuvième siècle Edvard Westermarck, qui avait beaucoup occupé les pensées de Max ces dernières années. Le livre auquel il travaillait était censé être la première biographie complète de Westermarck.

Ils s'arrêtèrent au feu sur Mannerheimvägen, le temps de laisser passer un tramway. Amanda avait un anorak noir et un bonnet en forme de tête de koala, avec des oreilles et tout.

De l'autre côté de la baie, on apercevait Sparbankskajen. Le bureau de Max se trouvait sur le campus de Kajsaniemi. Hormis quelques séjours à l'étranger, d'abord à Berkeley à la fin des années soixante-dix, puis plus brièvement à Oxford dans les années quatre-vingt, et enfin de nouveau à Berkeley quand les filles étaient petites, il avait travaillé dans le même quartier tout au long de sa carrière de chercheur. Dans les années soixante-dix et quatre-vingt, la faculté de sociologie occupait le pavillon Franzenia à Berghäll, puis avait progressivement déménagé vers ses locaux actuels d'Unionsgatan.

Max Paul était professeur de sociologie à l'université d'Helsinki. Il occupait ce poste depuis quinze ans, avait écrit des livres et des articles, participé à des projets de recherche, à une émission culturelle à la télévision dans les années quatre-vingt-dix (*Remue-méninges*), et à des conférences internationales. Il lui restait peut-être cinq ou six ans avant la retraite. Dans les années quatre-vingt-dix, il avait publié une étude sur les pratiques sexuelles des Finlandais (dans le cadre du projet de recherche plus vaste FINSEX) et, pendant deux ans, il n'avait fait que parcourir le pays pour parler des statistiques sur les habitudes sexuelles de la population. Helen et Eva étaient alors adolescentes et Helen en particulier avait souffert des remarques de ses camarades de classe quand ils l'avaient vu à la télévision évoquer les réticences des Finlandais à l'égard du sexe anal. Un jour, elle était revenue en larmes de l'école, quand un de ses camarades avait découvert une manchette de journal où Max était appelé « Doc sexo ». Max avait dû lui expliquer qu'il s'occupait de recherches sérieuses et que les manchettes des journaux ne rendraient jamais justice à la sociologie comme discipline scientifique.

Dans trois semaines, Max aurait soixante ans.

Plus jeune, il ne s'était jamais inquiété de voir le temps manquer, il lui semblait inépuisable. Aujourd'hui, il avait l'impression que la décennie entre cinquante et soixante ans était passée en un clin d'œil. Beaucoup d'études montraient que les gens percevaient une accélération du temps à mesure qu'ils vieillissaient, et Max en avait fait l'expérience ces dernières années. On disait aussi qu'il était possible de lutter contre cette sensation en essayant de fournir à son cerveau de nouvelles expériences – la théorie étant que le cerveau enregistrait les expériences nouvelles plus intensément que celles qui se répétaient, ce qui expliquerait qu'on se souvienne mieux de son premier baiser que de son millième. Mais cette théorie avait des implications assez délicates : comment avoir toujours de nouvelles expériences ? Était-ce cela qui poussait Stefan et Gun-Maj à faire tous leurs voyages exotiques ? Parce qu'ils leur donnaient de nouveaux souvenirs et freinaient le cours du temps ?

Max décida de faire avec Amanda le tour de la baie pour remonter vers Fågelsången. De là, ils traversèrent le pont et se dirigèrent vers la plage de Tokoistranden. Amanda parlait tout le temps, sautant du coq à l'âne (« Tu sais le plat que je déteste ? Le poisson en sauce gluante. On en a TOUJOURS à la cantine ! », « Moffa, tu crois qu'il y a des gens qui ne se peignent jamais ? »). Max remarqua très vite qu'il lui suffisait de lâcher de temps en temps un « mmh » pour contenter Amanda : elle semblait autant que lui perdue dans ses pensées.

Il était entré à l'université à l'automne 1970, quand la sociologie était très à la mode. Les amphis étaient bondés. Marx était la divinité tutélaire autoproclamée et les cours étaient ouverts à tous. Des étudiantes allaitaient en assistant aux séminaires où l'on discutait des conditions de travail des ouvriers métallurgistes finlandais.

Pour Max, c'était une époque passionnante et révolutionnaire : il avait été entraîné dans le mouvement gauchiste – qui ne l'avait pas été ? – mais avait toujours préféré ses fêtes à sa rhétorique. Le premier hiver de ses études, en février, une grève des cours avait été organisée, qui avait duré une semaine et avait commencé à la faculté de sociologie. Max avait fait le piquet de grève, et se souvenait combien les idées de certains de ses camarades lui paraissaient simplistes (« Nous n'accepterons jamais une sociologie qui se place au-dessus de la lutte des classes ! ») – ils semblaient réellement croire à une révolution et certains d'entre eux avaient même arrêté leurs études, persuadés que le passage de l'université aux mains des marxistes n'était qu'une question de temps. Ils rappelaient ces fanatiques religieux qui attendent impatiemment la fin du monde.

Natif de l'Österbotten, enraciné dans la campagne des alentours de Kristinestad, il avait du mal à comprendre la phraséologie de ses camarades citadins sur la théorie de la valeur du travail ou l'aliénation sociale, d'autant plus que bon nombre d'entre eux habitaient des appartements dont ils avaient hérité grâce aux structures sociales contre lesquelles justement ils s'insurgeaient.

Max, quant à lui, avait une chambre chez une famille de Rödbergen et bénéficiait d'un faible loyer parce qu'il s'occupait de leur enfant unique. Beaucoup d'autres étudiants de l'Österbotten logeaient dans la résidence universitaire de Rautalampivägen à Vallgård, mais il leur rendait rarement visite, car il n'était pas venu à Helsinki pour fréquenter des gens de l'Österbotten. Pour ça, il aurait aussi bien pu s'installer à Åbo. Il était décidé à apprendre le plus tôt possible le finnois. Les six premiers mois, il devait sortir son vieux manuel du lycée pour construire ses phrases chaque fois qu'il faisait la moindre course en ville.

Ses parents, Ebba et Vidar, n'étaient venus le voir à Helsinki qu'une seule fois au cours de ses études. Il s'en souvenait comme d'un week-end embarrassant, au cours duquel son père n'avait cessé de se récrier que tout était trop cher. Il était allé les chercher à la gare – ils avaient voulu descendre à l'hôtel Soko, pour ne pas avoir de longs trajets – et une des premières choses que son père avait faites à sa descente du train avait été de se livrer à un commentaire au sujet d'un homme de couleur croisé sur Mikaelsgatan (« Tiens, je ne savais pas que vous aviez des nègres à Helsinki ! »).

Il se souvenait que sa mère avait eu le trac avant de rencontrer la famille chez qui il vivait : elle avait appelé à l'avance pour savoir si elle devait apporter un cadeau, et de quel prix. Il avait eu beau l'assurer que c'était inutile, qu'ils n'auraient peut-être même pas le temps de se voir, elle avait insisté et, une fois installée à l'hôtel, elle avait sorti un horrible tableau de sa valise, le genre d'œuvre artisanale populaire à l'époque (c'était en 1971), probablement fabriquée par un artiste local de Kristinestad à base de pommes de pin et de bouchons usagés peints à la bombe.

En y repensant aujourd'hui, il trouvait juste tout cela touchant mais, à l'époque, il avait été furieux de sentir à quel point ses parents appartenaient à un autre temps – peut-être même à un autre siècle ! – et combien ils détonnaient dans le milieu dont il faisait désormais partie. Il avait peur qu'ils le ramènent en arrière vers le vieux monde vermoulu dont il était issu.

Ebba avait voulu aller au théâtre – Max ne connaissait de la vie théâtrale de la capitale que les productions étudiantes liées aux mouvements politiques. Il avait appris que le Petit Théâtre présentait une revue de Claes Andersson et Johan Bargum, et avait acheté des billets.

Sa mère avait été enchantée, surtout parce qu'elle n'était jamais allée au théâtre à Helsinki, tandis que son père s'était enfermé dans un silence buté. Il avait passé le reste de la soirée à boire de la Jaloviina dans son coin en marmonnant « c'est une honte » et « on ne respecte plus rien ».

Son père était un grand admirateur du maréchal Mannerheim – des membres de sa famille avaient été prisonniers des Rouges, Vidar avait lui-même participé à la guerre de Continuation[1] – et, dans une scène de la pièce, Mannerheim était ridiculisé : on avait

1. La guerre d'Hiver oppose la Finlande à l'URSS de novembre 1939 à mars 1940, se soldant par la perte d'une partie de ses territoires, malgré la résistance des Finlandais menés par le général Mannerheim. Mais, après la rupture du Pacte germano-soviétique en juin 1941, la guerre dite de Continuation reprend entre les deux pays. La Finlande devient de fait l'alliée de l'Allemagne nazie jusqu'à l'armistice de septembre 1944, avant de tomber dans la sphère d'influence de l'URSS.

collé son portrait sur un cheval avant de fouetter l'animal.

Quand ses parents étaient repartis le dimanche, sur le quai de la gare tout le monde regardait par terre. Sa mère lui avait demandé s'il avait rencontré une « gentille fille », et Max avait fait une réponse évasive.

Ils n'étaient plus revenus à Helsinki avant le doctorat de Max, huit ans plus tard, en 1979. L'alcoolisme de son père en était alors à un stade tel que sa mère et sa sœur Elisabeth consacraient toute leur énergie à essayer de le faire tenir sur ses jambes. C'était une des plus heureuses périodes de la vie de Max, et il n'avait pas l'intention de laisser son père la lui gâcher. Outre sa thèse, qu'il avait menée à bien du premier coup, il avait rencontré Katriina dans les couloirs de l'université, et ils allaient bientôt se marier. Elle était d'une famille d'Helsinki, avec des racines en Russie : Max avait été ébloui par une sorte de vertige historique, songeant que sa famille remontait jusqu'à l'époque des tsars, et peut-être même au-delà. Comparé à elle, il avait l'impression d'être un bouseux.

Le quai Sparbankskajen se profilait devant eux comme un mirage de granit, et Max se dit que, s'ils trouvaient un café, ils pourraient bien s'asseoir un moment.

Ces dernières années, le champ de la sociologie avait été particulièrement passionnant : les neurosciences avaient fait de grandes avancées, complétées par la psychologie évolutionniste. Max s'en était réjoui : jusqu'aux années quatre-vingt, le post-structuralisme avait menacé de réduire toute recherche à un tâtonnement relatif, à l'aveugle, puis, ensuite, avec l'essor des études féministes – qui en soi étaient les bienvenues –, on n'avait plus obtenu de financements pour d'autres recherches que celles portant sur l'égalité des sexes, le genre ou le couple.

Max était fasciné de voir à quel point la recherche sur le cerveau pouvait contribuer à tant de vieux débats philosophiques, par exemple celui sur la raison et les sentiments, ou la théorie freudienne du Ça et du Moi. En même temps, le risque existait – surtout dans les médias – qu'on réduise la recherche neurologique à des déclarations métaphysiques. Le cerveau était décrit comme un organe doté d'une volonté propre. « Notre cerveau aime l'égalité et la justice ! » avait récemment lu Max dans un article, où l'auteur renvoyait à un énième groupe de recherche américain travaillant sur le centre cérébral de la gratification. Naturellement, le cerveau n'*aimait* rien. C'était une phrase creuse, comme cet éternel bavardage sur les mérites respectifs de l'hémisphère gauche ou droit.

En ce moment, Max trouvait qu'il se servait trop de son hémisphère gauche. Alors qu'il payait son café et le sirop d'Amanda, une femme brune d'une trentaine d'années se présenta. Elle lui disait vaguement quelque chose, mais il n'arrivait pas à la remettre.

« Bonjour », dit-elle. Impossible pour Max de retrouver qui c'était. Une amie d'une de ses filles ? Une ancienne étudiante ?

« Vous vous souvenez de moi ? »

Quelque chose dans le cerveau de Max se refusait à établir la connexion. Il la regarda sans rien dire, incapable de savoir pourquoi il la reconnaissait.

« Vous m'avez peut-être oubliée. Laura Lampela. Vous avez été mon tuteur dans un séminaire, il y a des années. J'ai un peu étudié la sociologie, pas très longtemps, un semestre et demi. »

Soudain, Max se rappela, en effet : Laura, la fille au look hippie. Il l'avait aidée à rédiger un mémoire sur… il ne savait plus bien, mais il avait l'impression que ça avait un rapport avec l'alcool. Ou la consommation ? Ça devait bien remonter à une dizaine d'années.

« Bien sûr que je me souviens. Content de te revoir, Laura ! Voici Edvard et Amanda.

– Bonjour, Edvard et Amanda ! Mais vous ne vous souvenez pas vraiment, n'est-ce pas ? J'ai écrit un mémoire sur le monde de la restauration et le rapport des employés à l'alcool.

– Exact, exact, dit Max. Bon… nous allions nous installer pour boire notre café et notre sirop. Sympa de te revoir, Laura ! »

Il chercha des yeux une place libre. Le café semblait bondé. Laura remarqua son regard.

« C'est assez plein aujourd'hui, on est samedi. Vous pouvez vous asseoir à ma table, si vous voulez. J'allais partir. »

Max saisit son café d'une main et, la laisse dans l'autre, se dirigea vers sa table. Amanda prit son verre de sirop en regardant Laura avec méfiance. En s'asseyant, Max se demandait s'il devait ou non faire la conversation, mais Laura le devança sans lui laisser le temps de décider.

« Il faut que je vous avoue quelque chose », fit-elle. Ses cheveux étaient bruns et fournis. Elle n'était pas du tout comme dans son souvenir. Pas seulement plus âgée – elle avait l'air plus professionnelle, ne portait plus ses vêtements hippies mais un joli jean et une tunique tous deux noirs.

Il regarda rapidement autour de lui dans le café. Les gens croyaient-ils qu'il était avec ses filles, ou avec sa jeune épouse et leur enfant ?

« Pardon ?

– J'ai dit qu'il fallait que je vous avoue quelque chose. Vous savez, cette interview publiée dans *Anna* ? Eh bien, c'était moi. Je ne voulais pas me présenter au téléphone, parce que j'avais un peu honte. »

Elle repoussa une mèche de cheveux derrière son oreille. Max regarda Amanda. Elle écoutait attentivement et attendait la suite.

« Oui, enfin, je trouvais toutes ces questions ridicules. Mais en travaillant à cet article… j'ai tout d'un coup pensé à vous. C'est qu'on avait beaucoup parlé de cette étude sur la vie sexuelle, à l'époque. Voilà pourquoi je vous ai appelé.

– C'était donc toi ? demanda Max.

– Oui, pardon, vous n'êtes pas fâché ?

– Fâché ? Pourquoi serais-je fâché ?

– Quand j'ai vu comment ils avaient sabré vos réponses, je leur ai demandé de ne pas mettre mon nom en bas de l'article. Ils font ça, des fois, et j'utilise alors un pseudonyme. En fait, normalement, je fais du journalisme sérieux.

– Ah oui ? »

Max pensait qu'elle voulait parler de journalisme d'information.

« Oui, je veux dire, si vous acceptiez, j'aimerais bien faire un vrai portrait. Tout un article sur vous. J'écris parfois pour l'*Helsingin Sanomat*.

– Vraiment ?

– En free-lance, quoi. J'essaie. Mais vous, vous avez un livre en cours, n'est-ce pas ? »

Max songea au document de 1500 pages dans son ordinateur, toutes ses notes éparses sur Westermarck, tout ce matériel censé par quelque miracle finir par composer un livre.

« J'en ai bien peur. Mais je suis un peu en retard sur le planning.

– Ça ne fait rien. Vous étiez partout – je veux dire, dans les années quatre-vingt-dix. Je regardais toujours *Remue-méninges* quand j'étais ado. On pourrait faire un article dans le genre : "Qu'est-il devenu ?" »

Max n'aimait pas trop cette expression, comme s'il avait été oublié et qu'on était obligé de partir à sa recherche. Il aurait préféré un come-back plus digne.

« Je ne sais pas trop...

– C'est bientôt votre anniversaire ?

– Comment ça ?

– Parfois, on fait des portraits anniversaires. »

Amanda s'ennuyait. Elle avait bu son sirop et donnait à présent le reste de son biscuit à Edvard, pendue au bras de Max.

« Nous allons bientôt y aller, annonça-t-il. Mais oui, tiens, je vais avoir soixante ans dans trois semaines.

– Alors c'est parfait ! » dit Laura. Max se demanda ce qui l'enthousiasmait tant. Elle se comportait comme s'il comptait vraiment à ses yeux.

« Moffaaa ? »

Il regarda Amanda. Bon, il fallait y aller.

« Je t'écris ici mon numéro, ajouta-t-il.

– Je vais en parler avec mon chef, je ne peux rien promettre, mais je pense que ça passera.

– On verra bien », dit Max en se levant et en appelant Edvard d'un ton enjoué qui le surprit.

Quand ils furent de retour, Edvard se précipita dans les bras d'Helen, qui se leva d'un bond avec un cri étouffé parce qu'il avait les pattes boueuses. Amanda déboula dans la foulée.

« Moffa va être *intervouvoyé* pour le *Helsingin Sanomat* ! »

Max pendit la laisse et rejoignit les autres dans le séjour. Helen et Katriina s'étaient installées ensemble sur le canapé. Christian n'était toujours pas en vue.

« Où est Christian ?

– En ville. Il devait chercher du matériel chez Clas Ohlson et dans d'autres magasins de bricolage », dit Helen.

Max appréciait son gendre. C'était quelqu'un qui rendait simples les choses compliquées. Il savait construire et rénover les maisons, chose que Max n'avait jamais eu le temps d'apprendre. C'était aussi le Suédois de Finlande typique, à la mode d'Helsinki : bien élevé, serviable, poli à en être presque un peu ennuyeux.

Helen demanda alors :

« Qu'est-ce que c'est que cette histoire d'interview ? »`

Max regarda Katriina.

« Ah oui. Une ancienne étudiante. Apparemment, elle travaille à présent pour l'*Helsingin Sanomat*. Ou en free-lance, hésita Max, toujours tourné vers Katriina, qui hocha la tête.

– Aïe.

– Oui, enfin, en tout cas elle fait du journalisme. Elle dit qu'elle veut faire mon portrait. Pas un gros truc, et puis ce n'est même pas sûr que ça se fasse. Mais ce serait pour mes soixante ans. »

Edvard se mit à leur courir autour, en faisant la fête à chacun. Puis alla se coucher devant la porte de l'ancienne chambre d'Eva tout en les tenant à l'œil.

Katriina regarda Max.

« Helen et moi, on va sortir, tu restes t'occuper de Lukas et d'Amanda. Et lui, il a fait pipi, au moins ? demanda Katriina.

– Il a fait les deux », répondit Max.

QUATRE

À sept ans, Eva avait failli se noyer près de la maison de vacances familiale de Sideby. Elle avait appris à nager ce printemps-là et s'était lancée à l'eau sans songer que nager dans la mer, où il y avait des rochers et de hautes vagues, ce n'était pas la même chose que dans le bassin chauffé de la piscine municipale de Topeliusgatan. Après avoir nagé une vingtaine de mètres, elle n'avait plus eu pied et avait paniqué. La plage était au fond d'une petite crique, le vent soufflait fort de la mer, il faisait froid (on n'était encore qu'en juin) et les vagues étaient plus hautes qu'elle ne pensait, elles arrivaient sur elle en grands rouleaux sombres et menaçants, et elle avait soudain senti qu'elle n'aurait pas la force de lutter, que quelque chose la tirait vers le fond et qu'elle était en train de couler. Sa grande sœur Helen était quelque part sur les rochers, mais Eva était incapable de se retourner. Aucun son ne sortait de sa bouche quand elle essayait d'appeler.

Chose curieuse, le sentiment de panique s'était vite transformé en autre chose. Elle avait songé : c'est donc ainsi que je vais mourir. Ce n'était pas effrayant, plutôt fascinant.

Après avoir accepté qu'elle allait mourir, elle était soudain devenue très calme. Elle avait regardé vers le ciel en s'abandonnant en arrière. Son corps s'était engourdi, l'eau ne semblait plus aussi froide, et Eva avait l'impression de voir des millions de couleurs. Peut-être était-ce ce qu'on ressentait en se noyant ?

Cet instant avait été interrompu par Helen, qui criait « À table ! ». Eva avait fait semblant de ne pas entendre puis, quand Helen, qui était debout sur les rochers, avait plongé, Eva avait remarqué qu'elle avait pied malgré tout.

Elle n'avait jamais raconté à personne ce qui lui était arrivé, ni le jour même ni plus tard. Elle n'avait peut-être pas vraiment failli se noyer cette fois-là, mais elle avait appris quelque chose : que mourir, disparaître complètement, n'avait rien d'effrayant.

Elle imaginait que c'était la raison pour laquelle elle avait rarement peur d'échouer, de faire le mauvais choix, de se retrouver dans des situations imprévues. Cela l'avait amenée à prendre des décisions drastiques – par exemple de rompre ses fiançailles avec Alexander au bout de quatre ans, juste au moment où ils commençaient à parler d'avoir des enfants. Eva avait fait comme les types dans les mauvais films : elle était sortie faire un tour, et n'était jamais revenue.

C'était ce caractère intrépide qui l'avait poussée à faire le pari risqué de s'installer à Londres, sans autre projet que d'y étudier un an dans une école d'art.

Au lit, dans son appartement de Bethnal Green, elle se demandait à présent si elle ne ferait pas mieux d'abandonner les cours et de chercher plutôt du boulot. Elle avait un retard de règles, sans savoir à quoi c'était dû. Le stress, sans doute.

C'était la fin novembre, les cours duraient depuis deux mois. Le fond de l'air était encore doux. On pouvait rester dehors l'après-midi, et Eva se rendait souvent à Weavers Fields, un parc des environs, pour lire sur un banc, ou allait à Brick Lane arpenter les marchés aux puces. Elle aimait regarder les gens et, à Londres, il y avait beaucoup de monde à regarder. De jeunes pseudo-hippies avec leur sac à dos, qui lisaient Hemingway dans les cafés en fronçant les sourcils, d'élégants couples octogénaires qui flânaient dans les musées de peinture en vestes de tweed assorties, des matrones caraïbes aux larges hanches dans le métro, des Pakistanais qui vendaient des billets pour les premières du West End, d'insolentes écolières britanniques en uniforme qui s'époumonaient dans leurs portables. Eva n'avait pas l'habitude de l'anonymat des rues de Londres, et fixait les gens dans les yeux quelques secondes de trop. Elle n'avait pas encore appris les codes sociaux de la grande ville.

L'université était au nord-ouest, à quarante-cinq minutes en métro de son appartement. D'habitude, elle n'avait pas cours avant dix heures le matin : elle se levait à huit heures, mangeait une tartine sur le pouce et prenait le métro, en espérant qu'il fonctionne. Elle devait parfois jongler entre le métro et plusieurs bus pour arriver à destination.

Sa colocataire Natalya était souvent déjà dans la cuisine quand elle se levait. Natalya travaillait au London Stock Exchange, elle était sociable et extravertie, ce qui s'était révélé pratique quand Eva était arrivée à Londres sans y connaître personne. Eva avait trouvé l'appartement par une annonce. Natalya lui avait ouvert, auréolée d'un nuage de parfum, ses cheveux noirs serrés en un chignon parfait. Elle était assez grande, avec des formes, sans être grosse, et Eva avait pu observer au cours de ces deux derniers mois comment les hommes se retournaient sur son passage quand elles sortaient au pub. Eva, elle, était blonde, grande, mince et plate – elle s'était toujours trouvée banale comparée à sa sœur Helen, et ne s'était pas encore vraiment habituée à ce que les gens la considèrent sinon comme belle, du moins comme génétiquement intéressante.

C'est en tout cas plus ou moins en ces termes que Malik s'était exprimé après qu'ils avaient couché ensemble pour la première fois.

« Tu pourrais être mannequin, avait-il dit, tu as cette androgynie froide qu'on recherche aujourd'hui. Sérieusement. Et je veux dire, ne le prends pas mal. J'aime ça.

– Ne sois pas ridicule », avait dit Eva en se retournant dans le lit, avec le sentiment d'avoir passé l'âge de ce genre de flatteries. En voyage à Paris avec sa mère, adolescente, elle avait déjà été abordée par des hommes qui voulaient la photographier et prétendaient diriger des agences de mannequins. Mais cela arrivait sans doute à toutes les filles du Nord. Son premier petit ami avait rompu en la traitant de sac d'os.

Depuis que Malik s'était mis à passer ses nuits avec elle, souvent ils ne s'endormaient pas avant une ou deux heures du matin. À son réveil, elle était fatiguée et n'avait pas envie d'aller à l'université. Parfois, il était en voiture et ils pouvaient s'y rendre ensemble. La nuit dernière, il était resté chez lui pour corriger des copies. Eva l'avait taquiné, lui proposant de venir l'aider. Mais il s'était énervé et l'avait mouchée.

« Que nous ayons une liaison, pas de problème. Nous sommes des adultes. Mais je prends mon travail au sérieux, tu dois comprendre que j'y mets un point d'honneur. Ça passe avant le sexe. »

Elle n'avait rien répliqué. Elle ne savait pas bien quel genre de liaison ils avaient, Malik et elle. Autant qu'elle s'en souvienne, il ne l'avait jamais appelée son amante, ni rien d'autre d'ailleurs.

Eva avait atterri à Londres à la mi-août. Il faisait encore chaud et poisseux, tout le monde semblait avoir fui la ville. Les familles avec enfants étaient en vacances, les écoles étaient vides et les seules personnes qu'on rencontrait en sortant à Shoreditch étaient de nouveaux arrivants, trentenaires et mal payés, avec des perspectives de carrière incertaines, des gens dans la même situation qu'Eva. Chaque fois qu'elle allait à une fête – elle sortait beaucoup avec Natalya, au début –, elle rencontrait des personnes aux histoires comparables : des littéraires qui s'essayaient au free-lance, des universitaires qui prenaient les cafés d'assaut, des étudiants avec d'énormes dettes, des informaticiens australiens qui travaillaient dans la finance (les seuls qui semblaient avoir de l'argent, et Natalya avait l'air de tous les connaître), des jeunes gens ayant de coûteuses formations dans des matières sans avenir, comme la littérature ou l'esthétique. Tous vivaient dans des logements improvisés, beaucoup avaient des parents riches. La plupart avaient déjà leurs études derrière eux. Quand Eva disait qu'elle faisait des études d'art, personne n'avait l'air particulièrement impressionné.

Elle avait validé sa licence d'histoire de l'art après cinq ans d'études indolentes, puis avait songé à poursuivre avec une maîtrise, avant de s'apercevoir qu'elle manquait complètement de motivation.

C'était sur un coup de tête qu'elle avait posé sa candidature pour cette formation à Londres. Elle était presque certaine de ne pas être prise, privée qu'elle était de toute expérience pratique. Mais elle avait rédigé une dissertation sur le concept du Beau d'un point de vue darwiniste (en empruntant une citation à son père : « Le relativisme esthétique de notre époque ne parvient cependant pas à expliquer les jouissances universelles et transculturelles que nous connaissons tous chaque jour ») et imprimé quelques illustrations qui dataient de sa dernière année de lycée. Elle en avait réalisé plusieurs autres, des sortes d'aquarelles sombres inspirées des peintures rupestres de Lascaux. Cela avait été amusant à peindre, et le résultat était nettement plus provocateur que ce qu'elle attendait – des organes sexuels et des moignons de membres dans diverses combinaisons. En juin, elle avait appris qu'elle était prise, ce qui n'avait étonné personne d'autre qu'elle dans la famille.

« J'ai toujours su que ton truc, c'était l'art, lui avait confié son père quand elle l'avait appelé pour le mettre au courant – comme si, en fait, il s'y attendait.

– Mais pourquoi tu n'en as jamais rien dit ?

– Je ne peux quand même pas décider à ta place. Tu dois pouvoir faire ce qui t'intéresse vraiment, toi, et pas à ma façon. »

Les cours avaient commencé en septembre. La première semaine, après deux journées d'introduction pour les étudiants étrangers, les cours magistraux débutèrent dès le mercredi. Eva se présenta à la première séance avec dix minutes d'avance, et trouva une salle quasiment vide. Il n'y avait que deux autres étudiants – un garçon et une fille, sans doute un couple. Eva les salua de la tête et entra. Elle joua un peu avec son téléphone en essayant de paraître occupée.

Il y avait peu de chaises, les participants étaient censés s'asseoir sur des coussins et des petits tapis orientaux dans une salle par ailleurs entièrement blanche. Les locaux semblaient neufs, mais à l'intérieur d'un bâtiment ancien, sans doute du milieu du dix-neuvième siècle. C'était à Hendon, un campus où se mêlaient architecture moderne et constructions en pierre. À dix heures et quart, les portes se refermèrent. Eva avait trouvé une place dans un coin.

Malik Martin était grand et large d'épaules, la quarantaine. Il avait des cheveux sombres et bouclés, avec une zone un peu dégarnie à l'arrière du crâne. Il avait l'air sportif – les manches courtes de sa chemise cintrée en coton se tendaient sur ses bras poilus.

« Avant de commencer, il y a deux ou trois choses que vous devez savoir au sujet de mes cours », dit-il en marchant à travers la salle, de sorte que tous devaient se tourner pour le suivre des yeux.

« Certains d'entre vous sont peut-être venus ici pour être le prochain Damien Hirst, parce que vous avez entendu dire que la scène artistique de Londres était la plus dynamique du monde. Qu'ici, on pouvait faire de l'argent. Dans ce cas, je peux vous épargner du temps et des efforts : vous n'y arriverez pas. Ou disons plutôt : quatre-vingt-dix-neuf pour cent d'entre vous n'y arriveront pas. »

Il les fixa des yeux avec ce qui se voulait sans doute un mélange d'autorité et de ferveur mystique, mais Eva lui trouva plutôt des airs de maquignon.

« Autre chose : il y a certains mots que je ne veux pas entendre dans mes cours. "Beauté", par exemple. "Sublime". "Chef-d'œuvre". Ces mots sont utilisés par ceux qui parlent de l'art en termes sentimentaux. Ce sont des termes qui appartiennent à une tradition romantique où l'on admire le génie individuel et où l'on croit à un monde essentialiste – et aux dernières nouvelles, nous sommes au vingt et unième siècle. L'art doit explorer les idées culturelles et sociales centrales de son époque. Si vous voulez créer des sentiments et du bien-être, allez à Hollywood. Ce que je veux que vous fassiez ici, c'est trouver votre propre voix. »

Eva se sentit rougir. Sa dissertation était justement pleine de mots comme « sublime » et « beauté ».

Les étudiants étaient d'âges divers. Avant de commencer, Martin voulut que chacun se présente. Beaucoup semblaient avoir des CV impressionnants, l'un avait exposé dans une galerie, un autre était diplômé d'Oxford. Une fille expliqua qu'elle voyait dans ce cours une façon d'entrer dans le cursus artistique de la fondation Goldsmith. Eva savait que beaucoup des artistes anglais contemporains les plus réputés étaient passés par là, dont quelques lauréats du prix Turner.

Son tour venu, Eva raconta brièvement qu'elle venait de Finlande et s'était installée à Londres un mois plus tôt.

« Et qu'est-ce que tu aimes ? » demanda Malik Martin en passant une main dans ses cheveux noirs. Tous les regards se tournèrent vers elle.

« Ce que j'aime ? » répondit-elle.

Malik hocha la tête.

« Je ne sais pas… J'aime le romantisme. »

Quelques types se mirent à ricaner dans un coin de la salle. Un garçon à moustache un peu malingre la regarda avec intérêt. Des filles pianotaient sur leurs téléphones.

« Autre chose ? »

À dire vrai, Eva n'était pas très intéressée par l'art contemporain. Elle trouvait que ces œuvres se fondaient souvent sur des idées simplistes et que leur poids ne tenait qu'à la galerie ou au musée qui les exposait. Elle n'avait pas la moindre idée de ce qu'elle-même avait l'intention de créer.

« Bon, en fait, peu importe ce que vous aimez ou ce que vous savez. Vous êtes là pour oublier tout ça », dit Malik Martin en traversant toute la salle pour aller se camper face à son public.

« Vous avez peut-être entendu dire que j'avais une méthode d'enseignement un peu spéciale. Je n'organiserai aucun examen, et nous n'étudierons pas les concepts esthétiques selon une chronologie établie. À la place, nous discuterons d'une de vos œuvres chaque semaine et cela pendant dix semaines. Pour chaque cours, l'un d'entre vous devra avoir préparé quelque chose. Pour cette raison, nous devons vite nous y mettre. Je compte sur vous pour vous mettre au travail dès cette semaine. Aujourd'hui, nous commencerons par discuter d'une œuvre particulière que, j'espère, vous trouverez passionnante. »

L'après-midi, installée dans un pub des environs avec quelques condisciples, Eva entendit tout ce qui se disait sur Malik Martin. Enthousiastes de travailler avec lui, les étudiants mentionnèrent une ou deux fois une certaine Sarah. Comme Eva demandait qui c'était, une étudiante maigre assise à côté d'elle lui expliqua :

« C'est la femme de Martin. Elle est presque aussi légendaire que lui. Elle possède une galerie d'art à Bethnal Green. Apparemment, c'est un couple libre. Enfin, c'est ce que les gens disent. Malik a une certaine réputation.

– Oui, il aime coucher avec les petites artistes, dit une des filles.

– Et aussi avec les garçons, glissa la fille maigre.

– Ah oui ? » répondit Eva.

Elle sentit des picotements dans son ventre, tout en s'étonnant de la banalité de tout ça – être assise là avec d'autres étudiants, pouvoir dire qu'on fait des études d'art à Londres. Ce n'était donc que ça ? Elle comprit alors qu'il lui faudrait elle-même donner un contenu à cet énoncé. Elle trouvait les autres étudiants sûrs d'eux, et elle avait du mal à savoir comment ils la voyaient. Même si elle n'avait pas de « voix » propre, ce n'était pas très grave, non ? C'était bien pour ça qu'elle était venue, pour en trouver une ?

Le cours s'était achevé autour d'une installation vidéo. Le film montrait un verre d'eau sur une étagère. Rien ne se passait, mais ils l'avaient bien regardé dix minutes.

Ensuite, Malik Martin distribua un papier. C'était une sorte de formulaire sous forme de questions-réponses, visiblement en lien avec l'installation. L'artiste y répondait à des questions sur son œuvre, et prétendait que le verre d'eau représentait en fait un chêne.

Q. Vous voulez dire que le verre d'eau est le symbole d'un chêne ?
R. Non. Ce n'est pas un symbole. J'ai transformé le verre d'eau concret en chêne.

Tout ça rappelait un peu à Eva les exercices de logique en cours de philo au lycée. Mais elle ne dit rien, espérant que quelqu'un d'autre ouvrirait la bouche.

« Comment interprétez-vous ça ? Que peut-on en dire ? » demanda Martin. Debout au milieu de la pièce, il les regardait avec dans les yeux une sorte d'excitation enfantine, la même qu'Eva avait vue chez ses petits amis quand ils lui jouaient une nouvelle chanson en pensant l'impressionner.

« Personne n'a d'avis ? *Come on people*, vous n'êtes quand même pas venus ici pour vous taire ? »

Un garçon maigre, roux avec des taches de rousseur, leva timidement la main. Il flottait dans un T-shirt sur lequel on lisait *Lipstick lesbian*.

« Oui, Mr Parr ?

– Je trouve ça brillant. D'abord on voit juste ce verre d'eau et là, bon, on se dit, voilà, ça parle de la vie, quoi, c'est profondément symbolique, autour de l'eau comme élément. Mais ensuite, paf, voilà l'artiste, et là, *fuck you*, c'est pas un verre d'eau, c'est pas un symbole, c'est un arbre. Il s'agit autant de nos idées préconçues sur la manière d'interpréter une œuvre d'art que de l'œuvre en elle-même. »

Malik Martin haussa un sourcil.

« Ah. Ah. Et donc ?

– Je ne sais pas, enfin, je suppose que c'est comme ce qui est écrit sur ce papier : "Comprendre la catégorie *chêne* comme un chêne particulier n'est pas la même chose que de comprendre et d'expérimenter un verre d'eau comme un chêne."

– Oui, mais encore ? Quelqu'un d'autre ? »

Malik se retourna.

Au cours de ses études d'histoire de l'art, Eva avait participé à ce genre d'exercices – discuter plusieurs cours d'affilée de ce qu'était vraiment l'art, qui en décidait, etc.

Elle leva la main.

« Oui ? » fit Malik.

Elle regarda autour d'elle dans la salle.

« Eh bien, à mon avis, l'idée de cette œuvre est de montrer combien l'art est une question de confiance. La confiance du spectateur en la perspective de l'artiste. Si l'artiste nous dit que le verre d'eau est un chêne, nous devons le croire. »

Malik Martin ne laissa rien transparaître sur son visage de ce qu'il pensait, mais se dirigea, penché en avant, vers le centre de la pièce.

« Intéressant. Et toi, qu'en penses-tu ? Fais-tu confiance à l'artiste ? »

Elle hésita. Elle avait appris que dans ce genre de discussion, il n'y a pas de réponse vraie ou fausse – faire état de préférences personnelles, s'agissant d'art conceptuel, c'était comme utiliser l'argument Hitler pour emporter un débat. Il ne s'agissait pas de savoir si l'œuvre était bonne ou non, mais si elle était intéressante.

« Ça me fait penser à Descartes, je veux dire, c'est bien de ce genre de questionnement qu'il s'agit, non ? "Cette table existe-t-elle ? – vraiment ?", etc. Mais je ne trouve pas ce texte particulièrement bien écrit.

– Dommage, dit Malik Martin. Les critiques étaient d'un tout autre avis quand cette œuvre a été montrée pour la première fois en 1973. On en a même fait ensuite une pièce de théâtre.

– Rien qu'avec cette œuvre ? demanda Eva.

– Parfaitement : ce qui se joue ici, c'est comme au théâtre. C'est exactement comme tu le disais. Tout le théâtre repose également sur la confiance. L'acteur se transforme en personnage, et nous y croyons, car cela fait partie du contrat. Descartes est une bonne comparaison. Il demandait si nous pouvions vraiment faire confiance à l'existence de cette table. Et sa réponse ? Eh bien, que nous ne le pouvons pas. Nous ne pouvons faire confiance qu'au sujet. Cette œuvre d'art montre quelle force possède le sujet face à la réalité perceptible. Si nous décidons de croire l'artiste, tout devient possible. Il faut juste se laisser aller, comme quelqu'un l'a très intelligemment dit. »

Eva rougit. Elle répondit brièvement :

« Mais les acteurs ne restent pas sur scène sans rien faire. Ils agissent et disent leurs répliques. Ce n'est pas la même chose que ce verre d'eau, qui demeure immobile.

– N'en sois pas si sûre », dit Malik.

Une des filles de l'auditoire se tourna alors vers les autres. Elle avait une coiffure années quatre-vingt à la Cyndi Lauper et ses bras étaient couverts de tatouages.

« Ce n'est pas un peu comme l'urinoir de Duchamp ? Je veux dire qu'on prend un objet tout ce qu'il y a de plus ordinaire et qu'on appelle ça de l'art ? »

Le garçon au T-shirt *Lipstick lesbian* protesta :

« On ne va quand même pas sérieusement se mettre à discuter de l'urinoir de Duchamp, non ? Putain, ça date de quatre-vingt-dix ans ! »

La fille sembla indignée, mais Malik Martin ne répondit pas. Soudain, il claqua doucement des mains et déclara que le cours était terminé. Eva se leva, les jambes raides. Sa tête aussi semblait engourdie, la même sensation que quand on n'a rien mangé de la journée et juste bu du café – un grand vide sonore.

CINQ

Ses études prirent peu à peu leur vitesse de croisière. Eva constata qu'elle aimait se rendre chaque jour à l'université et consacrer la moitié de son temps à parler, simplement – Malik était convaincu que les discussions étaient un des aspects les plus importants du cursus, et qu'elles devaient se développer de manière organique, sans idée préconçue de ce qu'était la critique d'art. Chacun se vit attribuer une place dans un atelier et pouvait librement utiliser le matériel de l'école : c'était inclus dans les frais de scolarité.

Bientôt plusieurs groupes se cristallisèrent – il y avait les doués en dessin, qui pouvaient montrer très vite des résultats impressionnants. Eva en faisait partie, elle avait toujours été bonne pour le dessin à main levée et avait développé un style personnel auquel elle était restée très fidèle, surtout au début de l'automne, quand elle voulait impressionner les autres sans prendre de risques.

Le problème des bons dessinateurs était qu'ils ne tardaient pas à se répéter – Eva remarqua bientôt que Laurie, par exemple, une des filles dont le visage ouvert, marqué de taches de rousseur reflétait toujours l'ambiance du groupe, aimait peindre de grands tableaux clairs qui gâchaient énormément de toile et de peinture. Mais presque toutes ses toiles se ressemblaient, elles flirtaient avec le style premier du modernisme mais étaient couvertes de taches et volontairement brouillonnes, de sorte que quelque part en dessous on devinait une peinture habile. C'était tout le contraire de Ben, qui construisait sur Adobe Illustrator des systèmes vectoriels qu'il transformait ensuite en sérigraphies miniatures extrêmement détaillées avec des titres comme « Raisons Pour Lesquelles Ma Petite Amie Refuse De Baiser Avec Moi » ou « Expériences De Mes Quatre Années d'Ado Puceau Malgré Lui ».

Il y avait aussi des sculpteurs, des photographes et des étudiants orientés vers la performance. Un garçon taciturne mais intéressant, Russ, se distinguait des autres en ce qu'il ne noyait pas son art sous une masse de discours conceptuels, mais se consacrait tout simplement à la peinture. La peinture à l'huile en plus, de sorte qu'il flottait en permanence autour de lui une forte mais pas désagréable odeur de térébenthine. Ses tableaux n'étaient presque jamais terminés quand il fallait les montrer, si bien que les discussions débouchaient le plus souvent sur la promesse d'en montrer davantage la fois suivante.

Malik Martin essayait de dispenser ses critiques à chacun, passant d'œuvre en œuvre, jouant parfois la sévérité – « Franchement, Russ, c'est ta merde que tu essaies de représenter ? » – mais le cœur de l'enseignement était constitué par les sessions hebdomadaires où ils discutaient mutuellement de leurs œuvres.

Les premières semaines, la prudence était de mise au sein du groupe. Personne n'osait critiquer, on préférait trouver les travaux des autres « intéressants » ou « passionnants ». Bientôt, une phrase standard fut : « Je comprends mieux à présent que tu nous as expliqué le procédé », ce qui pour Eva était une autre façon de dire que l'œuvre était plus intéressante en tant qu'idée qu'en réalité.

Eva avait l'impression de n'avoir jamais le temps de bien faire les choses, il fallait se précipiter vers l'œuvre suivante et, quand elle le fit remarquer à Malik, il lui répondit juste qu'ils n'étaient pas là pour « faire des putains de peintures de la Renaissance », mais pour apprendre à se faire une première idée d'eux-mêmes comme artistes.

Lors d'une des dernières sessions, ils avaient commenté un des petits triptyques de Ben. Il avait créé le motif sur ordinateur, puis l'avait transformé en sérigraphie qu'il avait imprimée en rose fluo et cyan sur trois toiles carrées. En l'écoutant parler, on avait l'impression qu'il y avait une dimension numérologique complexe derrière les figures géométriques de ses tableaux, mais le tout n'en devenait que plus difficile à interpréter vu le titre de l'œuvre, « Afghanistan ».

« Je trouve ça passionnant », dit Laurie, toujours généreuse dans ses commentaires et la première à briser la glace quand personne d'autre ne prenait la parole. Mais comme, justement, elle était toujours enthousiaste, ses commentaires ne voulaient rien dire.

Sur ses coussins et ses tapis, le reste de la classe restait silencieux. La plupart apportaient du café et de quoi manger pour ces séances de critique. La fille coiffée à la Cyndi Lauper – elle s'appelait Margot – avait une bouteille de vin et, comme Malik n'avait fait aucun commentaire en la voyant l'ouvrir, plusieurs garçons étaient venus lui en demander un verre.

Malik tournait à présent dans la salle en attendant que quelqu'un dise quelque chose.

« Personne n'a d'opinion sur l'œuvre de Ben ? »

Margot regarda les trois tableaux et se lança.

« Je les trouve jolis. Les couleurs sont jolies, la composition aussi. Mais je ne suis pas sûre de bien comprendre le titre. Quel rapport avec l'Afghanistan ?

– Ben, tu veux développer ? » demanda Malik.

Ben secoua la tête.

« Plutôt pas. Je ne veux pas orienter l'interprétation. On n'est pas forcé, n'est-ce pas ?

– C'est tout à fait ton droit de refuser, oui. Mais si je pose la question en ces termes : décrirais-tu ceci comme de l'art engagé ? »

Ben secoua de nouveau la tête.

« Je pense que ce que je peux dire importe peu. Ce n'est pas à moi de décider ça. »

Eva avait l'impression que beaucoup, dans la classe, faisaient un art qui ressemblait à de l'art – c'est-à-dire en sachant très précisément à quoi l'art doit ressembler et comment il doit fonctionner, quels idées et sujets sont considérés comme « importants » et de quoi doit avoir l'air une interprétation habile. Tout cela servait de point de départ à leur travail. Ben semblait se moquer complètement de participer à ce discours convenu.

Personne ne dit rien.

« Je peux vous dire ce que j'en pense, mais ce n'est pas intéressant. Allez, courage ! » dit Malik.

Eva fut frappée du ridicule de la chose – comme s'ils étaient tous obligés de trouver un avis qui fonctionne en symbiose avec l'œuvre d'art. Il en allait ainsi dans tout le champ artistique – tout le monde recherchait un consensus. Mais qu'y avait-il derrière ? Ou n'était-ce qu'un jeu de rôle, de même que les jeunes gens politisés parlaient politique comme ils s'imaginaient qu'il fallait parler politique ?

Eva finit par ouvrir la bouche. Elle pouvait bien elle aussi apporter sa contribution au débat.

« D'abord, je n'ai pas bien compris. Je veux dire, c'est le même truc que les autres fois, Ben, sauf que tu as trouvé un titre complètement différent des autres, qui d'habitude parlent de sexe. Puis, je me suis demandé : peut-être est-ce une allégorie ? Peut-être que tu vois dans l'Afghanistan une image de ta vie amoureuse ? »

Ben se tortillait sur place. Ses tableaux, cinquante centimètres sur cinquante, étaient présentés devant la classe sur trois chevalets. Il ne fit pas mine de vouloir s'expliquer. Silence dans la salle, on buvait un verre de vin ici et là, et Malik finit par claquer dans ses mains.

« Bon, il semblerait qu'on n'ira pas plus loin aujourd'hui. On continuera lundi. Mais c'était une théorie intéressante, Eva », dit-il en allant ouvrir la porte à l'autre bout de la salle. Les étudiants se levèrent, l'un d'eux donna une tape sur l'épaule de Ben, et la salle se vida.

Une demi-heure plus tard, Eva attendait Malik un peu en dehors du campus, dans un café où ils avaient l'habitude de se retrouver.

Elle aurait aimé accéder à des idées claires et nettes – de celles qu'on n'invente pas mais qu'on a presque l'impression de découvrir, comme si elles avaient toujours été là et n'attendaient que vous.

Dans la voiture, en route vers le centre-ville, Malik se mit à parler des travaux des autres étudiants, en allumant une cigarette.

« Le problème avec Ben, c'est qu'il est tellement inhibé émotionnellement qu'il ne sait rien faire d'autre que rester devant un ordinateur à calculer des formules, en s'imaginant que c'est de l'art. Et puis – comme pour donner à l'ensemble une sorte de cadre – il appelle ça "Afghanistan" afin que ça ait l'air plus profond que ça ne l'est. Putain, où est la prise de risques ? »

Eva hocha la tête, et Malik continua, tout en faisant tomber la cendre de sa cigarette par la fenêtre.

« Franchement, des fois, on a envie de se tirer une balle dans la tête. Comme quand ces mecs se mettent à rabâcher Bourdieu et son foutu capital culturel en se tournant vers les filles – Malik se tourna vers Eva – avec les yeux brillants. Et je me dis : quel gâchis ! Les mecs, il y en a mille comme vous dans le monde entier en train de causer de Bourdieu en pensant être les seuls… »

Quand Malik était dans cet état, rien ne pouvait l'arrêter. Il aimait entendre le son de sa voix. Et même si elle ne se l'avouait pas, Eva aimait l'entendre médire des autres étudiants. Quand il se moquait de Laurie, il le faisait avec une flamme qui, soupçonnait Eva, n'était due en fait qu'à la froideur qu'elle lui témoignait.

« Toutes ses œuvres sont extrêmement narcissiques, tu y as songé ? C'est comme si elle était incapable de changer de perspective : elle se croit rebelle, alors que toute son œuvre consiste au fond à se mettre elle-même en valeur. Mais bien sûr, ça ne fait rien, elle va bien s'en sortir. Les gens aiment cette merde. Allez, viens », dit Malik, et Eva se serra contre lui.

Une fois dans l'appartement d'Eva, Malik voulut se shooter. Il prétendait disposer d'un stock inépuisable de cachets de Ritaline, car son médecin lui avait diagnostiqué un trouble du déficit de l'attention. Il en avait plusieurs fois proposé à Eva, mais elle s'était fixé une limite, qui était de ne pas prendre de drogues au milieu de la journée. Elle avait essayé la cocaïne dans des fêtes et, la première fois, elle avait décollé au point de se mordre au sang l'intérieur des joues. Mais peu à peu elle s'était mise à apprécier l'effet que cela lui faisait – elle se sentait fine, intelligente, parlait volontiers avec les gens sans pour autant s'enliser dans les conversations embarrassantes qu'on a souvent quand on a trop bu.

Malik écrasa un cachet et le sniffa sur un des livres d'art d'Eva, un ouvrage coûteux sur les préraphaélites qu'elle avait acheté à la National Gallery. Il ne tarda pas à avoir envie de sexe. Comme il était shooté, il allait vouloir que ça dure longtemps – les drogues semblaient augmenter son appétit sexuel. Cela ne la gênait pas. Eva trouvait dans le pur acte physique quelque chose de plus compréhensible et de plus vrai que tout ce qu'elle essayait de créer depuis les deux derniers mois. Tandis qu'il la pénétrait par-derrière, elle ne put s'empêcher de ressentir une sorte de fierté exaltante à l'idée d'être arrivée aussi loin – aucun de ses amis en Finlande n'avait dépassé Stockholm.

SIX

Quand Katriina avait rencontré Max, elle avait déjà vingt-cinq ans – c'était beaucoup, à l'époque – et lui était déjà en train de faire carrière à l'université. Max avait l'habitude d'aller l'après-midi dans les cafés étudiants, où un petit public venait l'écouter et débattre avec lui. Il y avait des gens comme Veronica Pimenoff, Risto Repo, JP Roos, Anssi Sinnemäki, Kari Rydman et Matti Wuori. Katriina trouvait que Max parlait trop, il était bien trop imbu de sa personne, mais il était mignon, et elle se disait qu'il y aurait sûrement moyen de remédier à cet aspect énervant de sa personnalité. Il n'avait sans doute jamais rencontré de fille qui ose le remettre en question.

Plus tard, une fois ensemble, et bien des fois encore après leur mariage, il lui était arrivé de dire, avec de la fierté dans la voix : « Tu es brutale, je n'ai jamais rencontré personne qui sache me mettre KO aussi bien que toi. Continue comme ça. »

Il fallut du temps avant qu'elle ne rencontre ses parents. Ils vivaient dans l'Österbotten, et Katriina avait compris qu'il redoutait de la présenter à son père. Que

Max soit suédophone, Katriina n'y avait pas particulièrement réfléchi, mais lui se faisait visiblement une montagne du fait qu'elle était de langue finnoise. Le père de Max appartenait au Lions Club et à la section locale du Parti populaire suédois, et Max imaginait qu'il aurait du mal à accepter une bru parlant finnois. Quand elle avait fini par les rencontrer, elle avait aussitôt compris pourquoi Max était si inquiet : Ebba et Vidar étaient un couple typique de l'après-guerre, lui alcoolisé et dominant, elle stoïquement soumise.

« Tu ne comprends donc pas que ton père est méchant avec ta mère ? » lui avait demandé Katriina dès leur première visite, après avoir vu combien Vidar buvait et comment il terrorisait ensuite Ebba en lui faisant sans cesse des reproches. Mais Max s'était buté et avait refusé d'en parler. Vidar n'avait jamais vraiment accepté Katriina, jusqu'à la fin de sa vie. Mais il avait toujours été gentil avec les filles. Quand ils venaient en visite, il restait le plus souvent devant la télévision, son corps imposant courbé sur ses canettes de bière à sept degrés, et parfois il voulait tenir une des petites dans les bras. Katriina avait toujours perçu le père de Max comme un mélange paradoxal d'élitisme suédophone petit-bourgeois et de complexe d'infériorité provincial. À ses yeux, Katriina était non seulement une Finnoise, mais une Finnoise snob de la ville.

Tout l'automne avait été une suite laborieuse de réunions arides, interminables. Katriina allait travailler en bus, se retrouvait dans Runebergsgatan à huit heures, il faisait froid, la pluie transformée en verglas pendant la nuit rendait les rues périlleuses.

Des semaines, des mois peut-être avaient passé sans que Katriina éprouve la moindre inspiration au travail. Il était étrangement facile d'y aller chaque matin et de faire comme si tout était comme avant. Katriina exécutait les mêmes tâches qu'au cours des cinq dernières années, sauf qu'elle le faisait désormais mécaniquement, un peu absente, comme un robot qui imiterait une cadre énergique au milieu de sa carrière.

Elle s'était d'abord attendue à ce que quelqu'un le remarque, à ce qu'un de ses collègues – peut-être Heikki, qui occupait le bureau voisin et n'avait jamais caché qu'il lorgnait son poste, ou Petra, qui demandait toujours d'énormes encouragements pour s'acquitter des moindres besognes – vienne un jour la voir et la mette au pied du mur.

« Katriina, nous avons remarqué que tu n'es plus vraiment toi-même ces derniers temps. Nous manquons de leadership, d'inspiration. », « Katriina, tu es sûre que ça va bien ? » Quelque chose de ce genre.

Mais peu à peu, il s'avéra que personne ne demandait rien, que personne ne remarquait l'absence mentale de Katriina. Elle continua donc comme avant et, chose étonnante, il était très facile, extrêmement facile même, de faire semblant, d'avoir l'air de contrôler la situation, de consacrer toute son attention au travail, et même d'être animée de la volonté d'aller de l'avant.

D'une certaine façon, cette situation la conduisait à mépriser ses collègues, puisqu'ils n'étaient pas assez malins pour comprendre qu'elle faisait une mauvaise cadre, qu'ils étaient trompés et aveuglés par l'image de la personne qu'elle avait été, image qui, jadis, voilà très longtemps, avait peut-être eu un certain rapport avec la réalité. Résultat, elle était mal à l'aise dans son travail, et avait honte de l'être. N'était-ce pas un terrible manque de responsabilité de ne pas se donner à cent pour cent ?

C'est avec ces pensées en tête qu'elle participait ce mardi à une réunion de réflexion sur les moyens d'avoir une plus grande « interaction » avec les patients, ou plutôt les « clients », comme certains avaient désormais choisi de les appeler, en expliquant que le mot *patient* « mettait inutilement l'accent sur la maladie » et était donc « inutilement chargé négativement » (dixit Wivan).

Wivan était la plus proche collègue de Katriina, d'aussi longtemps qu'elle se souvienne. Wivan approchait la soixantaine et adorait les mots comme « passionnant » et « défi », c'était une chef qui considérait le changement comme une fin en soi. Elle venait de traverser une grave crise existentielle et, depuis, s'adonnait au jardinage et avait adhéré au club de lecture « Énergie Vitale », ce que personne au travail ne pouvait ignorer, son bureau étant rempli de livres aux titres comme *Maigrissez en pleine conscience* ou *Repérer et se défendre contre les voleurs d'énergie.*

Katriina aurait pu disserter longtemps sur ces soi-disant voleurs d'énergie, car ce livre semblait avoir fait une forte impression sur Wivan : elle parlait de ce phénomène à tous ses visiteurs. Curieusement, avait remarqué Katriina, il ne s'agissait jamais de vous, mais toujours d'un absent.

L'interaction avec les patients – ou les clients – se développerait principalement sur un site nouvelle formule où l'on pourrait non seulement prendre rendez-vous en ligne, ce qui raccourcirait le temps passé au téléphone, mais aussi poser des questions sur sa maladie, donner des réponses et, à certaines heures, « chatter avec son médecin traitant ».

Ces nouvelles stratégies web, baptisées HNS 2.0, avaient été le grand sujet de conversation de l'automne. Comme la Finlande voulait être à la pointe du progrès en matière de technologies de l'information, il y avait quantité de subventions disponibles pour des projets innovants dans ce domaine. On parlait à présent de la possibilité d'avoir un quiz sur le site. « C'est super populaire, maintenant, tout le monde fait ça », dit Heikki qui, en qualité d'homme – et non de spécialiste des nouvelles technologies, pour autant que le sache Katriina –, avait un avis sur tout.

« Qu'en penses-tu, Katriina ? demanda Paula, qui en fait représentait le corps médical, mais participait au groupe de prospective sur les stratégies web.

– Oui, pour moi, c'est parfait », dit Katriina.

On opina du chef. On se regarda. Quelqu'un nota l'idée. C'était l'après-midi, et l'élan vital de Katriina tenait à la fois du patient en coma dépassé et du poisson mort.

« Ou bien ce pourrait être une "question du jour" ? proposa alors Heikki.

– Et combien tout ça nous coûterait-il ? » demanda Katriina. Elle se tourna vers un de ceux qui travaillaient au service web. Elle ne se rappelait jamais son nom, Markku quelque chose, mais il avait l'air de se donner une importance disproportionnée, comme si les informaticiens étaient une espèce à part. Il travaillait là depuis deux mois à peine, mais était déjà aimé de tous car il était le seul à comprendre comment fonctionnait le vidéoprojecteur de la salle de réunion.

« Ce ne devrait pas être un gros problème. Mais il nous faudra un nouveau CMS, l'actuel ne supporte pas les quiz. »

Katriina regarda les autres. Elle n'avait pas l'intention de donner à Markku le plaisir d'expliquer ce que « CMS » signifiait, mais Paula la devança, sur quoi il joignit les mains, regarda l'assistance et s'adressa à eux comme à des enfants. Il semblait atteint légèrement du syndrome d'Asperger quand il expliquait les choses, comme s'il était forcé de traduire ses propres processus mentaux en un langage compréhensible par le commun des mortels.

« Je vais simplifier, si vous voulez. On peut parler d'un outil de publication en ligne. Et nous devons faire une mise à jour du nôtre.

– C'est difficile ? demanda Katriina.

– Ça dépend. Il faut faire migrer le site actuel vers la nouvelle plate-forme. Ça peut prendre un moment. Mais s'il s'agit de transformer tout le site – et c'est je crois ce dont il s'agit –, alors oui, c'est un peu plus de boulot.

– D'accord, dit-elle. Devons-nous lancer un appel d'offres ?

– C'est comme vous voulez. Il existe des versions gratuites. On peut étudier cette possibilité. Mais je ne peux pas garantir que nous trouvions le support dont nous avons besoin. Et si ça plante, ça peut être la merde.

– Ça ne me plaît pas trop », dit Katriina.

Heikki demanda la parole.

« Eh, on parle d'un quiz, pas de physique nucléaire. Il faut changer tout le système rien que pour ça ? »

Tous les regards se tournèrent vers Markku.

« J'en ai peur », conclut-il, l'air presque content de lui.

Katriina savait que cette réunion allait s'éterniser si elle ne prenait pas le taureau par les cornes. Elle sentait déjà toutes ses forces l'abandonner, un nuage noir se former quelque part à l'arrière de sa tête, l'élan vital s'éteindre pour ne laisser qu'un trou noir avec le panneau STRATÉGIE WEB. Elle jeta un œil à sa montre : presque trois heures.

« Bon, voilà ce qu'on va faire, dit-elle en faisant un signe de tête à Markku. Tu nous fais une estimation grossière du travail nécessaire et de ce que ça coûtera. Tu me communiques ça avant notre prochaine réunion. Ça nous servira de base de discussion. Ça vous va ? »

Elle regarda les autres. Ils opinèrent du chef. Elle regarda de nouveau l'heure, ce qui sembla marquer officiellement la fin de la réunion. Les chaises raclèrent le sol, les gens ramassèrent leurs papiers, Markku éteignit le vidéoprojecteur et tout le monde sortit.

Elle fuma sa première cigarette de la journée en rentrant du travail – elle s'en autorisait trois par jour, mais, ces derniers temps, elle en avait fumé davantage, jusqu'à huit –, en se disant que la seule façon de ne pas sombrer était de continuer comme si rien ne clochait, de se concentrer sur l'objectif suivant. Qu'il fasse nuit noire dès quatre heures de l'après-midi n'arrangeait rien.

Une fois rentrée, elle reçut un coup de téléphone d'Helen.

« Bonjour Maman. »

Elle entendait ses petits-enfants à l'arrière-plan.

« J'appelle juste pour bavarder un peu. Enfin, c'est en fait pour les soixante ans de Papa. Il a dit qu'il ne voulait rien faire, mais j'ai pensé que… je veux dire, il faut bien qu'on marque le coup. Je ne pensais pas organiser une grande fête, mais peut-être quelques collègues… »

Katriina aimait voir les choses en grand. Du monde, du bruit, du mouvement.

Elle avait un don : faire en sorte que les gens se sentent bien grâce à la convivialité bourgeoise qu'elle se faisait une joie de mettre en œuvre. C'était comme une pièce de théâtre à laquelle elle se serait inconsciemment préparée toute sa vie. Toutes les répliques étaient là.

Elle avait d'ailleurs souvent pensé qu'elle aurait fait un excellent metteur en scène : la vie consistait à fournir aux gens le bon accessoire et le bon décor.

Elle entendait Helen parler à l'un de ses enfants – sans doute Lukas – et imaginait quel rôle joueraient ses filles et peut-être même ses petits-enfants à l'anniversaire de Max.

« Tu sais ce qui serait chouette ? dit-elle.

– Non ?

– Qu'Eva et toi – enfin, vous pouvez dire non si vous ne voulez pas – vous chantiez quelque chose. »

Helen ne répondit rien, mais Katriina savait qu'elle répondrait présent. Comme toujours.

« Peut-être qu'Amanda pourrait jouer quelque chose ?

– Oui, elle voudra sûrement. On verra. Mais Maman, si Papa a dit qu'il ne voulait pas de fête, on ne peut quand même pas le forcer ? »

Il y avait dans sa voix une pointe de reproche, ce ton qui insinuait *pourquoi toujours faire si compliqué ?* et que toute la famille utilisait avec elle. Mais en l'occurrence, ceci était uniquement du ressort de Katriina, c'était sa spécialité, cette fête serait pour elle une occasion certaine de briller. Elle imaginait déjà comment elle rendrait cette réception un peu plus importante, un peu plus chic – et surtout plus amusante – que les récentes soirées chez Tuula.

« Penses-tu, ce que les gens disent… Ils font semblant de ne pas vouloir de tralala, mais finalement ils sont déçus si on n'organise rien », dit-elle.

Katriina savait qu'il en allait ainsi avec la plupart des gens, mais peut-être justement pas avec Max. Il devenait moins sociable avec l'âge, et elle devinait chez lui une certaine angoisse à l'idée d'avoir soixante ans. Max ne l'avouerait jamais, mais il admirait la jeunesse, l'admirait énormément, bien autrement que Katriina, et son complexe de Peter Pan semblait ne faire que se renforcer avec les années.

« Tu as des nouvelles d'Eva ? demanda Helen.

– Je n'ai pas encore eu le temps de lui parler de la fête, mais je vais sans doute lui proposer de lui payer son billet pour venir.

– Fammo viendra ? »

Katriina ne s'était pas demandé si la mère de Max viendrait ou non. Il était sans doute trop compliqué pour la sœur de Max d'aller seule la chercher en voiture. Mais elle savait aussi que c'était leur tour d'aller la prendre à Kristinestad. Ebba n'était pas venue en visite à Helsinki depuis deux ans. C'était Max qui était allé la voir quand il en trouvait le temps.

« On verra. Le cas échéant, ce sera à moi de faire la route.

– Je peux venir te donner un coup de main.

– Et ton travail, ça va ? demanda Katriina.

– Oui, oh, comme d'habitude. Nous allons avoir un nouveau professeur après Noël. Un prof d'histoire. C'est une histoire assez horrible. Sa femme est morte dans un accident de voiture, et il s'est installé à Helsinki avec sa fille.

– Mais c'est terrible ! »

Helen n'avait pas l'air de s'en émouvoir outre mesure. Elle continua son histoire d'un ton égal.

« Tu sais, notre proviseur, Gunvor… elle espère visiblement que ce soit une sorte de génie. Elle nous bassine avec ses marottes : renouveler la pédagogie, entrer dans l'ère numérique et tout ça. Je ne sais pas trop, dit Helen.

– Du coq à l'âne – je crois que l'important pour Eva en ce moment est de trouver ce qu'elle veut faire de sa vie. Elle mise sur son activité artistique, alors je suppose que Londres est un bon endroit pour entrer dans le circuit et apprendre…

– Ou alors elle va se trouver un homme et faire des enfants. Au moins, elle aura quelque chose à faire.

– Mmh », opina Katriina.

Elle se cala au fond de son fauteuil. Elle adorait son fauteuil Artek, pas seulement parce qu'il lui rappelait sa jeunesse, mais parce qu'il avait été indubitablement un achat avisé, une des choses de sa vie qu'elle n'aurait jamais à regretter.

« Je crois qu'il faut que je te laisse, Maman.

– OK, embrasse tes petits monstres pour moi.

– Je n'y manquerai pas. »

Après cette conversation, Katriina sortit fumer sur le balcon. Il s'était mis à neiger, de gros flocons qui mouillaient sa cigarette. De là, on ne voyait que la cour intérieure. Quelqu'un la traversait pour jeter ses sacs-poubelles dans la benne. Un plouf humide qui lui fit penser à des fleurs : il y aurait beaucoup de fleurs à la fête de Max. Pas juste une par-ci, une par-là, mais partout dans l'appartement. Tuula ne faisait jamais aucun effort sur les fleurs.

Elle sortit son paquet de cigarettes de sa poche et remarqua qu'il n'en restait plus qu'une.

SEPT

Max avait eu le temps d'oublier cette histoire d'interview pour l'*Helsingin Sanomat* quand Laura Lampela l'appela un beau jour, après un cours donné à ses étudiants de première année. Il se trouvait dans son bureau, prêt à rentrer chez lui, et accepta la proposition de Laura de déjeuner ensemble au Kosmos le vendredi suivant. Max rencontrait beaucoup de jeunes femmes à la faculté, mais il ressentait toujours la distance de l'âge et, pour la plupart d'entre elles, c'était à ses collègues féminines qu'elles demandaient de diriger leurs mémoires ou autres travaux. Attirer ainsi l'attention ne lui était pas arrivé depuis un moment. En 1993, le journal *City* l'avait élu « jeune intellectuel de l'année ». À l'époque, il s'était senti trop vieux pour ce titre, mais il réalisait à présent combien, en fait, il avait été jeune. Il savait que certains, à la faculté, pensaient qu'il était un *has been*, que son orientation en psychologie de l'évolution était ridicule, ce qui l'avait de plus en plus marginalisé au sein de l'institution. Aujourd'hui, la sociologie devait s'occuper de questions de genre, d'écologie, ou de recherches dans le sillage de Bourdieu.

Max annonça ce déjeuner-interview à Katriina.

« Donc tu rentres à l'heure habituelle, vendredi ?

– Comment ça ?

– Je veux dire, vous ne ferez que déjeuner.

– Oui, c'est ça. Je suppose, dit-il. Sauf que j'ai aussi tennis ce soir-là. »

Il savait que cette interview était futile, mais s'il y avait bien une chose dont il avait besoin, c'était d'une diversion pour oublier un peu le livre auquel il travaillait. Son éditeur Matti l'avait appelé pour savoir où il en était. Max en avait tremblé d'avance.

Edvard Westermarck était à bien des égards un mystère, et sa biographie un projet beaucoup plus ambitieux que n'avait pu le soupçonner Max. Pourquoi un Finlandais célibataire de vingt-six ans – avec une expérience scientifique assez limitée – s'était-il mis en tête en 1888 d'écrire un livre sur l'histoire du mariage ? Et en anglais, en plus ?

Max avait souvent imaginé Edvard Westermarck sous la grande coupole de la bibliothèque du British Museum à Londres, en train d'écrire la plus grande partie de l'œuvre qui allait faire de lui un savant de renommée internationale.

Westermarck semblait doué d'une infinie patience pour collecter les faits, vérifier les hypothèses, saisir au vol les dernières avancées de la recherche, en faisant par-dessus le marché des voyages sur le terrain dans des lieux les plus reculés. Issu du monde protégé de l'aristocratie suédoise de Finlande, il avait choisi une vie qu'on pouvait qualifier de cosmopolite.

Que personne ne se souvienne plus de Westermarck aujourd'hui était une raison supplémentaire de le dépoussiérer et de le hisser de nouveau au grand jour.

En attaquant son travail, Max avait eu l'ambition de visiter, au moins en partie, les endroits où avait vécu Westermarck – la Sicile, le Maroc, l'Angleterre – mais il n'avait trouvé le temps que pour un bref voyage à Londres, et sa tentative de retrouver par des coups de téléphone l'ancienne villa de Westermarck à Tanger avait échoué. Dans les premiers temps, il était allé à Åbo consulter la correspondance de Westermarck, mais à présent son travail consistait surtout à rédiger.

« Je suppose que tout va comme sur des roulettes », avait dit Matti au téléphone. Max était plusieurs fois allé voir Matti à la maison d'édition pour lui dire à quel point le livre serait fantastique : une cartographie du climat intellectuel du début du vingtième siècle – Darwin, Freud, Durkheim – qui montrerait combien Westermarck avait été un pionnier. Il lui avait décrit dans les grandes lignes les ressorts dramaturgiques du livre : l'homosexualité cachée de Westermarck, ses voyages au Maroc, sa sœur liée au mouvement des suffragettes…

Il avait tant travaillé à ce livre qu'il avait commencé à en rêver. Dans ses rêves, Max se voyait lui-même sous une tente de bédouins, parmi les chameaux et les brigands, dans l'environnement dix-neuvième décrit par Westermarck dans ses mémoires. C'était le même rêve, nuit après nuit : assis au sommet d'une colline, il voyait des femmes, hommes et enfants, tous beaux, en train de marcher sur des sentiers poussiéreux au coucher du soleil. Quand il se réveillait, il avait toujours soif.

Matti s'était montré modérément impressionné lors de leur dernière conversation.

« *Jumalauta*[1], Max, cinquante ou cent pages suffisent pour qu'on puisse rédiger la présentation et la quatrième de couverture. »

Max avait promis d'envoyer quelque chose dès que possible, mais plusieurs jours avaient passé et, ce vendredi, il ne voulait pas y penser.

Il avait préféré passer la matinée à choisir la bonne chemise. Il avait également mis de l'after-shave, ce qu'il ne faisait presque jamais. Il avait depuis une éternité un vieux tube de crème Hugo Boss au fond du placard. Son parfum ne semblait pas sensiblement différent de quand il l'avait ouvert. C'était un cadeau de Noël d'Helen qui remontait au début des années deux mille, l'année où elle avait eu son premier emploi.

Max, quant à lui, avait embrassé sa carrière par hasard. Au lycée, quand il avait lu dans une brochure la description des cursus universitaires, la sociologie lui avait semblé la matière la plus simple, et il s'était procuré l'*Introduction à la sociologie* d'Erik Allardt et Yrjö Littunen, la bible pendant presque toutes les années soixante-dix. À sa grande surprise, il avait réussi l'examen d'admission avec une note élevée et, ses études commencées, il s'était découvert des affinités pour la discipline qu'était encore alors la sociologie, teintée de marxisme mais profondément ancrée dans le posi-

1. Nom de Dieu.

tivisme et l'idée de corrélation – a et b entraînent c, etc. Le père de Max ne savait rien des études universitaires, mais ses deux parents étaient allés au lycée, aussi attendait-il de Max qu'il parte étudier à Helsinki, même s'il se méfiait de cette matière.

« Ce n'est pas bourré de communistes, là-bas ? » avait-il demandé. Max avait nié, alors que la sociologie grouillait en effet de communistes.

Il ressentit le même besoin de se défendre quand Laura, assise en face de lui au Kosmos, bloc à la main, lui demanda si la sociologie n'était pas « une discipline typique des années soixante-dix ».

« Non, au contraire, les années quatre-vingt-dix ont été incroyablement passionnantes, avec tout ce qui s'est passé en économie. Et il y a eu notre étude sur les pratiques sexuelles des Finlandais. Et aujourd'hui, avec le démantèlement du modèle social nordique, il y a du pain sur la planche. Sauf que maintenant, je m'intéresse davantage à la psychologie sociale… »

Laura nota en hochant la tête. Avant même que ne commence l'interview, Max avait dû se plier à une pénible séance photo d'un quart d'heure. Le photographe l'attendait avec Laura devant le restaurant. C'était un jeune garçon, à peine vingt ans, bizarrement coiffé, et il sautait aux yeux qu'il ne savait pas qui était Max ni n'avait la moindre intention de s'en informer. Comme il neigeait, il avait voulu prendre les photos en extérieur, demandant à Max d'« avoir l'air pensif » en regardant le ciel. Max s'était senti idiot, mais avait obtempéré.

Enfin attablé avec Laura – Max avait d'abord craint que le photographe ne les accompagne au restaurant, mais heureusement il était rentré à la rédaction –, il commença par des formules de politesse : il s'enquit de son travail et elle lui résuma sa vie. Après des études de sociologie puis de journalisme, elle avait pris une année sabbatique (Max pensa : typique, ces jeunes et leurs années sabbatiques) au cours de laquelle elle avait voyagé en Australie, en Nouvelle-Zélande, puis avait séjourné à Shanghai où elle avait écrit des articles pour des médias finlandais, principalement sur l'économie chinoise. Une fois rentrée, elle avait commencé à travailler en free-lance. Elle partageait un bureau avec quelques amis à Berghäll. Pas de petit copain ? Max décida de garder la question pour plus tard.

« Mais c'est le journalisme culturel qui m'intéresse », dit-elle quand le serveur leur apporta leur entrée. Ils avaient tous les deux commandé un bortsch, un plat de saison un jour pareil où les fortes chutes de neige faisaient ressembler Helsinki à une ville russe sur une vieille carte postale du dix-neuvième siècle.

Ils avaient une table d'angle, tout près de la fenêtre. Max avait insisté pour qu'ils boivent du vin (« Ça ne te dérange pas ? Je n'ai pas cours cet après-midi ») et il lui remplissait à présent son verre pour la deuxième fois.

« Comme c'est aux frais de la princesse, j'en prends volontiers », répondit Laura.

Max se sentait chez lui au Kosmos, même s'il y allait désormais surtout par nostalgie. La clientèle avait changé, la bohème des artistes et des journalistes avait été remplacée par les milieux d'affaires et les touristes.

La seule chose qui le gênait était la présence à une table voisine d'une vague connaissance, Pekka Kantokorpi, professeur d'histoire à Tammerfors, en compagnie d'une femme que Max ne reconnaissait pas.

Cela l'irritait, car cette occasion ne se représenterait pas. Il sentait qu'il transpirait sous sa veste, tandis qu'il essayait d'avoir l'air aussi décontracté que possible devant Laura.

Elle posa son verre et sortit son bloc.

« Je crois que nous allons commencer par une sorte de fiche signalétique. Ça vous dérange si je pose quelques questions de style magazine féminin ? Vous savez, âge, situation familiale, etc. ?

– Non, pas du tout.

– Bon. Je sais que vous allez avoir soixante ans. Vous êtes marié ?

– Avec Katriina.

– Bon. Elle travaille dans quoi ?

– Elle s'occupe des ressources humaines pour le secteur santé d'Helsinki-Nyland.

– Elle est médecin ?

– Non, licenciée en sciences politiques.

– Et vos enfants ?

– Helen et Eva. Helen a… voyons, trente-deux ans. Eva trois ans de moins, donc vingt-neuf.

– Pas d'autres enfants ?

– Non.

– Que font-elles ?

– Helen est enseignante. Eva étudie l'art. Dans une très bonne université, si j'ai bien compris.

– L'art ? Vous voulez dire d'un point de vue théorique ?

– Non, autant que je sache, ils peignent, ce genre de chose.

– Passionnant.

– Oui, sans doute. Mais Eva a toujours tenu à être indépendante, ça a toujours été son grand truc. Sans doute parce qu'elle est la petite sœur. Honnêtement, je ne sais pas comment elle s'en sort à Londres, elle ne reçoit pas beaucoup d'aide de notre part, en tout cas. Mais… tout ça, tu ne vas pas l'écrire, n'est-ce pas ?

– Non, non, il ne sera pas question de vos enfants. »

On les servit. Max avait choisi un tournedos Rossini et sa timbale de raves, et Laura un classique du restaurant, la tartine forestière gratinée, pain de seigle grillé, œufs de lompe et sauce aux morilles. Ils trinquèrent et commencèrent à manger.

« Où en est la sociologie, aujourd'hui ? Quand je faisais mes études, on entendait beaucoup parler de statistiques démographiques ?

– Oui, et c'est toujours le cas, dit Max. Mais maintenant, on parle surtout de féminisme et de genre. Beaucoup aussi de postmodernisme, de post-truc et de post-machin.

– Êtes-vous féministe ? » demanda Laura.

Max n'y avait pas réfléchi depuis longtemps. Bien sûr qu'il était féministe, ou en tout cas il s'était imaginé l'être pendant toutes les années soixante-dix et quatre-vingt.

« Tu sais, je suis un vieux de la vieille, je me souviens des sessions entre hommes qu'on organisait dans l'archipel, où nous parlions sentiments pour explorer nos côtés féminins. Des exercices de groupe où il fallait se prendre dans les bras, être nu, et tout ça.

– Et cela a fait de vous un féministe ?

– Bon, au fond, les taistoistes[1] purs et durs considéraient le féminisme comme un bla-bla petit-bourgeois. Dans une société socialiste, les différences entre les sexes ne seraient-elles pas automatiquement supprimées ?

– Et vous n'étiez pas d'accord ?

– Je pense qu'on a besoin du féminisme. Mais… je ne devrais pas dire ça, mais je trouve dommage qu'il occupe une place aussi hégémonique. Cela effraie une partie des étudiants, je pense.

– Comment ça ? »

Max réfléchit. Il n'était pas certain que ce soit le moment pour cette discussion.

« Eh bien, cette façon d'interpréter toutes les relations interpersonnelles à travers le prisme féministe, de sorte que plus rien n'est laissé au hasard, que tout comportement est expliqué en fonction des rapports de force entre les sexes, j'en comprends la signification théorique, et je comprends qu'il soit important que la pensée critique les normes, mais je ne comprends pas pourquoi tout ce qui arrive aux personnes, toutes leurs peines, toutes leurs aspirations et toutes leurs faiblesses devraient forcément être expliquées par le féminisme. Parfois, certains hommes se comportent comme des porcs, c'est vrai, mais ce n'est quand même pas toujours une question de rapport de force entre les sexes : certains hommes sont tout simplement des porcs. Et parfois, c'est le niveau structurel supérieur qui est déterminant, le capitalisme par exemple. Je

1. Partisans de Taisto Sinisalo, leader d'une branche orthodoxe au sein du Parti communiste finlandais dans les années soixante-dix.

pense que nous avons besoin de modèles plus complexes, tout simplement. »

Laura nota en hochant la tête.

« Vous parlez donc d'intersectionnalité ? »

C'était un mot qu'on entendait souvent à la faculté. Chaque fois que Max en discutait, il se retrouvait toujours malgré lui à prendre la défense d'une forme de conservatisme culturel. Et plus il discutait du féminisme, plus il aspirait à retrouver Edvard Westermarck, ses bédouins et ses berbères…

« Oui, c'est le terme utilisé, bien sûr. Je veux juste dire que dans un monde où le structuralisme explique tout, il n'y a plus de mystère, plus d'excitation. Voulons-nous vivre dans une société où tout est régenté par l'idée que personne ne doit jamais se conduire de façon inconvenante ou faire de gaffe, où personne n'est autorisé à passer les bornes, à suivre ses sentiments et à aller à l'encontre des règles ? On a l'impression que la critique des normes s'accompagne forcément d'un discours normatif, d'une volonté de formater tout le monde pour correspondre à la vision du monde que l'on préconise. »

Ce n'était pas l'objet de l'interview. Il voulait juste l'impressionner.

« Sous quel angle vas-tu présenter ça ? demanda-t-il.

– Comment ça ?

– Je veux dire, est-ce que tu vas me présenter comme un vieux schnock qui se plaint des féministes, ou comme un chercheur au cœur de sa carrière ? Pardon, je ne veux pas te forcer la main, mais je trouve juste – enfin, je ne veux pas que ça ait l'air de je ne sais quelle plaidoirie. »

Laura acquiesça. Max la regarda pencher légèrement la nuque. Elle continua à parler et il se dit qu'elle devrait relever un peu ses cheveux, il aurait aimé voir son cou tout entier.

« Non, je comprends, mais je pense quand même que nous pouvons balayer assez large, aujourd'hui. Prenons par exemple les années quatre-vingt-dix. On avait l'impression, à l'époque, que les médias donnaient une plus grande place aux intellectuels finlandais. Il y en avait beaucoup dans *City* et les revues de ce genre. Vous étiez l'un d'eux, Esa Saarinen en était un autre. Et vous parliez beaucoup de sexe, je me trompe ? »

Max répondit de son mieux. Il jeta un coup d'œil à Pekka Kantokorpi et à son amie, mais ils ne semblaient pas l'avoir remarqué.

« Oui, il y a eu une époque où l'université d'Helsinki, et en particulier les sciences humaines, avaient une image très… sexy. Aujourd'hui, c'est plutôt les médias et le journalisme qui attirent, tout le monde rêve d'être présentateur télé. Mais il faut se souvenir que la Finlande est une jeune nation. Les années soixante-dix étaient très politisées, ensuite, à la fin des années quatre-vingt, tout est devenu complètement apolitique. Puis on a trouvé une façon de combiner la nouveauté superficielle et le vieil intellectualisme. La philosophie a tiré son épingle du jeu, dans ce contexte. Peut-être est-ce aussi lié à l'essor de la classe moyenne. On s'est pressé devant les émissions philosophiques à la télé parce qu'on avait le niveau d'études pour suivre. »

Laura nota.

« Intéressant, et vous pensez que ce n'est plus le cas ? Que la sociologie a cessé d'être sexy ? »

Max espérait qu'elle l'était encore. Il espérait surtout qu'il l'était encore.

« En quelques années, les gens se sont mis à porter un autre regard sur les études. D'une part, elles ne sont plus, comme avant, la garantie d'un emploi. Il faut d'autres références, maintenant, des expériences professionnelles. D'autre part, tout le système universitaire a été réformé. On vise désormais à trier toujours plus vite les étudiants. »

Du coin de l'œil, Max vit Kantokorpi se lever pour aller aux toilettes. Il décida de l'imiter. Il avait besoin de se rafraîchir.

« Pardon, peux-tu m'attendre un moment, il faut que je...

– Je vous en prie. »

Il passa devant le portier et entra aux toilettes, derrière le vestiaire. Kantokorpi était devant la pissotière et Max se plaça à côté. En se lavant les mains, Max fit comme s'il venait de s'apercevoir de sa présence.

« Mais qui voilà ? Qu'est-ce que tu fais ici ?

– Max ! Ça faisait un bail ! »

Ils se serrèrent la main. Le Kosmos était un vieil établissement, et cette rencontre aux toilettes de deux messieurs dans la force de l'âge semblait hors du temps. Max avait l'impression de devoir justifier sa présence d'une façon ou d'une autre, même si Kantokorpi n'avait même pas remarqué qu'il était attablé avec Laura.

« Alors... Qu'est-ce qui t'amène à Helsinki ? » demanda Max.

Pekka haussa les épaules.

« Oh, rien de particulier, je suis juste là pour la journée. Je déjeune avec une ancienne collègue, tu la connais peut-être… Et toi ?

– Bah, tu sais, rien. Je me fais interviewer par l'*Helsingin Sanomat*. Et voilà, c'est la soixantaine. Je sais, c'est terrible. Qu'est-ce que tu veux, on se fait vieux, hein ?

– Ça, pas grand-chose à y faire. Mais félicitations, alors. Tu veux qu'on… ? »

Pekka tint la porte pour Max et ils se saluèrent avant de regagner leurs tables respectives. En se rasseyant, Max vit qu'il le regardait, lui, puis Laura. Il lui fit un signe, pouce en l'air, mais Max baissa aussitôt les yeux.

« Bon, où en étions-nous ? »

L'entretien dura une heure, et Max trouva enfin le bon rythme. Laura notait de moins en moins, occupée à toucher – d'une façon terriblement sexy – son verre de vin et à rire quand Max disait quelque chose de drôle.

Parler à grands traits de sa propre carrière était simple, Max utilisait toujours les mêmes anecdotes. En même temps, il ne pouvait s'empêcher de trouver ça trop simple, simpliste. On pouvait se figurer que l'histoire d'une vie avait de grands thèmes dominants, qu'on passait par des points culminants, des phases décisives – mais Max avait toujours pensé que ce n'était que construction a posteriori. La vie était en réalité faite d'une série disparate de moments gênants et d'épisodes qui n'étaient pas nécessairement liés les uns aux autres. Les moments qui laissaient les plus grandes traces dans nos vies étaient ceux dont on ne parlait jamais, les échecs : divorces, enfants qu'on perd de vue, malentendus pénibles. Il y avait beaucoup moins de rationalité maîtrisée dans la vie que ce qu'on en montrait à autrui, et de loin.

En même temps, Max comprenait l'intérêt d'une bonne histoire. Un bon critère pour évaluer un travail de recherche était qu'il puisse être expliqué le plus simplement possible. Une bonne thèse de doctorat devait pouvoir être résumée sous une forme compréhensible lors d'une conversation à table. À la limite, un bon chercheur devait dégager assez d'enthousiasme pour pouvoir draguer en parlant de son travail.

Il évoquait à présent l'ambiance à l'université dans les années soixante-dix.

« Les marxistes les plus enthousiastes citaient Hegel, même si on le comprenait à peine. Il y avait une telle mode de la littérature marxiste que tout le reste de la recherche sociologique était relégué au second plan – et pas un mémoire qui ne commence par une citation bien sentie du *Capital.* Si on ne partait pas de Marx, on était estampillé sociologue bourgeois », expliqua-t-il.

Laura voulait en savoir plus sur le paysage intellectuel de la sociologie pendant ces décennies d'engagement politique. Max trouvait superflu de s'attarder autant sur les détails, mais peut-être y avait-il derrière un intérêt caché. Quand le serveur leur proposa de reprendre du vin, elle ne s'y opposa pas.

« Et ensuite, que s'est-il passé ? »

Elle le regardait à présent avec une curiosité nouvelle. C'était peut-être l'alcool, mais Max trouvait qu'il y avait quelque chose d'informel et d'intime dans sa façon de le regarder.

Il continua.

« Quand le boom marxiste s'est peu à peu tassé, au début des années quatre-vingt – et jusqu'à la chute du mur de Berlin –, nous nous sommes retrouvés à la croisée des chemins. Une partie des sociologues s'est intéressée aux us et coutumes, à l'étiquette, bref à la façon dont on tenait sa fourchette et son couteau. Les plus jeunes, entrés à l'université dans les années quatre-vingt, ont commencé à lire Bourdieu et à écrire des mémoires sur la sociologie de la mode et ce genre de truc.

– Et vous ?

– Moi, je suis sans doute tombé dans l'entre-deux. J'ai commencé à m'intéresser à la psychologie évolutionniste et, bien sûr, je lis volontiers Bourdieu. Et voilà où nous en sommes aujourd'hui. Je fais des cours d'introduction à l'histoire de la sociologie et j'essaie d'écrire mon petit livre sur Westermarck. »

Voilà longtemps qu'il n'avait pas parlé autant de ce qui l'intéressait.

« Fascinant », dit Laura. Ses pupilles se rétrécirent, puis elle se retourna pour regarder la salle. Un court instant, elle sembla troublée, comme si elle ne savait plus où elle était. Elle referma alors son bloc-notes et le rangea dans son sac à main, avant de se lever pour aller aux toilettes.

« Je crois que je suis un peu ivre, dit-elle. Je reviens tout de suite. »

Elle resta longtemps aux toilettes et, à son retour, elle avait refait son rouge à lèvres. Max l'interpréta comme un compliment.

« Nous avons fini, alors ?

– Oui, je suppose.

– Et tu es sûre que le journal prendra la note ? demanda Max.

– Absolument. »

Ils restèrent sous la neige à retarder leurs adieux. Laura n'avait pas l'air plus pressée que Max. Elle portait le même manteau noir que la première fois qu'il l'avait vue au café, avec une petite écharpe. Ils restaient là à regarder les passants qui remontaient la rue. Max alluma un cigare.

« Et où vas-tu, maintenant ? demanda-t-il.

– Je vais rentrer chez moi, je pense. Il faut que je rédige cette interview pour lundi. Ça va paraître d'ici une semaine. Vous pourrez la relire, si vous voulez ?

– Oui, volontiers, sauf si quelqu'un d'autre peut le faire…

– Quelqu'un d'autre ?

– Un petit ami ? »

Laura rit.

« Non, je n'ai pas de petit ami. Et même si j'en avais un, je peux me débrouiller toute seule pour écrire mes articles. Je voulais juste dire que vous pourriez le relire pour contrôler qu'il n'y a pas d'erreurs factuelles.

– Ah, oui, bien sûr, je peux le faire. »

Elle lui sourit. Max interpréta ce sourire comme le signe qu'elle ne le trouvait pas totalement idiot. Il aurait aimé rester là.

« Au fait : ma femme organise une sorte de fête pour moi, ce sera probablement terriblement ennuyeux, mais apparemment, il faut bien que je célèbre mon anniversaire d'une façon ou d'une autre. Tu es invitée, si ça te tente. J'ai dit que je ne voulais pas de tralala, mais telle que je connais ma femme, elle aura quand même invité la moitié de la ville. Alors, peu importe si tu ne connais pas grand monde.

– Pourquoi pas ? Merci de l'invitation.

– Ça me ferait vraiment plaisir que tu viennes. Pour être honnête, je déteste ce genre de réception. Tu serais un soutien moral.

– Cette marque de confiance me fait plaisir. »

Elle sourit de nouveau. Elle avait de belles dents, il y avait songé pendant tout le déjeuner. S'ils n'avaient pas été dans la rue, il se serait penché pour l'embrasser, à ce moment précis.

« Oui, c'est bizarre de ressentir ça. Cette confiance en toi, je veux dire. »

Elle haussa les épaules.

« Tu es mignon. Mais il faut que j'y aille. »

Elle tendit la main, Max la prit, mais en même temps se pencha pour l'embrasser sur la joue.

« Bon, au revoir alors ! » dit-elle en se dégageant. Il eut tout juste le temps de sentir son parfum.

Et elle s'en alla. Max resta là un moment, remarquant à peine la neige qui lui tombait dessus. Soudain, Pekka Kantokorpi était là, à cinquante centimètres de lui, en compagnie de la femme avec qui il avait déjeuné. Max les salua à contrecœur.

« Ah, c'était donc elle, la journaliste ? demanda Kantokorpi. Jolie fille. »

HUIT

Eva aurait pu rester à Londres en disant qu'elle n'avait ni le temps ni les moyens de revenir avant Noël (ce qui était la vérité), mais ses parents auraient alors commencé à s'inquiéter pour ses finances, ce qu'elle ne voulait pas. Aussi, quand sa mère appela – Eva entendait derrière elle les enfants d'Helen –, elle promit de réserver un vol sur Norwegian pour l'anniversaire de son père.

« Seulement deux jours ? Tu ne peux pas plus longtemps ?

– Je ne sais pas, Maman. J'ai plein de travail.

– Mais tu me promets que tu te plais, là-bas ?

– Mais oui, promis.

– OK, OK. C'est ta vie. Ah oui, à propos : ne prévois pas de cadeau. On lui en achète un en commun. J'ai prévu une fête chez nous, pas grand-chose, juste quelques collègues, vous les filles, et peut-être quelques amis… »

Quand Katriina partait dans ce genre de considérations, il arrivait souvent à Eva de poser son téléphone sur la table et d'attendre qu'elle se taise pour le reprendre. Elle imaginait sa mère allongée sur le canapé, en train de feuilleter un magazine féminin tout en lui parlant, ses pensées sautant du coq à l'âne. Pas de silences éloquents avec Katriina : de tels signaux n'avaient pas prise sur elle, comme si les synapses de son cerveau étaient si actives qu'elle n'enregistrait pas les changements d'ambiance subtils.

Eva posa l'écouteur contre son oreille et dit qu'elle allait peut-être malgré tout acheter un cadeau.

« Au fait, ta sœur est là. Tu veux lui parler ? Attends, je te la passe. »

Avant qu'Eva n'ait le temps de dire quoi que ce soit, Katriina avait passé le téléphone à Helen.

« Salut Eva.

– Salut Helen. Comment ça va ?

– Bon, comme tu vois, Maman organise l'anniversaire de Papa. Elle pense qu'on devrait chanter quelque chose toutes les deux.

– Mon Dieu.

– Oui, je sais. Je lui ai bien dit qu'on n'avait plus fait ça depuis l'adolescence. »

Plus jeunes, elles avaient toujours chanté aux fêtes de leurs parents. C'était l'idée de Katriina, car on disait tout le temps qu'Eva avait une voix fantastique. Maintenant qu'elle était adulte, Eva n'en était plus aussi sûre. Par la suite, personne ne le lui avait plus jamais fait remarquer.

« Et alors, comment ça va, à Londres ? dit Helen. C'est bien, le monde des artistes ?

– Oui, ça pulse pas mal. Je crois que je vais mettre un moment à m'habituer. Et toi, ça se passe comment ?

– À part qu'on a été malades tout l'automne, tout va bien. Nous avons aussi eu des poux. Tu savais qu'on pouvait encore avoir des poux ? On n'en a jamais eu, non ?

– Pas que je me souvienne.

– Ou alors on en a eu, c'est juste que Maman ou Papa n'ont jamais eu le temps de vérifier. J'ai dû faire trois traitements pour en être débarrassée. Mais Lukas n'en a pas eu. Ils n'ont pas l'air de se plaire dans ses cheveux, ils sont sûrement trop sales. Impossible de lui laver la tête. »

Eva entendit que sa mère essayait d'ajouter quelque chose.

« Helen, il faut que je te laisse. Je suis dans la rue, j'ai rendez-vous avec quelqu'un. Embrasse Amanda et Lukas pour moi. Tu crois qu'un cadeau de Londres leur ferait plaisir ?

– Oui, sûrement. Tu veux que je te repasse Maman ?

– Plutôt pas. Dis-lui au revoir. »

Il fallut un moment à Eva pour se rappeler où elle était et où elle allait. Un croisement près de Liverpool Street. C'était samedi, il pleuvait, un ciel gris et déprimant avait pesé sur Londres toute la semaine. Eva attendait en haut de l'escalier du métro qu'une grosse femme noire descende sa poussette jusqu'au quai. Un parfum sucré se mêla à l'odeur de la grande ville : urine et graillon.

Un homme en costume avec un attaché-case les doubla toutes les deux, manquant de bousculer la femme à la poussette. Elle poussa un cri de colère, mais l'homme plongea sans un mot vers le métro. Eva et la femme échangèrent un regard, comme pour se conforter dans leur opinion que ce type était un connard, puis Eva continua à descendre l'escalier.

C'était l'heure du déjeuner, toute la ville était pleine de gens qui faisaient leur shopping du samedi. Londres était chaotique, énorme – des rues larges ou étroites qui s'entrecroisaient, des bâtiments anciens et neufs pêle-mêle, des quartiers d'affaires, des quartiers touristiques et des quartiers branchés, sans aucun ordre logique. Dans une ville comme Paris, on s'y retrouvait, car la ville avait été planifiée. Londres non, et elle s'était développée selon une sorte de structure organique qu'on disait si compliquée que le cerveau des chauffeurs de taxi était plus gros que la moyenne.

La ville regorgeait de galeries. Au début, Eva avait essayé d'en visiter autant qu'elle pouvait, mais ce qu'elle voyait était souvent creux et ennuyeux. Elle aimait en revanche l'architecture des grands musées, en particulier de la Tate Modern, énorme comme un hangar d'aviation.

Le grand sujet de conversation des dernières semaines était l'occupation des abords de la cathédrale Saint-Paul. Les mouvements anticapitalistes avaient convergé vers Londres et les environs de l'église étaient désormais cernés de tentes. Eva était passée un soir tard près du campement, en se demandant si les gens y restaient vraiment la nuit ou n'y venaient que la journée. Visiblement, il y avait du monde, car en prêtant l'oreille, elle entendait du remue-ménage sous les tentes, une radio allumée, ou apercevait un rai de lumière sous une bâche. Pendant la journée, l'endroit était un curieux mélange d'activisme pur et dur et de piège à touristes. Les visiteurs étrangers semblaient aussi intéressés par les manifestants que par la vieille cathédrale.

Eva se rendait à la pharmacie. Elle avait décidé de faire un test de grossesse. Elle s'en serait bien passée, mais voilà, il était temps de prendre les choses en main.

Elle n'en avait parlé à personne, ni à sa sœur ni à Natalya. À part Malik et Natalya, elle ne connaissait qu'une autre personne à Londres, Russ, son camarade de cours. Il était une fois venu lui parler dans l'atelier où ils travaillaient. Difficile de savoir ce qui l'amenait vraiment, car il avait juste marmonné sous sa moustache quelques phrases pour dire qu'il trouvait ses interventions en cours « précieuses ».

Russ était très réservé avec sa peinture. Si elle s'approchait de son chevalet, il semblait embarrassé. Il parlait d'une voix basse et sourde, avec une autodérision à fleur de peau – limite kamikaze – qui ne faisait que souligner son apparence comique. Sa moustache était drôle, elle était cirée comme celles qu'on voyait sur les portraits des anciens artisans, bouchers ou cordonniers de la fin du dix-neuvième siècle. La seule différence était le teint mat de Russ, qui trahissait des origines moyen-orientales (elle sut vite que sa famille était originaire d'Algérie).

Elle ne lui avait rien dit au sujet de Malik. Il semblait si discret et prude qu'il aurait sans doute été choqué d'apprendre qu'elle couchait avec leur professeur. Non qu'elle ait l'impression de faire quelque chose de vraiment interdit – Malik n'avait jamais que douze ans de plus qu'elle, et elle était adulte. Malik faisait profil bas à l'école. Il prétendait qu'il risquait de se faire renvoyer si ça se savait : Eva le croyait, ce qui lui procurait une excitante sensation de pouvoir sur la situation.

Elle se trouvait à présent à un croisement de Covent Garden. Elle essayait de ne pas y penser, mais si elle était enceinte, elle avait déjà décidé de rentrer avorter en Finlande. Il n'y avait pas d'autre issue.

Les pharmacies, à Londres, étaient vastes, climatisées et éclairées à l'américaine. Elle demanda à un employé où était le rayon des tests de grossesse et en choisit un dans la gamme de prix intermédiaire. La petite boîte jaune coûtait deux livres. Elle avait résolu de conserver le plus grand calme possible. Mais la boîte lui brûlait les mains tandis qu'elle s'approchait de la caisse.

Arrivée chez elle, elle trouva Natalya dans la cuisine. D'un regard, elle indiqua à Eva sa chambre. Elle entra et découvrit Malik dans son lit.

« *Hey babe*, ta copine m'a fait entrer », dit-il. Il feuilletait son livre de croquis.

« Dis donc, c'est pas nul, tout ça. Je veux dire, c'est pas du putain de Turner, mais… c'est pas mal. Qu'est-ce que tu as dans ce sac ? »

NEUF

« Putain de salope, dit Malik, tu m'as baisé ! »

Il tournait en rond dans la petite chambre d'Eva. Malik parlait toujours comme ça quand il était en colère, aussi Eva ne le prit pas trop au sérieux. Elle l'avait entendu traiter un de ses meilleurs amis de « pauvre enculé ».

Eva lui avait montré le test de grossesse qu'elle avait acheté à la pharmacie. Le regard vide, il avait tapé du poing contre le mur, fort, il devait s'être fait très mal. Pourquoi les hommes agissaient-ils ainsi ? Elle se demanda si Malik avait vu ça dans des films. C'était bien la chose la plus idiote qu'on puisse faire. Eva ne put s'empêcher d'en rire.

Mais Malik était furieux.

« Putain, qu'est-ce qu'il y a de si drôle ? »

Natalya entra et demanda ce qui se passait. Son ton d'ordinaire enjoué était teinté d'inquiétude.

« Ça va », fit Eva, sans savoir si c'était le cas. Elle se mettait toujours dans ce genre de situation avec les hommes. D'une certaine façon, elle parvenait toujours à les pousser au désespoir

« Mes règles étaient en retard, alors j'ai acheté ça…

– Et si tu es enceinte ? Tu as l'intention d'avorter ? *End of the story ?* »

Eva hocha la tête.

« Je suppose.

– Tu supposes ?

– Non, je veux dire, je le ferai. »

Il se calma. Son corps, aussi contracté que son poing, se détendit.

« OK, sors-le, on vérifie. »

Et Eva vérifia. Elle alla aux toilettes, sortit le test de l'emballage et lut les instructions. Elle avait déjà fait à deux reprises un test de grossesse, des fausses alertes. Elle resta enfermée seule pendant que Malik dansait d'un pied sur l'autre de l'autre côté. Au bout de dix minutes elle ressortit.

« Je ne suis pas enceinte.

– OK », dit Malik. Il la prit dans ses bras. « Pardon, *babe*, je n'aurais pas dû m'emporter comme ça. Tu sais, je ne pensais pas que tout ça… notre relation, que ce serait davantage qu'un petit truc sans lendemain. Je ne suis pas prêt à être père, quoi.

– Non, je sais », dit-elle en allant se coucher.

Un petit truc sans lendemain, c'était tout à fait ça. Au tout début, si elle avait couché avec Malik, ce n'était que pour tromper sa solitude à Londres et avoir quelque chose à faire – quelqu'un à qui parler. Il l'avait draguée sans se gêner à la fin d'un cours. (« Eva, tu peux rester un peu ? Il faut que je te parle. ») Ça avait commencé par un verre, et dès le deuxième, il s'était jeté sur elle. Elle avait aimé la sensation, sa hâte agressive, c'était à la fois gênant et excitant, comme une histoire d'amour tirée d'un roman – décidément pas crédible mais assez irrésistible.

Plus tard, elle se mit à apprécier les moments après le sexe autant que le sexe lui-même. Malik aimait parler – se vanter était peut-être un mot plus juste – du boom de l'art dans les années quatre-vingt, de toutes les fêtes, des expositions, « fucking Saatchi », « fucking Venise », « fucking Bâle », et ainsi de suite. Elle découvrit assez vite que l'attitude de voyou qu'affectionnait Malik n'était qu'un genre qu'il se donnait. Il venait d'une famille aisée de Belgravia, le quartier des ambassades. Il avait fréquenté les meilleures écoles et passé ses vacances dans des stations de ski françaises – elle avait même vu une photo de lui à quatorze ans, écolier en polo Lacoste –, mais lui se considérait naturellement comme le mouton noir de la famille.

Devenir enseignant avait été une concession de taille, son père ayant exigé à ses trente ans qu'il subvienne seul à ses besoins. Mais il avait aussi perdu l'envie de faire de l'art dans les années deux mille, prétendait-il : le climat était alors déjà devenu trop individualiste.

« Les artistes ont besoin de leurs pairs pour échanger des idées. L'histoire de l'art est pleine de groupes, de mouvements. Les impressionnistes se connaissaient tous, se fréquentaient, picolaient ensemble, baisaient les femmes de leurs collègues, se mariaient avec leurs cousines. »

Malik était en instance de divorce avec Sarah, mais comme il possédait des parts de la galerie de Sarah, ils n'avaient pas signé les papiers. Ils n'avaient pas d'enfants, Malik racontait n'en avoir jamais voulu (« Ce monde est trop pourri pour des enfants »).

Eva réalisa soudain que Malik avait peut-être interprété toute cette frayeur autour d'une possible grossesse comme une forme de chantage, une façon de mettre la main sur l'argent de sa famille.

« Pardon, je n'aurais rien dû dire, comme je n'étais pas sûre, dit Eva.

– Non, non, je suis content que tu l'aies fait. Ça ne concernait pas que toi… ce truc. »

Plus tard dans la soirée, Malik rentré chez lui, Eva, au lit, remarqua qu'elle pensait à Alexander. Le petit ami avec lequel elle était restée le plus longtemps. Ils s'étaient fiancés au bout de quatre ans, s'étaient installés ensemble et avaient rompu deux mois plus tard. Ils avaient sérieusement parlé d'avoir des enfants, mais repoussé la décision, plusieurs fois, car Alexander voulait d'abord terminer ses études et trouver un emploi. Ensuite, ils se seraient installés dans un pavillon à Esbo ou Vik, disait-il, et auraient eu trois enfants (une fille et deux garçons, comme le souhaitait Alexander).

Mais un jour, elle avait été saisie d'une angoisse indescriptible face à leur relation, aux plans d'Alexander, à cette vie à ce point balisée – du sentiment de ne plus savoir ce qui restait vraiment de leur relation derrière toutes les idées qu'elle s'en faisait. Elle avait réalisé que c'était toute seule à la maison qu'elle se sentait le mieux, quand elle ne pensait plus à Alexander, qu'elle oubliait son existence, ce qui l'avait amenée à comprendre qu'elle n'avait en fait aucune envie d'être avec lui. Une vie à Esbo ne contenait aucune promesse d'avenir.

Sa mère avait été furieuse quand elle avait rompu, car elle était extrêmement attachée à Alexander et, plusieurs mois durant, Katriina avait semblé espérer qu'ils se remettent ensemble.

Quand un faire-part de mariage arriva, un an plus tard, tout le monde comprit que c'était bel et bien fini. Eva accepta l'invitation, surtout parce que beaucoup de ses amis seraient là.

C'était une erreur.

Alexander et Marika se marièrent dans un manoir des environs de Borgå. La cérémonie avait de l'allure, avec les nièces de Marika en demoiselles d'honneur et le témoin d'Alexander qui avait organisé une sorte de *flash mob* spontanée dans l'église. Plusieurs invités s'étaient levés pour chanter à la sortie des mariés : Eva comprenait que ce genre de spontanéité minutieusement préparée était le comble du romantisme pour quelqu'un de sa génération.

Quelque part après la pièce montée, mais avant la musique, avant que la noce ne dégénère en un enfer suédo-finlandais d'égocentrisme sirupeux et collant (deux garçons qui finissaient leurs études de commerce avaient loué une table de mixage où ils passaient de la musique suédoise des années quatre-vingt, atroce, tandis que les autres, en T-shirts à paillettes, agitaient les bras en l'air), Eva décida qu'elle n'en pouvait plus. Elle trouva une bouteille de vin ouverte, s'assit et se mit à boire.

De sa table, elle observait toutes les lèvres bouger, la marée de cheveux blond cendré, les coiffures, les gants de soie, les joues rasées de frais et le rouge à lèvres, sentait les lourds parfums et voyait dehors le soleil qui refusait de descendre, et constata soudain qu'il était trop tard pour le bus du retour.

Tandis qu'un tonitruant *Common People* de Pulp se déversait des haut-parleurs, elle se leva, traversa la piste de danse devant les parents d'Alexander et sortit dans le soir d'été.

Des gens fumaient sur les marches et elle alla demander une cigarette à quelqu'un qu'elle ne connaissait pas – probablement un parent de Marika. Il avait quelques années de moins qu'elle et mesurait presque deux mètres, avec un nez aplati et de travers, comme si quelqu'un l'avait frappé plusieurs fois au visage et qu'il ne s'en était jamais remis. Il fouilla dans la poche de sa veste et en sortit une cigarette.

Eva la prit et remercia, et il l'alluma d'une grande main pâle aux longs doigts osseux.

« Eva, dit-elle en tendant la main.

– Izzy, dit-il en la serrant.

– Et tu connais… ? demanda-t-elle.

– Marika. Et toi ?

– Alexander. C'est mon ex. »

Elle regarda en direction de la fête. Ils étaient seuls à présent sur l'escalier.

« Ils ont l'air heureux, dit-elle.

– Oui, ils ont l'air. Tu es venue avec quelqu'un ?

– Non, toute seule.

– Tu t'amuses ?

– Je ne dirais pas ça. »

Eva se balançait sur une marche du petit escalier de pierre, comme prête à décoller. Elle souffla un nuage de fumée et regarda son visage. Mignon, même s'il était un peu plus jeune qu'elle. Elle songeait à lui proposer d'aller danser quand elle entendit l'intro d'une chanson qu'elle reconnut aussitôt. Elle n'en croyait pas ses oreilles.

Il avait dû s'en apercevoir, car il lui demanda doucement :

« Tout va bien ? »

Eva était désemparée.

« C'est juste… cette chanson. C'était notre chanson, à Alexander et moi. »

Il tira une bouffée sur sa cigarette et la recracha.

« Le rasoir d'Hanlon. »

Elle ne comprenait pas ce qu'il voulait dire. Il répéta.

« Le rasoir d'Hanlon. C'est un principe, une loi, un peu comme le rasoir d'Ockham, tu sais. Ne jamais attribuer à la malveillance ce que la stupidité suffit à expliquer. »

Eva éclata de rire. Elle remarqua que c'était la première fois de la soirée.

« Où as-tu entendu ça ?

– Je ne sais pas. Je dois être un nerd.

– Tu n'as pas l'air d'un nerd.

– Crois-moi, j'en suis un. »

Elle le regarda de nouveau.

« Tu sais quoi : nerd ou pas, je crois que la seule façon pour nous de survivre à ça est d'aller danser en faisant semblant de nous amuser. Qu'est-ce que tu en dis ? Je crois que le bar est en libre-service. »

Il avait hoché la tête, elle lui avait pris la main et ils avaient rejoint la fête. Ils étaient allés au bar installé sur des tréteaux provisoires se faire des cocktails forts à la vodka. La piste de danse était une explosion de paillettes et de peau, d'ampoules aux pieds, de sueur et d'euphorie.

En se réveillant le lendemain matin avec un sale goût dans la bouche et un énorme mal de crâne, elle dut faire un effort pour se souvenir d'où elle était. Elle mit un moment à tilter : la toile de tente brillante, les rais de lumière qui entraient, les rires dehors, l'air étouffant et enfin, en se retournant – le grand brun couché là, la joue pressée contre le tapis de sol vert, dont la texture l'avait marqué comme si on lui avait mis la figure contre un moule à gaufres, son nez de travers – oui, elle finit par se souvenir, elle était toujours à Borgå, c'était le lendemain, ils allaient se lever, prendre le petit déjeuner, boire un café, reprendre du poil de la bête.

Elle resta un moment silencieuse sous la tente, essaya de se rendormir, mais elle était à la fois trop lucide et trop fatiguée pour s'endormir et, surtout, il faisait trop chaud, elle avait dormi avec son pull après avoir été réveillée par le froid : le soleil cognait à présent sur la tente et elle était en sueur. Quand elle commença à bouger, il se retourna, le visage contre la paroi de la tente. Elle lui tapota doucement l'épaule.

« Tu dors ? »

Il murmura quelque chose, comme dans un profond sommeil, très loin :

« Il est quelle heure ?

– Je ne sais pas. »

Elle essaya de tendre le bras vers ses pieds, cherchant à tâtons quelque chose à boire, de l'eau, peut-être. Rien.

Elle s'extirpa du sac de couchage et remonta la fermeture éclair de la tente. Les rayons du soleil entrèrent, le ciel était bleu clair.

Elle l'entendit bouger dans son duvet.

« J'ai promis de conduire ma frangine et Alexander à l'aéroport aujourd'hui. J'espère qu'il n'est pas plus de onze heures », marmonna-t-il.

Eva le regarda.

« Ta frangine ? Marika est ta frangine ? »

Il la regarda, encore mal réveillé, en se grattant la tête.

« Je pensais que tu étais au courant... »

Ce matin-là, elle avait téléphoné à sa mère pour lui demander de venir la chercher. Elle aurait préféré que ce soit Max, mais il n'avait pas son permis. Quand Katriina se pointa, Eva l'attendait sur un chemin de gravier devant la salle des fêtes, dans une robe qui avait l'air d'avoir passé la nuit sous la tente, ce qui d'ailleurs était le cas. Elle essaya de paraître guillerette en embrassant sa mère, mais savait qu'elle n'y arrivait pas.

« Tu t'es couchée tard ? »

Elle sourit, mais évita le regard de Katriina.

« Oui, assez tard.

– C'était un beau mariage ?

– Oui, enfin... si, c'était bien, dit-elle en fixant droit devant elle.

– Tu sais, tu n'étais pas obligée d'y aller. »

Eva se tut, puis éclata soudain en sanglots, tout bas, mais assez pour que Katriina l'entende. Elle garda l'œil sur l'autoroute.

« Eva, ces choses-là prennent du temps. Ça ne fait rien si tu as encore des sentiments pour Alexander. »

Eva n'en croyait pas ses oreilles. Elle se cala contre la portière sans rien dire. Le soleil brillait, mais une angoisse mortelle l'envahit.

« Comment s'appelle sa nouvelle petite amie ? Je veux dire sa femme ?

– Marika.

– Tu la connais ?

– Elle faisait partie de la même bande. »

Katriina se tourna vers elle.

« Tu finiras par trouver quelqu'un, toi aussi. »

Eva se redressa.

« Mais ça n'a rien à voir ! Tu ne comprends donc rien ?

– Non, non, je sais. Pardon. »

C'était entre autres à cause du mariage d'Alexander qu'Eva était partie. Quand l'avis d'admission était arrivé de Londres, elle n'avait même pas eu besoin de réfléchir. Rien ne semblait alors plus à-propos – quitter cet étouffant cocon suédo-finlandais d'Helsinki et commencer une nouvelle vie.

DIX

Katriina était rentrée de chez le fleuriste en taxi, avait appelé Max tandis qu'elle pataugeait dans la gadoue sur le trottoir et, ensemble, ils avaient monté toutes les fleurs dans l'appartement.

Elle déballa alors les bouquets dans le séjour et entreprit de disposer tulipes, narcisses et amaryllis dans des vases, secondée par Amanda.

« À quelle heure devait atterrir Eva ? » demanda Max en allant se servir un whisky.

Il avait hâte de voir rassemblés ses enfants et petits-enfants. Mais tout le reste l'indifférait. À la faculté, on lui avait écrit une carte pour son anniversaire, qu'il avait reçue avec gêne et n'avait pas encore osé lire. Même une carte d'anniversaire était une sorte de bilan.

Et voilà que Katriina lui infligeait une grande fête dont il était l'invité d'honneur. Il aurait préféré s'enfuir, mais une chose le retenait : l'espoir de voir Laura. Max l'avait appelée pour la remercier de l'interview, et elle lui avait alors annoncé qu'elle avait décidé de venir.

« L'avion devait atterrir à cinq heures, elle devrait donc arriver d'ici deux heures. Au fait, je trouve que tu devrais mettre la veste grise ce soir. Et prends cette chemise bleu foncé, je l'ai lavée lundi et repassée. Tu peux me donner un coup de main ? »

Il posa son verre et s'approcha.

Katriina s'était mis du vernis à ongles rouge. Elle était en train de répartir les fleurs et les feuilles en tas égaux. Difficile de dire si c'était les fleurs ou son parfum qui sentaient si fort. Il passa ses bras autour d'elle, se pencha sur sa nuque et remonta une main vers sa poitrine. Le contact physique des rondeurs de Katriina sous son pull le submergea de bien-être. Dans un monde parfait, il pourrait aimer à la fois Laura et Katriina, non ? Quelle était cette règle idiote qui prétendait que c'était impossible ? Il était si facile d'aimer. C'était la chose la plus simple au monde.

« Bon… Max, arrête. Sérieusement, va à la cuisine me chercher le grand vase sur le rebord de la fenêtre. Je voudrais le placer dans le séjour, sur la table, à côté du buffet. Remplis-le à moitié d'eau. Helen, tu peux m'aider à couper un peu les tiges de ces tulipes ? Et je voudrais que tu fasses quelque chose de joli avec ces amaryllis qui restent. »

Helen, Christian et les enfants étaient arrivés dès le matin. La sœur de Max était là elle aussi, et Max savait qu'Elisabeth considérait qu'il aurait dû s'arranger pour que leur maman puisse venir à la fête. Mais comment faire ? Impossible d'imaginer qu'elle puisse prendre le train. En tout état de cause, Elisabeth aurait dû aller la chercher. Ils s'étaient disputés à ce sujet au téléphone.

« Mais si Maman tombe ? Ou si elle doit aller aux toilettes au milieu du voyage ? Je ne peux pas la sortir seule de la voiture. »

La mère de Max avait appelé dans la matinée, vexée. Elle voulait prendre un taxi jusqu'à Helsinki, mais il lui avait promis d'organiser une fête de famille au printemps, où tout le monde viendrait.

En allant à la cuisine, Max s'arrêta dans le vestibule. Le mur y était couvert de photos de famille. Une de celles qu'il préférait montrait Katriina dans un zoo à San Francisco. Elle embrassait un chimpanzé. Elle était bronzée, blonde, semblait heureuse, comme si elle avait complètement oublié la présence de l'appareil photo. Katriina n'avait peur de rien, elle n'aurait jamais hésité à embrasser n'importe quel animal.

Les autres clichés représentaient surtout les filles. Photos d'Eva, crevette nouveau-née près de Katriina, photos de la crèche, de l'école, photos d'Helen et Eva à cheval et beaucoup de Katriina, Helen et Eva à Berkeley. Il y avait aussi un diplôme décerné à Max par l'académie de Finlande et une copie encadrée de la photo de mariage de ses parents.

Il n'y en avait aucune de Max.

« La chemise est dans la chambre ? cria-t-il.

– Oui, elle devrait être dans la penderie », répondit Katriina.

Il alla à la cuisine prendre le vase. Sur la table, un exemplaire de l'*Helsingin Sanomat* ouvert à la page Culture, avec le grand article sur Max. Il avait à présent l'impression d'en avoir trop dit. Il savait combien certains de ses amis universitaires méprisaient ses saillies sociologiques dans les médias.

Le titre de l'article était une citation de Max : « La liberté totale n'est pas un idéal. » Max avait comme toujours parlé de la façon dont la possibilité de choisir nous déprimait. Sur la photo – qui faisait au moins sept colonnes de large et s'étalait sur toute la page –, il avait un regard soucieux, comme si on lui avait rappelé quelque chose de triste au moment même de prendre la photo. En fait, il avait eu du mal à comprendre ce que le photographe attendait de lui. Il regarda de nouveau la photo et fronça le nez. Il lui avait soudain semblé reconnaître un trait de sa propre mère dans l'expression soucieuse de son visage – dans la famille de sa mère, n'avaient-ils pas tous l'air sur le point de fondre en larmes ?

Katriina avait posé le journal sur la table pour que tous les invités puissent le voir. Il songea à le replier et à le jeter à la poubelle. Mais le texte en lui-même n'était pas si mal, il l'avait lu avant la publication et avait proposé par mail à Laura quelques corrections et clarifications. Pendant la journée, il était allé voir sur le site du journal les réactions à son interview. Le ton des commentaires avait surpris Max – il y en avait visiblement encore qui l'estimaient capable de dire des choses sensées.

Vers six heures, l'appartement s'était déjà rempli : Helen et sa famille, la sœur de Max, Elisabeth, son collègue Antti, qui était en avance, et une autre collègue plus jeune, une doctorante extrêmement ambitieuse, Sara. Max ne voulait pas inviter son éditeur Matti, car il n'avait aucune envie de parler du livre sur Westermarck, mais Katriina s'était chargée de la liste des invités et n'avait naturellement pas accepté d'exclure qui que ce soit.

Un agréable brouhaha envahissait déjà les lieux et Edvard courait partout en remuant la queue, saluait et flairait tout le monde. Max accueillait les convives avec compétence, faisait visiter le bureau où il travaillait, sans cesser de guetter l'arrivée de Laura. Chaque fois qu'il entendait la porte s'ouvrir, il espérait que ce soit elle.

À sept heures, la plupart des invités étaient là. Katriina les avait accueillis sur le pas de la porte en compagnie de Max, qui s'était déjà éclipsé deux fois sur le balcon pour fumer un cigare.

Max fendait à présent la foule en tâchant de sourire à tout le monde. Il ne savait pas bien à qui il avait parlé mais, par la suite, il devait se rappeler des détails, les boucles d'oreilles de Katriina, le décolleté de la femme d'un collègue, un mouchoir rouge, une paire de chaussures de sport blanches. À huit heures, Laura franchit enfin le seuil, avec une courte robe mauve, ses cheveux bruns et brillants et un sourire discret mais envoûtant adressé avec une parfaite maîtrise à Katriina dans la lumière tamisée du vestibule. En retrait, Max s'efforçait de paraître le plus neutre possible, mais c'était difficile, car il avait déjà bu quelques verres, il ne savait pas vraiment combien, les coins de ses lèvres remontaient en formant un sourire, il espérait que personne ne s'en apercevrait. Il attendit que Laura entre dans l'appartement avec Katriina et salue les autres invités, resta un moment à les regarder de loin, ces deux femmes, attendit qu'elle soit seule, cinq minutes tout au plus qui lui semblèrent une éternité, pour s'approcher d'elle.

Elle avait l'air de ne connaître personne, ce qui était un soulagement pour Max. Il avait donc le devoir de lui faire la conversation.

« Bonjour, tu es venue, alors.

– Oui.

– Je dois te dire, l'article était vraiment très bien.

– Tu trouves ?

– Vraiment. Tu as exactement compris ce que j'essayais de dire. Ça n'arrive pas souvent. Et tout le monde a fait des compliments.

– Ça n'avait rien d'extraordinaire, mais merci.

– Tu devrais vraiment te consacrer à plein temps au journalisme culturel », dit-il.

Laura se contenta de répondre d'un hochement de tête, aussi continua-t-il à parler, ne sachant que faire d'autre. Il remarqua qu'il avait une vue plongeante sur son décolleté, et dut se faire violence pour regarder ailleurs. En se tournant vers les autres invités, il vit que Matti se dirigeait vers eux. Il était encore à l'autre bout de la pièce, mais avait les yeux rivés sur Laura. Max essaya de trouver une rapide manœuvre de repli. Toute la soirée, il avait essayé d'éviter Matti, puisqu'il savait qu'il lui demanderait inévitablement des nouvelles du livre et exigerait peut-être même de le voir.

« Je devrais sans doute te présenter à tout le monde ?

– Non, ce n'est pas la peine. »

Elle semblait un peu gênée en regardant les invités. Matti s'approchait à grands pas.

« Si, si, il faut que je le fasse », insista Max.

Il leva son verre et commença à le faire tinter avec son briquet, mais on n'entendait rien, pas un invité ne se retournait : il s'approcha de la table où l'on venait d'installer le café, prit un couteau et frappa plus violemment son verre. Le tintement porta, il renversa un peu de vin par terre. Il avait à présent l'attention de tous.

« Hum, bonjour, bonjour, je voulais juste vous dire une chose. Comme vous l'avez sans doute tous vu – grâce à ma femme qui ne laisse jamais ce genre de chose passer inaperçue – l'*Helsingin Sanomat* a publié une interview de moi aujourd'hui, pile-poil pour le grand jour. Vous savez qu'en général je fuis les journalistes… »

Rires épars dans l'assistance. Max leur tendait la perche.

« … Mais là, j'ai fait une exception, car la journaliste en question est une ancienne étudiante, une des plus douées, et d'ailleurs elle est ici ce soir. Laura, où es-tu passée ? »

Il fit semblant de la chercher des yeux. Laura, qui n'avait pas bougé de son coin, salua timidement de la main.

« Ah, te voilà ! Laura n'est pas seulement une excellente journaliste culturelle, elle est aussi une journaliste économique expérimentée, spécialiste de l'Asie… »

Laura avait l'air de se tortiller sur place, les invités regardaient leur hôte, puis elle, sans savoir où diriger leur attention.

« … Voilà, c'est à peu près tout ce que je voulais dire. À présent, j'espère que vous avez tous eu à manger, car on va bientôt passer au café et aux gâteaux. »

Tout le monde porta un toast. Un bref instant, Max se sentit heureux. Mais il vit alors que Matti s'était approché de Laura et lui serrait la main. Il fit un signe à Max, qui n'avait plus d'autre choix que de les rejoindre.

Matti avait un style un peu macho qui irritait Max, mais dont il pouvait comprendre qu'il faisait craquer certaines femmes : la cinquantaine, beau garçon, arrogant mais cultivé et homme d'affaires intraitable. Max avait l'impression qu'à ses yeux il commençait à ne plus être rentable. Matti avait déjà pris le bras de Laura.

« J'étais justement en train de dire à Laura qu'elle avait fait un sacré bon article. C'est rare qu'on lise quelque chose de cette qualité dans ce canard, de nos jours. »

Max hocha la tête. Laura semblait se réjouir de ces compliments.

« Tu sais, Max, c'est ton anniversaire, je n'ai pas l'intention de te tourmenter avec des questions sur ton maudit bouquin. Mais je voulais te faire une proposition, et c'est une chance que vous soyez là ensemble, car justement cela vous concerne tous les deux. Aujourd'hui, en lisant le journal, j'ai eu une idée, une sacrée bonne idée, à mon avis. Et si Laura t'aidait un peu ? Elle a l'air de te comprendre. Tu ne la laisserais pas jeter un œil sur ton texte ? Ça m'éviterait d'avoir à le faire. »

Max regarda Laura avec étonnement. La veille, il avait imaginé un instant aller jeter son manuscrit depuis le pont de Långa.

« Je ne sais pas… j'arrive presque au bout… »

Matti le regarda, presque amusé.

« *Jumalauta*, Max. Honnêtement. Où en es-tu réellement de ton livre ? Je n'en ai pas encore lu la moindre ligne, bordel. »

Matti regardait à présent Laura.

« Je ne doute pas que Max ait écrit quelque chose, mais tant qu'il ne me montre rien, comment savoir ? »

Max tenta de se défendre. Il était en colère que Matti profite de la situation pour lui faire honte devant Laura. Il ne pouvait pas choisir un autre moment ?

« Si tu veux, je te le montre tout de suite. Le manuscrit est là, dans mon bureau.

– D'accord, d'accord, dit Matti. C'était peut-être une mauvaise idée. Je pensais juste que tu avais besoin de quelqu'un pour te l'arracher des mains. Ça ne peut pas faire de mal… »

Max fut frappé que Laura n'ait encore rien dit. Il y avait beaucoup de bruit dans la pièce, et Max dut se pencher vers elle pour entendre.

« Bien sûr, je peux y jeter un œil. Si tu veux bien, Max ? »

Il la regarda dans les yeux et ressentit quelque chose comme de la tendresse – elle ne pouvait pas imaginer ce que cela lui faisait qu'on s'intéresse encore un peu à lui. Il avait honte d'être aussi sensible à la flatterie.

Il allait dire quelque chose quand on sonna.

Helen cria par-dessus le brouhaha :

« J'y vais ! »

Max se dit que ce devait être Eva, mais quand la porte s'ouvrit, une voix d'homme inconnue parvint de l'entrée. Max s'excusa et laissa Laura et Matti pour aller voir qui c'était. Il ne le connaissait pas. Barbu, brun, un air étranger, indien ? Max n'entendait pas ce que se disaient Helen et lui, à cause du vacarme de la fête.

« Je peux vous aider ? » demanda Max.

Katriina arriva à son tour.

« Vous êtes Max Paul ? » dit l'homme en anglais. Il avait un curieux style vestimentaire – un vagabond à l'ancienne qui se serait mis sur son trente-et-un. Dans la pochette de sa veste, il portait un mouchoir en soie.

« Oui, tout à fait. Nous faisons trop de bruit ? Je peux demander aux invités de parler moins fort. Vous savez, on fête mes soixante ans.

– Non, ce n'est pas ça. Je cherche votre fille. Eva. J'ai cru comprendre qu'elle devait être là ce soir.

– Et qui êtes-vous ?

– Je suis son… ami. Russ. »

ONZE

L'intérêt de Malik pour Eva se refroidit le soir même où elle lui avait fait peur avec son test de grossesse. Il manifesta son désintérêt en restant penché derrière le dos de Laurie les jours suivants, avec un enthousiasme tout neuf à discuter des aspects techniques de son travail. Eva voyait son bras chercher sans cesse une position – comme pour s'approcher de la bretelle apparente du soutien-gorge de Laurie. Du jour au lendemain, seules les traces de Ritaline sur son livre d'art rappelaient la présence de Malik dans la vie d'Eva. Pendant les cours, il se mit à utiliser un jargon brutal, et rien de ce qu'ils faisaient n'avait grâce à ses yeux. Ben surtout en prit pour son grade, qualifié d'incapable qui ne faisait pas « la différence entre l'art et ses putains de pieds. »

Elle avait pris une décision rapide, accroupie chez elle au-dessus des toilettes, avec Malik derrière la porte. Ne dire à personne que le test était positif. La vérité, c'est qu'elle avait peur de lui.

Elle songea à le dénoncer au directeur de l'école pour conduite inconvenante. Mais elle voyait bien que c'était un mensonge. Elle était consentante dans cette affaire. Elle avait même aimé ça, aimé ce qu'elle avait ressenti.

Elle se mit à faire de longues promenades après les cours et, un jour, se retrouva devant la galerie de la femme de Malik, sans bien savoir comment elle avait atterri là. C'était un jeudi soir, il était déjà sept heures, mais la galerie semblait ouverte, à en juger par l'enseigne encore allumée.

L'endroit ressemblait davantage à une boutique abandonnée transformée en salle d'exposition qu'aux galeries d'art spacieuses et minimalistes dont l'East End était plein.

Eva avait toujours imaginé la galerie de Sarah et Malik comme un endroit élitiste et hors de prix. Quelque chose de luxueux, blanc et vaste, effayant. Pas ce hall d'expo bricolé à la berlinoise, qui ressemblait à un club de rock désaffecté.

La façade était couverte de graffitis, et les vitrines si sombres qu'on voyait à peine à travers.

Une femme brune d'une quarantaine d'année, un peu sèche, était assise sur un tabouret derrière ce qui ressemblait à un comptoir de réception. Ses bras étaient couverts de tatouages, ce qui ne faisait que renforcer son air ordinaire.

Elle la salua de la tête.

« N'hésitez pas si vous avez des questions. Au fait, je m'appelle Sarah. »

Eva lui fit un petit sourire et entra. Un ciel gris avait couvert Londres toute la semaine, et la lumière humide se glissait à peine par les fenêtres. Le local n'était pas tout blanc comme la plupart des galeries, mais donnait plutôt l'impression d'un hangar industriel réaménagé, avec un sol gris en ciment et des briques apparentes sur certains murs.

Quelque part au fond, Eva entendait un gémissement qui semblait provenir d'une des œuvres exposées. L'attention de la femme était retournée au livre qu'elle lisait.

Était-ce donc vraiment la femme de Malik ? Eva avait imaginé quelqu'un de tout à fait différent – une Londonienne chic avec une forte présence et le regard froid, une femme mince et arrogante, avec les bonnes relations, capable d'écraser tous ses adversaires sous son petit doigt. La façon dont Malik avait parlé de Sarah donnait l'impression d'une personne effrayante contre qui il ne servait à rien de lutter. Alors que cette femme semblait carrément… maternelle. Et elle n'avait rien de chic, c'était plutôt une gothique sur le retour, avec ses ongles cassés vernis en noir et ses cheveux noirs en pétard.

Eva entra dans la galerie et commença à regarder les œuvres exposées.

Elles paraissaient toutes tourner autour de la question du genre. Les premières, accrochées près de l'entrée, étaient de la peinture pop art un peu creuse aux couleurs criardes – il y avait des allusions à Warhol, mais les personnages n'avaient pas le même impact. Le concept n'avait rien de passionnant, mais l'exécution était soignée. Eva lut sur le cartel que ces toiles étaient l'œuvre d'une artiste locale.

« Ce mur change chaque semaine. Lundi, ce sera quelqu'un d'autre. Repassez, vous verrez, ce sera très bien », dit Sarah, en remarquant qu'Eva s'était arrêtée devant les toiles.

Eva hocha la tête.

« Nous tenons à ce qu'une partie de la galerie ne soit pas trop sélective, pour permettre à de jeunes artistes sans forcément beaucoup d'expérience d'avoir la chance d'exposer leur travail. »

L'exposition principale était consacrée à une certaine Claire Kelly – il y avait une photo d'elle dans le catalogue placé sur une table : londonienne, née en 1972, elle avait étudié l'art « à Bergen et Istambul » et vivait à présent « avec son chat et son mari à Paris ».

L'exposition était constituée de petites sculptures où dominait le rose. Pour Eva, c'était la variante cauchemardesque et kitsch d'une chambre de fille des années quatre-vingt : des poneys et des poupées, des doudous en plastique avec des mèches ébouriffées. Kelly plaçait les sculptures sous un éclairage de film porno dans des boîtes sombres tapissées de tissu, crasseuses, souillées, comme si elles représentaient quelque obscure backroom, une ruelle ou tout simplement une idée de la pauvreté. Un monde miniature dans lequel tout ce qui était mignon avait été estropié au filtre du réalisme social, comme les photos d'une scène de crime dans une chambre de fillette.

Il y avait quelque chose d'indiciblement triste dans ces monuments d'une innocence perdue, mais aussi un humour – c'étaient des rêves de petite fille confrontés à une réalité de merde avec, d'une certaine façon, une dimension ludique. Cela rappelait à Eva son enfance, ses jeux à n'en plus finir avec Helen, quand elles cousaient des vêtements pour leurs Barbies, quand elles allaient chez leurs copines échanger leurs poupées. L'odeur inhabituelle des jouets des autres. La sensation de dureté lisse des Barbies.

Une autre œuvre était une installation vidéo où Claire Kelly elle-même apparaissait dans une combinaison intégrale en latex couleur chair, qui la faisait ressembler à un sex-toy gonflable et gravide. C'était de là que venaient les gémissements.

À peu près à la moitié des quatre minutes que durait le film, elle dépliait entre ses jambes un pénis en latex qu'elle gonflait ensuite au moyen d'une pompe qu'elle tenait à la main, tandis qu'elle copulait en direction d'un public qui lui faisait face.

Dans un autre film, l'artiste, habillée en mariée, enceinte jusqu'aux yeux, faisait du stop au bord d'une autoroute.

Eva songea à la scène finale du film de Mike Nichols *Le Lauréat* – la scène où Dustin Hoffman et Katharine Ross s'enfuient de l'église, sauf qu'ici c'était une femme seule qui fuyait, son petit bébé dans le ventre.

À la fin du film, Claire Kelly, assise au fond d'un bus, s'adressant directement à la caméra, parlait des hommes qu'elle avait rencontrés, de leurs histoires. Elle en faisait l'inventaire, un à un, anciens petits amis ou aventures d'un soir, sans jamais dire leur nom, les désignant par leurs seules initiales, histoires tantôt longues, tantôt brèves. Un homme avec qui elle avait été venait des banlieues et lui avait parlé de son enfance, il avait tué son frère à l'adolescence, son frère aîné, et toute son histoire prenait une tournure biblique. Eva écouta en oubliant le temps, il y avait quelque chose d'hypnotique dans tout ce récit, et en même temps c'était d'une modernité inouïe, le fait que ce soit une femme qui parle de ses trophées.

Eva en vint à songer au verre d'eau du premier cours. À présent, elle comprenait pourquoi elle n'avait pas aimé. Il n'y avait pas d'histoire. Rien à quoi s'accrocher, pas de récit. Pour qu'on croie aux trucs d'un artiste, il fallait bien que l'artiste commence par tisser une relation de confiance.

Comme elle allait quitter la galerie, Sarah leva les yeux de son livre et lui sourit.

« J'espère que ça vous a plu.

– Oui, beaucoup », dit Eva. C'était drôle : Malik leur avait pourtant rabâché tout l'automne qu'il ne s'agissait pas de chercher à faire un art qui plaise aux gens.

Rentrée chez elle, elle se dit qu'il était temps de faire ses bagages. Son vol partait le lendemain matin, via Francfort. Natalya travaillait sur son ordinateur dans la cuisine et lui indiqua la porte de sa chambre.

« Tu as un visiteur. Il avait l'air d'avoir un peu peur de moi, alors je l'ai laissé entrer dans ta chambre. »

Natalya sourit. Eva la regarda avec étonnement. Elle n'avait aucune envie de voir Malik.

Mais ce n'était pas Malik. C'était Russ. Il était assis sur le lit, plongé dans un livre sur la peinture hollandaise, et se mit à parler sans lever les yeux.

« Je n'ai jamais compris comment ils faisaient. Je veux dire, regarde ça. »

Il lui montra un tableau. Eva le reconnut, un Vermeer.

« C'est pour ainsi dire le seul cas dans l'histoire de l'humanité où il est prouvé que l'évolution est allée à l'envers. Tu crois que Julian Schnabel pourrait peindre ça ? Tu crois que quelqu'un en serait capable, aujourd'hui ? »

Eva resta sur le seuil.

« Salut », dit-elle.

Il posa alors le livre. La seule fois où ils s'étaient fréquentés en dehors des cours, il l'avait emmenée dans un pub sombre des environs de Liverpool Street Station, un local où il faisait nuit en plein jour et où l'oxygène semblait manquer.

Eva l'aimait bien : il semblait intègre, ne se souciait pas de Malik. Mais elle avait du mal avec son attitude négative. Il avait passé tout ce premier rendez-vous à parler du monde de l'art comme d'un circuit fermé où tout le monde ne pensait qu'au statut et à l'argent. Il ne lui avait posé aucune question sur sa vie.

Il était à présent assis en tailleur sur son lit, et Eva remarqua qu'il avait enlevé ses chaussures.

« Tu veux boire quelque chose ? lui demanda-t-elle.

– Oui, merci. Tu as une bière ?

– Je vais voir ce que je trouve. »

Eva retourna à la cuisine, où Natalya travaillait toujours.

« Drôle de garçon. C'est un de tes copains ?

– Oui, si on veut. Mais je ne le connais pas bien.

– En tout cas, il a l'air plus gentil que Malik. Pas le genre à occuper la douche pendant deux heures tous les matins. »

Natalya avait toujours été extrêmement sceptique vis-à-vis de Malik. Elle affirmait qu'il avait fouillé dans ses affaires de toilette et qu'il laissait parfois traîner ses slips sales par terre près de la douche.

Eva alla prendre une bière dans le réfrigérateur. Elle regagna la chambre et la tendit à Russ.

« Merci.

– Alors, dit-elle. Qu'est-ce qui t'amène ?

– Rien de particulier. Je passais dans le coin, c'est tout. »

Sa moustache renforçait son air d'écolier.

« Et comme ça, tu es venu ?

– C'est ça. »

Puis aucun des deux ne sembla plus rien avoir à dire, et Eva se dit que c'était peut-être aussi bien. Elle n'avait pas la moindre idée de la raison pour laquelle Russ s'était pointé chez elle – mais elle ne pouvait pas l'en empêcher.

« Bon, et qu'est-ce que tu penses des cours, alors ? » finit-elle par demander.

Russ resta un moment silencieux, l'air de réfléchir. Puis il dit :

« Tout ce truc, là, de se réunir pour discuter des œuvres des autres, je n'y crois pas. Tout ce trip critique, je trouve que ça n'a pas de sens, tu comprends ? Nous devrions travailler, au lieu de parler. Comme ces gens du mouvement Occupy. Eux, ils font quelque chose de sensé, quelque chose qui marque les esprits. Pas une putain d'œuvre d'art exposée dans une galerie avant d'être accrochée au mur chez des privilégiés. »

Eva s'assit à côté de lui sur le lit.

« Je suis certaine que mon père adore le mouvement Occupy. Lui qui n'arrête pas de dire que la jeunesse d'aujourd'hui ne croit plus au changement.

– Mais c'est tout à fait ça, nous n'y croyons plus – ces gens, je ne sais pas d'où ils sortent, mais visiblement, eux, ils croient à quelque chose.

– Ils croient au moins à la possibilité de ne pas avoir à payer leur loyer. »

Elle regretta aussitôt sa dernière réplique. Elle regretta d'avoir adopté ce ton sarcastique qui caractérisait toute sa génération, sauf – pour une raison x – Russ, justement.

« J'en ai tellement assez que les gens ne pensent qu'à eux. Je veux faire partie d'un tout. Le monde de l'art est tellement focalisé sur l'individu. Ça n'a pas toujours été le cas.

– Tu te mets à parler comme Malik, dit Eva, en se mordant aussitôt les lèvres.

– Tu rigoles ? Le plus idiot de tous ! Il n'y a personne en Angleterre qui soit plus imbu de lui-même. Son ego est tellement démesuré qu'on pourrait se mettre en orbite autour. Et le pire – l'ironie –, c'est qu'il n'a pas fait une seule exposition depuis quinze ans. »

Eva voyait bien qu'il avait raison, mais elle s'abstint de commenter. Elle chercha plutôt à dire quelque chose de gentil.

« Toi, au moins, tu as une idée claire de ce que tu veux peindre. Moi, je ne sais toujours pas ce que je vais montrer dans six semaines. »

Eva le regarda, peut-être avec une sorte de tendresse involontaire. Résultat : Russ se pencha vers elle et essaya de l'embrasser. Elle sentit sa moustache sur ses lèvres, et fut si chatouillée qu'elle eut un mouvement de recul involontaire et le repoussa vers le mur. Elle entendit le choc sourd de sa tête contre le béton, à l'endroit précis où Malik avait cogné du poing une semaine plus tôt.

« Pardon ! Je ne l'ai pas fait exprès ! J'ai été tellement surprise ! »

Russ se tenait l'arrière de la tête, les joues de plus en plus rouges.

« Ça fait mal ? »

Il ne répondit rien et se contenta de la regarder de ses yeux de chien battu.

Eva allait dire quelque chose – peut-être donner une explication, n'importe quoi – quand il se leva du lit et ramassa son sac.

« Tu viens en cours, demain ? »

Elle le regarda. Il se tenait toujours la tête.

« Désolée. Je vais être absente quelques jours. Je vais en Finlande. C'est l'anniversaire de mon père. »

DOUZE

Rien n'emplissait tant Katriina de sérénité que l'intense brouhaha d'une fête réussie, que de savoir que c'était elle qui avait rassemblé tous ces gens au même endroit, elle qui avait créé l'atmosphère même sur laquelle reposait la soirée. Mais de toute la journée, Max n'avait pas une seule fois pris le temps de venir la remercier. Au lieu de quoi, il avait geint comme un gosse qu'il ne voulait pas de fête, et avait commencé à boire dès l'après-midi. Le discours qu'il avait adressé à Laura au cours de la soirée avait été étrange et embarrassant. Tous les invités avaient bien vu qu'il flirtait ouvertement avec elle.

Et voilà qu'en plus débarquait un étranger que personne ne connaissait.

Katriina courait de la cuisine au séjour, veillant à ce qu'il y ait assez de tasses à café et de verres, et à ce que les invités passent un bon moment. Elle portait des talons hauts et une robe noire avec des touches de rose fluo intense qu'elle avait achetée à la dernière minute la veille chez Stockmann. Elisabeth était venue en train pour l'aider aux préparatifs. La grande sœur de Max était mariée, avait trois enfants et vivait à Närpes. Elle gagnait sa vie en vendant des remèdes naturels ou quelque chose comme ça, et parlait de ses chats comme s'ils étaient des êtres humains. Mais elle avait élevé trois garçons, dont l'un était médecin à Uppsala tandis que les deux autres avaient des emplois respectables dans l'Österbotten. Et elle avait de l'humour – à chacune de ses visites, elle campait au milieu du séjour, regardait autour d'elle et disait qu'elle n'avait jamais vu « des gens riches vivre dans un tel taudis ». C'était une plaisanterie, bien sûr, car Katriina et Max vivaient dans un cent quarante mètres carrés. Mais pour Elisabeth, cela ne voulait rien dire, puisqu'ils ne possédaient ni ferme ni voiture et travaillaient dans des domaines abstraits, voire franchement ridicules. Elle se moquait de Max chaque fois qu'il apparaissait dans les médias et, dans les années quatre-vingt-dix – quand il avait publié son étude sur les pratiques sexuelles –, elle avait déclaré que leur père devait se retourner dans sa tombe (« Qui l'eût cru, qu'on pouvait dev'nir célèb' rien qu'en causant d'la façon qu'les gens y z'ont d'baiser ? »).

Katriina jeta un œil dans le séjour. L'étranger s'était assis sur un canapé pour attendre Eva. Il avait des doigts fins qu'il posait d'une manière presque précieuse sur ses genoux tout en observant autour de lui. Son regard s'arrêta sur une grande toile d'Heikki Marila que Katriina avait achetée après une exposition à Korjaamo. Elle n'avait jamais rien payé aussi cher juste pour se faire plaisir, mais, dans ce cas, elle savait qu'elle ne le regretterait pas.

Katriina avait tenté d'appeler Eva, mais son téléphone était éteint. Helen avait regardé sur internet et vu que le vol de Francfort avait deux heures de retard.

Quand Katriina essaya de nouveau, la connexion s'établit.

« Bonjour Maman. J'arrive bientôt. Je suis dans le bus.

– Bien, bien. Dépêche-toi, tu as de la visite.

– Ah bon ?

– Oui... il y a ici un jeune homme, qui dit te connaître. Russ. Papa est justement dans le séjour en train de lui faire la conversation. »

Un moment de silence à l'autre bout du fil.

« Russ ? Tu veux dire un petit brun avec une moustache ?

– Oui, c'est ça.

– Mais qu'est-ce qu'il fait là ? Comment peut-il être là ?

– Qu'est-ce que j'en sais ? C'est ton petit ami ?

– Non, ce n'est pas mon petit ami.

– Mais qui est-ce, alors ?

– Quelqu'un qui ne devrait absolument pas venir comme ça en Finlande sans m'en parler.

– Mais il répète qu'il a essayé de t'appeler toute la semaine sans que tu répondes.

– Mais enfin, je lui ai parlé pas plus tard qu'hier. Il dit qu'il a cherché à me joindre ?

– Oui, c'est ce qu'il dit. Vous tirerez ça au clair ensemble. Mais cette moustache, je ne suis pas sûre qu'elle me plaise. »

Katriina raccrocha et laissa Max s'occuper de l'ami d'Eva. Max lui décocha un regard qui signifiait qu'il avait mieux à faire, mais elle l'ignora.

Elle retourna à la cuisine, où Helen était avec Christian.

« J'ai eu Eva. Elle arrive.

– Elle a dit quelque chose à propos de ce type ? demanda Helen.

– Que c'était un ami. Mais pas son petit ami.

– Il a l'air assez bizarre.

– Oui, sans doute. »

Il avait vraiment un drôle d'air – l'exact opposé du gendre de Katriina. Christian était grand et robuste, avait le physique d'un habile artisan, des bras musclés, mais également du poids et de la force. Un père modèle. Rien ne semblait impossible pour lui : quand il avait quitté son cabinet d'architecte pour se faire menuisier et tapissier, tout le monde avait pensé que c'était de la folie – cinq ans plus tard, il avait sa propre société et délivrait des expertises pour les musées nationaux. Il gagnait à présent plus d'argent qu'il n'en avait eu quand il était architecte, et avait par-dessus le marché aménagé une jolie maison pour sa famille près de Kyrkslätt, juste là où commence la campagne, après Esbo.

Katriina se pencha au-dessus de l'évier. Le plan de travail était inondé. Elle entreprit d'essuyer, mais abandonna et jeta la lavette dans l'évier.

« Helen, regarde ça », dit-elle.

Elle alla lui montrer le tiroir qui coulissait mal.

« Oui, Maman, on a vu. Tu nous l'as déjà montré.

– Vous croyez que je l'aurai un jour, ma nouvelle cuisine ?

– En parler à tout bout de champ n'y changera rien.

– Papa refuse de céder. Et puis le temps manque. Après Noël, je dois partir aux Philippines. »

Katriina referma bruyamment le tiroir.

« Christian, qu'est-ce que tu en penses ?

– De quoi ? »

Christian semblait se réveiller d'un profond sommeil. Il était la personne la plus diplomate que Katriina ait jamais rencontrée – au point même de manquer de diplomatie : on ne pouvait pas, comme ça, être toujours d'accord avec tout le monde. Il s'efforçait de rester à l'écart de toutes les embrouilles internes de la famille Paul.

« Eh bien, que penses-tu de cette cuisine ? Devrions-nous en commander une nouvelle ?

– Elle est un peu défraîchie, ça oui.

– Et tu crois qu'on peut la réparer ? Max affirme que oui.

– Peut-être. Mais en même temps, c'est souvent moins cher de tout refaire à neuf. Hélas, c'est comme ça, aujourd'hui. Les artisans sont devenus terriblement chers. Je pense qu'une partie de ces placards pourraient être poncés. Mais s'il vous faut de nouveaux tiroirs… la question est de savoir ce qui reviendrait le moins cher. »

Max entra dans la cuisine en compagnie du jeune homme.

« Alors, a-t-on des nouvelles d'Eva ? »

Il parlait anglais, pour que Russ comprenne. Katriina répondit elle aussi en anglais.

« Oui, je viens de lui parler. Elle devrait arriver d'un moment à l'autre.

– Vous avez un bel appartement », fit le jeune homme. Katriina se demanda ce que cela signifiait pour lui. Était-ce pure flatterie ou était-il vraiment impressionné ? Impossible de savoir s'il venait d'un milieu pauvre ou aimait juste s'habiller avec des vestes défraîchies.

« Merci. Mais notre cuisine est vraiment très vieille. Vous ne pensez pas que nous devrions en commander une nouvelle ? »

Max regarda Helen en haussant un sourcil, comme pour lui demander de participer à une petite manœuvre contre sa mère, mais Katriina vit qu'Helen refusait d'entrer dans son jeu.

« Peut-être qu'on pourrait la repeindre ? suggéra Max.

– Papa est tellement romantique », dit Katriina avec ce qu'elle espérait être une ironie froide.

Une mèche s'était détachée de sa queue de cheval et pendait sur son front.

« Bien sûr que je suis romantique », dit Max en éclatant de rire. Katriina détestait ce rire, qui cherchait à balayer tout le sérieux de la situation. Elle était si lasse de Max. Malgré elle, tout le stress de la journée déferla. Elle aurait mieux fait de se taire, elle le savait, mais sa voix se percha dans un registre aigu et elle lança, avec un regard noir :

« Mais alors pourquoi ne me le montres-tu pas, Max ? Pourquoi le montres-tu à tous les autres, dans tes livres, tes textes, à tes collègues et Dieu sait encore quelles jeunes femmes tu fréquentes, mais jamais à moi ? »

Le silence se fit dans la cuisine.

« Maman. Papa. Je ne sais pas si nous… vous devriez parler de ça une autre fois… »

Helen adressa à Russ un regard gêné. Elle semblait embarrassée et tenta de changer de sujet.

« Il fait assez froid, ici, vous avez remarqué ? Vous n'avez pas de chauffage ?

– C'est Papa qui refuse de monter le radiateur. Il pense qu'il faut économiser l'électricité et mettre des vêtements chauds, dit Katriina.

– Ou se réchauffer ensemble. C'est romantique, non ? » tenta à nouveau Max.

Katriina soupira en rejetant sa mèche en arrière.

« Je n'ai pas l'intention de me disputer maintenant. C'est ton anniversaire, et tu peux le fêter comme ça te chante. Mais si tu as l'intention de te bourrer la gueule, tu es prié de t'abstenir de porter d'autres toasts. »

Helen se boucha les oreilles.

« Maman, Papa, j'en ai assez. Et je crois que notre invité aussi. »

Elle se tourna vers Russ.

« Je suis désolée, mes parents ne se supportent plus et s'imaginent que ça intéresse la planète entière. »

Tout le monde regardait Russ à présent, qui tentait de faire bonne figure.

Max essaya de se défendre. Il se tourna vers Russ.

« Ce n'est pas grave. Nous sommes mariés depuis trente ans. Ce sont des choses qui arrivent. Quand on a soixante ans, on est déjà bien content de ne pas encore trop sucrer les fraises. »

Max leva son verre, en éclaboussant un peu.

« Au fait, bon anniversaire, lança Russ.

– Merci beaucoup. »

Helsingin Sanomat

« La liberté totale n'est pas un idéal »

Le professeur Max Paul a soixante ans aujourd'hui, mais n'a pas l'intention d'arrêter de travailler. « Le travail est le chemin le plus direct vers le bonheur », assure-t-il.

Par Laura Lampela

Il commence par citer Tolstoï.

« Je crois que Tolstoï l'a très bien dit. Il faut "travailler pour ceux qu'on aime et aimer son travail". »

Nous nous retrouvons au restaurant Kosmos, un endroit qui a une place spéciale dans le cœur de Max Paul. Il y venait déjà étudiant pour fêter la réussite de ses examens.

« Nous venions aussi quand nous étions collés. Souvent, nous n'avions pas les moyens de manger, mais on nous laissait nous asseoir juste pour boire. Quand mes parents sont venus me voir au début des années soixante-dix, nous sommes venus dîner ici après être allés au Petit Théâtre », dit-il.

On le reconnaît facilement. Il a le regard un peu soucieux et l'esprit vif qui avaient fait de lui un invité régulier des plateaux télé dans les années quatre-vingt-dix. Le magazine *City* l'avait élu « jeune intellectuel de la décennie » dans un article de 1993, ce qui le propulsa au rang de grande star de l'intelligentsia finlandaise.

Vous n'êtes plus aussi présent ces derniers temps, pourquoi ?

« D'une part j'ai appris à dire non, et d'autre part je crois que le climat intellectuel a changé. La philosophie aussi était à la mode dans les années quatre-vingt-dix, et aujourd'hui on en parle beaucoup moins. Hélas, on le remarque également à l'université. Des disciplines bien différentes sont désormais à la mode, et les plus doués – en particulier les hommes – s'engagent dans des études dont les débouchés sont plus clairs », dit-il.

Mais Max Paul ne s'est pas lassé de la sociologie.

« Au contraire. La sociologie est une discipline très généreuse, elle vous laisse avoir d'autres maîtresses. Elle est polygame de nature. Je suis très intéressé par la psychologie sociale et l'histoire des idées. Je suis justement en train d'écrire un livre sur le "grand old man" de la sociologie en Finlande, Edvard Westermarck. »

Voilà un certain temps que Max Paul n'a rien publié. Il a percé avec son livre nominé pour le prix Finlandia, *Sous l'étoile métropolitaine*[1], un travail pluridisciplinaire sur la génération d'après-guerre, où Paul croisait des interviews de vétérans et de leur famille avec une réflexion sur la façon dont le concept occidental de bonheur s'est constitué à l'époque moderne. Ce livre a fait de lui l'un des interprètes principaux de la signification des années de guerre pour l'âme finlandaise.

« Je reçois encore des invitations pour parler de ce livre, pourtant paru il y a vingt-cinq ans. En Finlande, la guerre nous a tellement marqués qu'on continue à s'y référer quand on cherche des réponses à nos

1. Allusion à la célèbre trilogie de Väinö Linna, *Ici, sous l'étoile polaire*.

problèmes. Cela peut parfois sembler un peu absurde. Un journaliste m'a par exemple appelé l'an dernier pour savoir si les années de guerre pouvaient d'une façon ou d'une autre expliquer le déclin de Nokia ces dernières années. »

Et Max Paul a répondu : bien sûr.

« Personnellement, je pense que la vraie raison, c'est la mondialisation et que, dans le cas de Nokia, il s'agit tout simplement d'une difficulté à se renouveler. Mais en même temps, le fait que la Finlande soit une jeune nation a influé sur le traitement médiatique de Nokia – les critiques ont brillé par leur absence. Quand Nokia était une entreprise prospère, personne n'a été trop regardant, ce qui en dit long sur la fonction identitaire acquise par la marque. Peut-être n'a-t-elle pas été assez sur ses gardes ? Les Finlandais ont toujours eu besoin de se raccrocher à un récit, comme tous les petits pays. En entrant dans l'UE, nous avons agi à peu près comme une famille paysanne dans un roman de la fin du dix-neuvième siècle : nous avons tout accepté pour épouser un riche propriétaire terrien. C'est bien, mais on y perd aussi une partie de notre intégrité, et plus dure sera la chute. »

Max Paul estime que le complexe d'infériorité de la Finlande se manifeste d'une manière paradoxale dans la politique.

« D'un point de vue économique, nous faisons partie des nations européennes les plus saines et pourtant, longtemps, nous avons manqué de confiance parce que nous continuions à nous considérer comme pauvres, peut-être pas sur le plan monétaire, mais dans le domaine culturel. Voilà pourquoi je me suis réjoui, à titre personnel, de voir les socio-démocrates faire preuve d'un peu d'indépendance face à la question de la Grèce. »

Dans les années quatre-vingt-dix, Max Paul a souvent fait les titres des journaux – grâce à une étude sur les pratiques sexuelles des Finlandais, qui a été un grand sujet de discussion à l'automne 1994. Aujourd'hui, il commente cette étude d'un haussement d'épaules.

« Elle a fait beaucoup de bruit, alors que les résultats de cette étude n'avaient rien de révolutionnaire. »

En revanche, la question du bonheur continue toujours à occuper Max Paul.

Pourquoi un sujet aussi rebattu ?

« Ce n'est pas bien étonnant, au fond. Tout le monde s'intéresse à la façon d'être heureux, et je ne fais pas exception. Je lie cette question aux possibilités de choix qui s'offrent à nous, à ce qui régit nos choix. »

Max Paul reconnaît que cela peut sembler fumeux. Mais il souligne qu'il s'agit de questions que ruminait déjà Socrate.

« Je crois que nous avons encore beaucoup à apprendre de Socrate, mais aussi d'Aristote, qui considérait le bonheur comme une quête incessante. Il est donc impossible de "devenir" heureux, il faut y travailler sans relâche, un peu comme la démocratie. Il est également passionnant de s'intéresser aux découvertes très récentes de la psychiatrie et surtout des neurosciences, qui ont fait d'énormes avancées ces dix dernières années dans le domaine de nos schémas comportementaux. »

Pour Max Paul, on considère souvent avec scepticisme les gens qui parlent de bonheur – c'est bon pour les livres de développement personnel.

« Je crois que beaucoup pensent souvent que nous sommes trop conscients, trop sophistiqués, trop ironiques – trop postmodernes – pour utiliser aujourd'hui un terme aussi vieux que le bonheur. Mais j'ai bien peur que nous n'en ayons pas d'autre, et nous n'y échapperons pas. »

Une des causes du malheur, selon Max Paul, est notre exposition permanente à une infinité de choix.

« Nous nous figurons que, pour être heureux, il nous suffit de faire le bon choix. Et cela imprègne tous les domaines de la vie. Par exemple, maintenant : quel vin choisir pour le déjeuner ? Sauf que lorsqu'il s'agit des questions vraiment importantes – celles qui concernent notre avenir –, nous n'avons pas vraiment le choix. Les décisions sont prises à des niveaux qui échappent à notre influence. Personne ne nous a demandé si nous voulions augmenter le parc des centrales nucléaires en Finlande, par exemple. »

Vous dites que le travail est un chemin vers le bonheur. Peut-on forger soi-même son bonheur ?

« Rousseau pensait qu'il était impossible d'avoir conscience de son bonheur. On ne peut ressentir son propre bonheur que rétroactivement, après l'avoir perdu. Si on l'a, on ne peut le reconnaître, si on en a conscience, on ne l'a plus. Hannah Arendt disait quelque chose de similaire : pour monter au sommet, il faut avoir touché le fond. La vie n'est qu'un cycle perpétuel de bonheur et de malheur, l'un conditionnant l'autre. »

Vous-même, êtes-vous heureux ?

« Je suis bien loti. Je suis en bonne santé, mes enfants et mes petits-enfants sont en bonne santé. Et j'ai un travail qui me maintient occupé. La liberté totale n'est pas un idéal. Et c'est quelqu'un qui a connu les années soixante qui dit ça. La liberté, voilà tout ce qu'on voulait. Mais à présent, je comprends que la génération de mon père, qui a connu la guerre, avait d'une certaine manière une image moins compliquée du bonheur que la mienne. Pour eux, le changement était nécessaire pour atteindre la stabilité. Pour les jeunes d'aujourd'hui, le changement est un but en soi. »

TREIZE

« Bref, c'est la raison de ma visite. »

Par terre, Russ se retourna sur le matelas où il était couché. Voilà presque une heure qu'il lui parlait : il avait décidé de réserver un billet d'avion pour Helsinki après leur conversation, il fallait qu'il la revoie, puisqu'il n'avait pas réussi à lui dire ce qu'il voulait, ce qu'il était venu lui dire chez elle. Puis avait suivi un long préambule sur le moment où Eva était arrivée au premier cours, un prologue où Russ apparaissait dès le premier jour décidé à faire sa connaissance et, pendant ce récit, Eva saisissait des mots comme « amoureux » et même « possédé », sans pourtant parvenir à comprendre le tout, car Russ parlait de façon incohérente, un peu comme le témoin d'un accident, encore sous le choc, qui peine à trier ses impressions. À présent, il avait fini et attendait en silence sa réaction.

« Dis quelque chose. N'importe quoi. Je vais bientôt mourir si ce silence se prolonge. »

Mais Eva ne savait pas quoi dire.

C'était triste, d'une certaine façon – elle avait pensé que Russ et elle pourraient être bons amis, mais c'était visiblement impossible : il venait de lui déclarer qu'elle était l'amour de sa vie.

Mais que faire ? Elle était désespérée.

Elle aurait voulu parler avec Helen. De tout. Mais cela n'avait pas été possible de la soirée, parce que Russ était là et qu'elle se sentait responsable de lui. Qu'aurait-elle pu faire d'autre ?

Eva n'avait pu s'empêcher de ressentir une pointe de jalousie en voyant son père parler avec cette jeune journaliste, Laura, plus tard dans la soirée – il se penchait vers elle, elle riait gaiement. Eva aurait aimé elle aussi pouvoir être gaie, mais elle était assise à côté de Russ, comme dans un rêve, avec l'impression que le monde était en train de s'effondrer mais qu'elle était la seule à le voir.

Katriina leur avait préparé son ancienne chambre. Elle n'avait pas changé. Les murs étaient du même vert à l'ancienne qu'elle avait choisi quand elle était au lycée, l'affiche de Nick Cave et, sur le rebord de la fenêtre, l'horrible sculpture en céramique faite au collège étaient toujours là. Son lit était le même et, dans un vieux placard contre le mur – le placard venait de chez sa grand-mère, à Kristinestad –, étaient rangés tous ses vieux disques. Adolescente, Eva avait collectionné les vinyles, elle en avait acheté des quantités chez Black & White à Hagnäs et chez Keltainen Jäänsärkijä rue Urho Kekkosenkatu. Dans l'armoire, il y avait aussi un moulage en plâtre de ses dents avant qu'elle n'ait un appareil, une boîte de cassettes audio où elle avait caché du cannabis un été, après la première, quelques vieux manuels scolaires et une boîte à chaussures pleine de lettres de l'époque du collège, surtout de ses cousins de l'Österbotten.

« Merci. Je veux dire, vraiment. Merci de m'avoir raconté tout ça, je me sens… flattée. Qu'est-ce que je peux répondre ?

– Tu peux dire ce que tu ressens. Est-ce que tu ressens la même chose ?

– Oui, je t'aime bien, absolument. Mais tu es plus comme un… »

Eva allait dire « comme un frère », mais s'interrompit.

« Ou plutôt, je veux dire, je ne sais pas si je suis prête pour une relation maintenant. Je… J'ai beaucoup d'autres problèmes à régler.

– Je peux être très tenace.

– Visiblement. Tu as pris l'avion pour venir ici, non ?

– Oui.

– Russ, pardon, mais on ne pourrait pas parler d'autre chose ? »

Russ se retourna sur son matelas.

« Bien sûr. De quoi ?

– Je ne sais pas.

– Bon. Que veux-tu savoir ?

– Raconte-moi ce que tu veux.

– Je viens de te dire que je ne pensais qu'à toi.

– Parle-moi d'autre chose. De toi. Je ne sais rien de toi. »

Eva était trop fatiguée pour parler, mais n'arriverait pas à s'endormir en sentant de la tension dans l'air, l'attente de sa réponse à la déclaration de Russ : elle aurait tout simplement voulu arrêter de penser. Elle avait mal dormi ces derniers jours, et avoir Russ dans sa chambre n'était pas l'idéal, mais Eva n'avait pas eu la force d'expliquer à sa mère qu'elle voulait dormir seule. Visiblement, sa mère n'avait pas compris que Russ n'était pas du tout son petit ami.

« Eva, je comprends que tout ça soit un peu brusque. Tu ne me connais même pas.

– Non, c'est vrai. Je ne te connais pas. Raconte-moi quelque chose. Tu as des frères et sœurs ? » dit-elle, sans savoir si ça l'intéressait vraiment. Elle avait bu quelques verres de vin et sentait le lit moelleux la tirer vers le sommeil. Il y avait trop de monde à cette fête pour qu'elle ait la claire sensation d'être revenue en Finlande. Rempli d'invités endimanchés, l'appartement prenait un aspect différent, comme un rêve.

« Oui, j'ai une frangine. Elle vit à Brighton. Bosse dans un bar. Mariée, trois enfants, à seulement vingt-six ans. Elle a eu son premier à dix-neuf ans.

– L'art t'a toujours intéressé ? Je veux dire, même quand tu étais petit ?

– J'étais un enfant assez anxieux. Je pleurais avant de partir à la crèche. Je me souviens que ma mère m'y emmenait en métro et que je refusais de lui tenir la main, je ne voulais pas y aller. Un jour j'ai essayé de me sauver et alors elle m'a laissé sur le quai. La panique totale, j'ai cru que j'allais mourir, mais elle était cachée derrière un pilier. “ Voilà ce qui arrive si tu ne me tiens pas la main.” Tu parles d'une éducation…

– Où as-tu grandi ?

– À l'est de Londres, mais c'était différent à l'époque. Avant les bobos et toute cette merde. Mes parents ont divorcé quand j'avais onze ans. Je dois être un de ces enfants du divorce qui soignent par l'art leur cœur blessé. »

Russ rit. Couché sur le ventre, il la regarda. Ses yeux brillaient dans le noir. Eva le regarda à son tour.

« Tu as vraiment l'intention d'arrêter les cours ?

– Bah, je ne sais pas.

– Tu as d'autres projets ?

– Pour être franc, mon projet initial était de devenir rock-star. Je sais, c'est ridicule. Je n'ai jamais su jouer d'aucun instrument, mais je voulais impressionner les filles. L'art n'est pas aussi sexy, mais il y a moins de concurrence. Tu as déjà vu un vernissage ? Aujourd'hui, il y a au moins quatre-vingts pour cent de filles. Quatre femmes pour un homme. Mais le mieux, c'est acteur. Il n'y a que des filles qui vont au théâtre. Les seuls hommes qui y viennent sont traînés par leur femme, ou pédés. »

Couchée sur le dos, Eva fixait le plafond. Elle entendait quelqu'un marcher dans l'appartement. Probablement sa mère qui rangeait. Elle se demanda combien de temps ses parents attendraient pour rénover sa chambre. Elle n'avait pas changé depuis plus de cinq ans.

« Maman et Papa se haïssent, dit-elle. Aussi loin que je me souvienne, ils ont fait chambre à part. Je me demande pourquoi ils sont toujours mariés. Je veux dire, Helen et moi n'habitons plus à la maison. Et ils ne font presque rien ensemble. Je ne crois pas que Papa soit beaucoup à la maison, et quand il y est, il tourne en rond dans son bureau en faisant semblant de travailler. Et Maman se tue à la tâche alors qu'elle déteste son travail. J'espère ne jamais devenir comme eux.

– Je trouve que ce sont des gens bien. Ta mère a quand même organisé toute cette fête pour lui, on ne fait pas ça quand on se hait. Moi, ça me ferait très plaisir. Ton père est cool, il m'a montré sa bibliothèque, tous les livres qu'il a écrits.

– Ce soir ?

– Oui, quand tu n'étais pas encore arrivée.

– C'est tout lui. Dès que se pointe quelqu'un qui n'a pas encore entendu toutes ses vieilles histoires, il lui met le grappin dessus. En plus, il avait trop bu ce soir.

– J'aime bien écouter. Les gens me fascinent. Ta mère aussi a parlé avec moi avant que tu n'arrives. Moi, j'ai toujours vécu dans une famille silencieuse. Maman nous a élevés toute seule, moi et ma sœur. Même si Papa vivait à la maison avant le divorce, il n'était presque jamais là. Quand il rentrait à la maison, il était furieux parce qu'il prétendait qu'on avait touché à ses affaires. Mais il était surtout alcoolique. Ça a été un coup dur pour Maman quand elle a su que je voulais devenir artiste : elle pensait que c'était ça qui avait fait de Papa un alcoolique. Il voulait faire de grandes choses, sans parvenir à décider quoi, et toute sa vie il a traîné ce rêve impossible. Maman devait vouloir que je devienne médecin. »

Eva resta un moment sans rien dire.

« Mes parents m'ont toujours encouragée, aussi longtemps que je me souvienne. Papa m'a acheté du matériel de peinture dès le collège. J'avais un chevalet, et tout.

– C'est bien ce que je te dis. Tes parents sont des gens bien.

– Oui, sans doute. »

Et Eva se dit que Russ avait raison. Peut-être devrait-elle parler de sa situation à Papa et Maman. Rien ne l'obligeait à traverser cette épreuve toute seule.

Elle se redressa pour regarder Russ.

« Comment as-tu fait pour payer l'avion ? Ça n'a pas été trop cher, comme ça, au dernier moment ?

– J'ai emprunté l'argent à mon colocataire. Ce n'était pas si terrible. Et puis il a de l'argent.

– Qu'est-ce qu'il fait comme travail ?

– Il vend de la drogue, dit Russ le plus naturellement du monde.

– Quel genre de drogue ?

– Franchement, je ne sais pas. Des drogues de fête, ce genre-là. Mais ça marche bien, j'ai un petit loyer. »

Eva sentit de nouveau combien elle était fatiguée.

« Russ, on peut éteindre, maintenant ? Je crois qu'il faut que je dorme.

– OK », dit-il en se levant pour éteindre la lampe de bureau.

Eva comprit qu'il attendrait sans doute sous sa couverture jusqu'à ce qu'elle s'endorme, en espérant qu'elle viendrait se glisser près de lui. Mais elle n'en avait pas l'intention. Elle n'avait aucune attirance pour lui, et quand bien même, l'idée du sexe la rebutait depuis qu'elle avait découvert qu'elle était enceinte. Elle songea soudain à un livre trouvé dans la maison de vacances de Kristinestad, quand elle était petite. Helen et elle le lisaient à tour de rôle : *The Evolution of Human Sexuality*, avec des chapitres comme : « The Female Orgasm : Adaptation or Artifact ? » ou « Copulation as a Female Service ». Elle s'était fait une idée de ce qu'était un orgasme bien avant d'en connaître un elle-même. Tout ce livre donnait l'impression que la sexualité ramenait les hommes à un stade animal. L'auteur affirmait que le premier critère qui intéressait les femmes chez les hommes était leur santé – belle peau, cheveux sains, dents droites, visage symétrique.

Dans ce domaine, Eva sentait que la culture avait doublé l'évolution. Elle ne se souvenait pas d'avoir jamais été attirée par un homme dont l'apparence ait pu être qualifiée de « saine » : elle avait toujours eu un faible pour des hommes un peu brutaux, aux airs de petits délinquants. C'était peut-être ce qui l'avait intéressée chez Malik, ce sentiment qu'il n'était pas fiable, et qu'elle n'avait donc pas besoin de s'investir affectivement dans cette relation. Avec Russ, c'était différent. Il était comme un chiot, elle ne pourrait jamais coucher avec lui sans qu'il l'interprète comme un grand acte d'amour, la promesse d'une vie commune.

À son grand étonnement, Eva l'entendit bientôt ronfler. Elle imagina Russ enfant, sur le quai du métro, un petit garçon effrayé aux cheveux sombres. Elle eut envie de lui caresser le front, mais posa sa main sur son propre ventre. Elle savait qu'elle n'avait aucune chance de sentir le moindre mouvement à l'intérieur, mais elle ne put s'empêcher de se caresser le ventre, comme si le moindre signe de vie eût pu la faire changer d'avis.

QUATORZE

Quand elle se réveilla le lendemain matin, Russ n'était plus dans la chambre. Elle le trouva à la cuisine en compagnie de Max et Katriina – ils avaient l'air de passer un si bon moment ensemble qu'elle se demanda s'ils ne la faisaient pas marcher, si tout cela n'était pas une vaste plaisanterie, à la manière du *Truman Show*. Eva se sentait mal, comme tous les matins depuis deux semaines, mais elle savait que ça passerait comme toujours en mangeant quelque chose.

Elle s'assit donc à la table du petit déjeuner en faisant comme si c'était la situation la plus naturelle du monde. Et d'une certaine façon, ça l'était – voilà seulement quelques mois, elle habitait encore là. Elle prenait alors le petit déjeuner avec son père avant qu'il ne parte travailler, vers neuf heures et demie. Rien qu'eux deux : Katriina, elle, était levée depuis sept heures.

« J'envisage d'aller à Londres », dit son père. Il était en T-shirt et pantalon de pyjama, les cheveux ébouriffés. Il avait l'air content de vivre, même s'il faisait semblant de détester son anniversaire. Quand commençait-on à être content de vivre ? Vers cinquante ans ? Dans ce cas, Eva avait hâte d'y être, elle avait hâte de connaître un jour l'insouciance, de ne plus traîner tout le temps cette honte poisseuse de ne pas être à la hauteur, d'avoir une dette. À son âge, son père avait déjà soutenu sa thèse de doctorat.

« À Londres, pour quoi faire ? répondit Eva.

– Pour protester contre le capitalisme et les banquiers. Comme quand nous protestions contre la guerre du Vietnam.

– Je croyais que tu ne t'étais pas engagé contre la guerre du Vietnam ? » demanda Eva.

Katriina les regarda tous les deux en secouant la tête.

« Ton père courait les jupons au lieu de manifester.

– Je ne parlais pas de moi, mais de ma génération. »

Eva prit une biscotte et se versa du jus d'orange.

« Comment se fait-il que vous, qui étiez jeunes dans les années soixante-dix, parliez tout le temps de cette période, mais sans vous rappeler aucun détail ? On dirait que vous avez lu l'histoire de votre jeunesse dans un livre.

– C'est probablement le cas, dit Katriina. Tout ce que ton père sait, il l'a lu dans des livres.

– Le nucléaire ! s'exclama soudain Max. On a manifesté contre le nucléaire ! Tu ne te souviens pas, Katriina ? Nous sommes allés à Stockholm pour participer au défilé. Non que ça ait changé grand-chose. On n'a jamais autant construit de centrales. Il faudrait peut-être aller s'enchaîner à un arbre.

– Il n'est pas certain qu'on ait le droit de fumer des cigares quand on est enchaîné », dit Eva.

Katriina éclata de rire.

« La seule chose dont je me souvienne de cette manifestation à Stockholm, c'est que je m'étais acheté une veste chez NK. Je pense que je l'ai encore quelque part. Elle a peut-être de la valeur. Russ, encore un peu de café ?

– Oui, merci », dit Russ.

Eva n'avait pas pensé trouver l'hiver à Helsinki. En voyant tout ce blanc par la fenêtre de la cuisine, elle appréciait la beauté de la saison – à Londres, il faisait le même temps depuis bientôt deux mois.

« Maman, quel est le programme d'aujourd'hui ?

– J'ai dit à ta sœur qu'on dînait à six heures. Je ne sais pas si elle viendra, mais j'ai bien l'intention de faire la cuisine, pour ceux que ça intéresse. Combien de temps restez-vous, Russ ?

– Oui, combien de temps ? demanda Eva.

– En fait, je ne suis pas pressé. Ça dépend de toi. »

Katriina et Max regardaient à présent Eva, comme si eux aussi attendaient sa réponse. Mais elle continua de mâcher sa biscotte et, au bout d'un moment – quand le silence gênant se fut mué en un silence plus confortable –, elle se servit une tasse de café.

Après le petit déjeuner, Russ et Eva partirent se promener. Ils se dirigèrent vers Edsviken, en longeant le rivage vers le parc Sibelius. Il n'y avait pas de vent, et Russ tenait Eva sous son bras d'une façon qui n'était pas complètement désagréable. Il portait une grosse doudoune bleue et une paire de gants empruntée à Max. Elle savait qu'elle devrait le renvoyer à Londres.

« C'est donc ici que tu as grandi ? C'est très beau.

– En gros, oui. Mais nous vivions dans un appartement plus petit au début. Quand mon père a eu davantage de travail, nous avons déménagé dans celui où nous habitons à présent.

– Donc tes parents sont assez aisés ?

– Je ne dirais pas ça. Ou si, ils n'ont pas à se plaindre. Mais mon père a toujours dit qu'on ne s'enrichissait pas dans la recherche. Il dit qu'il aurait gagné plus comme statisticien. Et je suppose que ça fluctue. Dans les années quatre-vingt-dix, il avait beaucoup de travail. Aujourd'hui, il passe le plus clair de son temps à la maison en robe de chambre. Quand j'habitais là, il allait jouer au tennis tous les jours, mais quand Maman l'interrogeait sur ce qu'il avait fait de sa journée, il disait toujours qu'il avait travaillé. »

Ils passèrent devant le café Regatta et obliquèrent en remontant vers le parc. Le grand monument en tubes métalliques se dressait devant eux. Eva sentit un courant d'air froid sous sa veste.

« Russ, il faut que je te dise quelque chose.

– D'accord, dit Russ en attendant la suite, comme un enfant à qui un adulte confie un secret.

– Je suis enceinte. »

Quelques secondes de silence, un silence terrible : Eva comprit ce qu'avait dû ressentir Russ la veille. Ils continuèrent à marcher, mais s'arrêtèrent juste devant le monument.

« Mais comment peux-tu être enceinte ? » demanda Russ. Son visage semblait plus sombre qu'à l'ordinaire, peut-être était-ce le contraste avec la blancheur de la neige, mais Eva eut un sentiment d'irréalité en le regardant. Pour une fois, elle se sentit en position d'infériorité en sa compagnie. En même temps, elle se fâcha.

« Il faut que je t'explique comment on tombe enceinte ?

– Non... je veux dire, comment peux-tu... Avec qui ?

– Malik. »

Elle entendit presque le désespoir de Russ qui tentait d'assembler le puzzle, de digérer en quelques secondes toute l'information.

« Je sais que c'est bizarre, mais bon, ça s'est passé. C'était une grosse connerie de ma part, et je me flinguerais si je pouvais, mais maintenant c'est fait et je n'y peux rien. »

Eva sentit sa voix trembler, les larmes lui monter aux yeux. Russ la prit dans ses bras, raide, et Eva pleura. Elle se détestait pour ça. Ce n'était pas comme ça que les choses devaient se passer, mais maintenant qu'elle avait commencé, impossible d'arrêter.

« Russ, tu me détestes ? »

Mais il ne répondit pas, se contenta de la serrer dans ses bras. Et il continua à se taire en rentrant, en faisant ses bagages et en attendant dans le hall que son taxi arrive, une heure plus tard. Katriina essaya en vain de lui faire la conversation, mais Russ lui fit des réponses monosyllabiques, jusqu'à ce qu'elle comprenne que quelque chose clochait.

Quand Eva alla s'enfermer dans sa chambre après le départ de Russ, Katriina resta un instant devant sa porte avant de frapper.

« Chérie ? Tu veux parler ? On peut parler, si tu veux. »

Eva ne répondit pas, et elle entendit Katriina regagner la cuisine. Quelques minutes plus tard, elle revint.

« Eva, tu n'es pas forcée de rentrer à Londres. Tu peux rester ici, si tu veux. Il ne reste que trois semaines avant Noël. »

Eva était couchée, les yeux fixés au plafond. Prolonger son séjour au-delà du strict nécessaire, jamais de la vie. Elle resterait jusqu'à mercredi, le jour de son vol. Mais il fallait d'abord qu'elle voie un médecin.

JANVIER-MARS

QUINZE

La première semaine de janvier, après seulement quelques heures de jour, le soleil se retire et abandonne Helsinki à la désolation de ses ténèbres hivernales. Quand les ferries de l'après-midi quittent le port sud, il fait pratiquement nuit, alors qu'il est à peine plus de cinq heures, et les bateaux illuminés se détachent lentement du quai – comme des bêtes immémoriales, ils dépassent Sveaborg et s'éloignent en suivant le chenal vers la Suède.

Helen et sa famille se frayaient un passage dans les couloirs du Silja Symphony, à la recherche du pont cinq, où était leur cabine. Helen avait pris le prospectus avec le programme de la croisière. Tout le voyage était planifié à la minute près pour les familles avec enfants, depuis le maquillage au Kidz Club à cinq heures et le Quiz des pirates à six heures, jusqu'au buffet, suivi du Loto des enfants et enfin de la « Virée dans la vallée de Moumine » à huit heures. C'était d'une certaine manière un soulagement de ne rien avoir à inventer. Les enfants aimaient ça. Lukas partit en éclaireur et trouva la bonne cabine. On lui avait donné sa propre carte, qu'il inséra dans le lecteur, sans pourtant parvenir à ouvrir la porte.

« Maman, le vert ne s'allume pas. Il devrait s'allumer, hein ?

– Oui, essaie encore », dit calmement Christian.

Il réessaya et cette fois la porte s'ouvrit. Amanda attendait à côté. Elle entra après lui.

Ils larguèrent en vitesse leurs affaires dans la cabine – les enfants se disputèrent les bonbons de bienvenue, Christian régla le problème en les confisquant jusqu'à après le dîner – et Helen alla se maquiller un peu dans la minuscule salle de bains. Il flottait dans la cabine l'odeur habituelle, un mélange compact de moquette et de détergent, avec en dessous un vieux relent de tabac datant d'avant l'interdiction de fumer. Une fois prêts, ils prirent l'ascenseur jusqu'au pont sept pour trouver l'atelier maquillage. Il y avait une longue queue. Des familles avec de jeunes enfants, des grands-mères avec leurs petits-enfants, tous impatients de s'amuser, encore en train d'explorer les possibilités de distractions à bord du ferry. Helen et sa famille continuèrent via la salle de jeux jusqu'au Tax Free.

Après avoir eu des enfants, Helen avait abandonné l'idée de voyager pour se détendre. Les voyages étaient-ils autre chose qu'un travail visant à s'amuser au mieux ensemble ? C'était un tissu de compromis, d'obstacles imprévus, de défis. C'était l'art de se plier au rythme des autres, de saisir l'ambiance : fallait-il se promener encore une heure, ou était-il temps de rentrer se reposer à l'hôtel ? Prévoir un goûter ? Prendre les transports en commun ou essayer de se promener à pied ? Fallait-il se presser un peu ? Les enfants supporteraient-ils une visite de musée ?

Si l'on optait pour le musée, on s'y traînait sans finalement rien y voir et, à peine sorti, on avait tout oublié, comme si cela n'avait pas eu lieu, il n'en resterait rien le lendemain, et on finissait par rentrer à l'hôtel les pieds en compote pour se reposer un moment avant qu'il ne soit l'heure d'aller manger.

Et quand on dînait dehors, on n'avait pas le droit à l'erreur. Il fallait bien manger, qu'on puisse constater tout en mangeant que c'était vraiment bon, qu'on avait fait un bon choix et qu'on en avait pour son argent, et on prévoyait déjà comment, une fois de retour, on en parlerait aux amis, oui, nous avons mangé dans un restaurant génial, oui, et pas cher du tout, une ambiance vraiment incroyable, et en plus un service agréable ; et, si ce n'était pas le cas, il fallait tout tirer dans l'autre sens, exagérer le service calamiteux, on ne pouvait pas se permettre l'indifférence. Les vacances étaient des « vacances » avec des guillemets, car on n'y était pas du tout libre, il fallait sans cesse prendre une foule de choses en considération.

Comme dans beaucoup d'autres endroits au monde, les familles avec enfants avaient pris le pouvoir à bord du ferry. On voyait bien que la salle de jeux était une salle de conférences réaménagée. Ici, des cadres moyens avaient passé leurs journées à noter les objectifs de leur entreprise sur des post-it avant de se jeter sur le buffet puis le bar, avec sa piste de danse lustrée. On ne s'était pas donné trop de mal ni torturé l'imagination pour transformer la salle de conférences en terrain de jeu – quelques affiches de Moumine au mur, quelques sacs de balles, quelques écrans plats pour les Playstations, des chaises pour les adultes qui attendaient pendant que leurs enfants s'amusaient. Il y avait aussi un bar, au bout de la salle, où l'on servait des bières et du *lonkero*[1] pour les parents dont la stratégie de survie était de s'anesthésier juste ce qu'il fallait pour oublier que la piscine de balles était en fait un buffet multicolore de toutes les gastros de l'hiver.

« Tu sais quoi ? Je t'aime », dit Helen en allant poser une main sur l'épaule de Christian. Il était devant un rayon de vin rouge dont le roulis faisait légèrement tinter les bouteilles. Il l'attira à lui et lui embrassa la main.

Lukas était à quelques mètres : il ne les lâchait pas des yeux, de peur de les perdre, tandis qu'Amanda était partie un peu plus loin, au rayon confiserie. De retour dans la cabine, les enfants voulurent manger leurs bonbons, et Helen les laissa les ouvrir. Amanda avait choisi plusieurs petits sachets, Lukas un gros paquet rose de chamallows.

Helen se sentait reposée. L'automne avait été chargé, comme toujours dans son école. Cette année, elle avait raté la fête de Noël d'Amanda, mais réussi à assister au spectacle de fin d'année de Lukas à la maternelle. Il jouait un des trois Rois mages. Il n'avait qu'une réplique – « Nous avons vu des anges cette nuit, ils

1. Long drink à base de gin et de jus de pamplemousse, très courant en Finlande.

chantaient : le Messie est né » – qu'il avait répétée tous les jours pendant plusieurs semaines, jusqu'à en faire une litanie monotone où l'on peinait à distinguer le moindre mot. Sur scène, son tour venu, il avait débité sa réplique à toute allure, tout attaché, avec un point d'interrogation à la fin : « Nousavudesangescettenuit-chantaientlemessiéNÉ ? »

Une fois à la maison, elle l'avait complimenté, lui disant qu'il avait été « super bien » : sur quoi Lukas avait constaté, apparemment sans la moindre ironie, qu'il était « né pour la scène ». Lukas avait confiance en lui, à sa façon : il était à la fois timide et extrêmement désireux d'être remarqué.

Helen écoutait distraitement Amanda et Lukas comparer leurs achats de bonbons sur le lit. Au bout d'un moment, elle vit que Lukas avait déjà englouti la moitié de son paquet. Il roulait des yeux. Helen s'empressa de lui confisquer le reste en lui faisant un « chut » du doigt. Helen et les enfants faisaient souvent ce genre de cachotteries dans le dos de Christian.

« Allez, on va manger ! dit-elle à haute voix.

– On pourra avoir des hamburgers ? » demanda Amanda. Elle avait aligné tous ses paquets, et suçait à présent un caramel.

« Ils ont sûrement des boulettes-purée à la cafétéria, dit Christian.

– Je veux pas de ces foutues boulettes ! » gémit Lukas, qui cet hiver avait pris la mauvaise habitude de jurer : *foutu* était son gros mot favori, ce qui faisait enrager Christian. Il lui faisait la guerre, d'âpres et longues batailles qui les laissaient tous deux épuisés.

On aurait dit deux personnages d'un vieux western : leur unique tactique était d'avoir l'adversaire à l'usure.

« Hamburger ! » criait à présent Lukas à tue-tête en sautant sur le lit, avec l'énergie d'un diabétique qui n'aurait pas eu son insuline. « Hamburger ! HAMBURGER !!! »

S'il y avait quelque chose que Christian détestait davantage que les bonbons avant les repas, c'était la *junk food :* les frites, les hamburgers, les sauces grasses, les pizzas – et surtout cette spécialité finlandaise baptisée « corbeille de poulet », qui se trouvait être le plat préféré d'Amanda et Lukas (une corbeille de poulet frit avec des frites, qu'on servait partout où il y avait des familles avec enfants). Helen avait constaté que ce plat en particulier provoquait chez Christian un inexplicable désarroi. Selon lui, il y avait pire que de faire quelque chose de mauvais pour la santé quand on pouvait l'éviter – prendre la voiture quand on pouvait marcher, boire du sirop quand il y avait de l'eau, rester enfermé quand il faisait beau dehors – ou de payer cher quand il y avait meilleur marché. Le pire, qui le plongeait dans une dépression presque catatonique, c'était d'acheter quelque chose de mauvais pour la santé et cher par-dessus le marché.

Ils montèrent à la « promenade ». Autour d'eux les gens affluaient de partout, des ascenseurs, des restaurants, des boutiques. Nulle part une famille n'était autant une famille qu'en voyage organisé – toujours ensemble, on faisait corps. Helen se voyait comme du dehors, se voyait près de Lukas, Amanda et Christian, mais avait l'impression d'être interchangeable, elle aurait pu marcher avec n'importe laquelle de toutes ces familles. Les personnalités étaient gommées, les familles devenaient identiques à s'en confondre, comme les personnages d'un jeu vidéo dont les ponts du ferry figureraient les différents niveaux. Deux adultes, deux enfants, Tax Free, repas, piscine de balles, bonbons, maquillage. Helen était frappée de constater que les enfants ne le vivaient pas de la même façon, naturellement. Pour eux, le ferry était encore une expérience nouvelle, qui n'avait rien d'anonyme, qui signifiait quelque chose, et viendrait se ranger auprès d'autres expériences semblables qui, réunies, formeraient leur personnalité.

C'était le milieu de l'hiver et, pourtant, certains passagers se promenaient en T-shirt et sandales comme si c'était l'été, comme si une mini-croisière à bord du ferry vers la Suède renversait toutes les règles, y compris celle des saisons. Deux hommes, visiblement de Stockholm, consultaient le menu de la cafétéria. Il y avait des hamburgers, des pizzas, et un buffet proposant boulettes, purée et filets de porc. Ces derniers trempaient dans une sauce figée qui semblait là depuis la mise à flot du bateau, au début des années quatre-vingt-dix. Un des types avait l'air déçu. Helen l'entendit se lamenter auprès de son copain :

« Je me taperais bien des sushis, merde. »

Après le repas, ils se dirigèrent vers l'Atlantic Palace, où devait se dérouler le reste du programme pour enfants.

Cela commençait apparemment par un numéro de danse avec les pirates. Les danseurs n'étaient pas finlandais, ni suédois – un mélange de Russes et d'Estoniens, sans grande conviction. Amanda regarda le show avec un manque évident d'enthousiasme, tandis que Lukas, fasciné, ne perdait pas un seul pas de la chorégraphie.

« Maman, on pourrait en avoir un comme ça, nous aussi ? » s'impatienta Amanda en montrant un cocktail que tenait un autre enfant à la table voisine, une mixture sans alcool avec une paille fluo.

« Tu as le courage d'y aller ? » demanda Helen à Christian. Helen savait exactement quel ton employer pour que Christian comprenne qu'il s'agissait d'une Question Ultra Importante.

Elle utilisait le même ton – mais avec une tournure négative – quand il voulait faire l'amour et qu'elle ne le sentait vraiment pas. Elle en aurait peut-être eu honte, sans sa satisfaction de voir que ça marchait si bien.

Christian sembla hésiter un instant, mais finit par aller chercher deux cocktails pour les enfants en traînant les pieds.

Les danseurs arrivaient au tableau final. La musique était plus forte, les lampes clignotaient de plus en plus vite, ils couraient en cercle, la danseuse avait jeté sa jupe, découvrant deux jambes courtes mais très musclées, sur quoi deux des danseurs, les plus costauds, lui attrapèrent les jambes et la soulevèrent à bout de bras. Un feu d'artifice de muscles bandés. Les deux hommes se dressaient, le plus droit possible, leurs collants de pirates moulant leur sexe comme un petit paquet. Cela avait un côté très féminin, songea Helen, alors que c'était justement censé exprimer la virilité légendaire des pirates.

Elle regarda sa montre. Huit heures et demie, ce qui signifiait qu'il était tout à fait possible de regagner la cabine.

Les danseurs sortirent l'un après l'autre de la ronde et, avant que quiconque n'ait eu le temps de se lever, avant même la fin de la musique, une animatrice vint annoncer que la soirée allait s'achever par la boum de Moumine avec toute sa famille.

« On s'en va ? » proposa Helen. Christian hocha la tête, mais les enfants protestèrent.

« Encore un peu », supplia Lukas, les yeux luisants. Amanda sirotait son cocktail d'un air neutre mais, prise d'un accès de solidarité de grande sœur, elle demanda elle aussi à rester.

« Je peux aller danser avec Lukas. Vous, vous pouvez rester ici », dit-elle, comme si elle était la troisième adulte de la compagnie.

La musique avait déjà commencé. Lukas semblait hésiter à descendre sur la piste de danse, on voyait que son corps était agité de sentiments contradictoires, quelque chose dans son cerveau avait l'air de trouver que c'était une mauvaise idée, qu'il allait être forcé de faire quelque chose de potentiellement humiliant, mais peut-être aussi d'amusant, ne serait-ce que pour se forger le caractère. Il finit par se laisser entraîner par Amanda, et soudain ils se retrouvèrent au milieu de la piste à attendre les instructions avec les autres enfants, tandis qu'une famille Moumine un peu maladroite faisait son entrée.

La danse était menée par une fille costumée en Petite Mu. À ses côtés, Papa Moumine, Maman Moumine et Moumine le Troll – impossible de dire si c'étaient des hommes ou des femmes, sans doute en train de suer affreusement sous leurs combinaisons blanches. Pour autant qu'Helen pouvait en juger, ils ne voyaient qu'à travers une résille noire placée au niveau du nez des trolls, ce qui leur faisait un champ visuel extrêmement limité.

La musique monta en puissance.

Les trolls pliaient les genoux et se dandinaient au rythme de la comptine techno, sur une mélodie de voix samplées qui répétaient en boucle les paroles MUUMIHUMPPA SOI NYT KUULET MITEN MUUMIHUMPPA SOI.

Helen et Christian regardaient de loin. Helen observait comment Lukas se débrouillait : les yeux ronds, il regardait Papa Moumine avancer un pied, puis le reculer, en l'imitant de son mieux – Amanda faisait la même chose, mais davantage consciente d'elle-même : elle avait une tête de plus que tous les autres enfants et on voyait bien qu'elle ne lâchait pas Lukas d'une semelle pour pouvoir invoquer l'alibi d'être sa grande sœur si tout ça devenait trop gênant. Tout son corps disait qu'elle n'était là qu'en qualité de grande sœur de son petit frère, et rien d'autre.

Petite Mu frappait à présent des mains un peu plus loin, et c'était au tour de Papa Moumine et Maman Moumine de se dandiner, imités par tous les enfants, jusqu'à la fin de la chanson.

Helen espérait qu'ils allaient enfin pouvoir regagner leur cabine, se laver les dents et se coucher. Elle était fatiguée et avait hâte d'enlever ses vêtements poisseux. Mais l'animatrice n'en avait pas encore fini avec eux. Essoufflée, elle claironna MAINTENANT C'EST LE TOUR

DES PARENTS ! TOUS LES PARENTS EN PISTE ! ALLEZ !
Christian et Helen échangèrent un regard terrorisé.

Amanda revint s'asseoir en courant et but son cocktail, les joues en feu.

Lukas resta seul sur la piste, il avait l'air perdu, cherchait Amanda des yeux. L'animatrice faisait signe aux parents de venir et Helen les vit se lever les uns après les autres, mamans finlandaises aux cheveux courts et aux vêtements commodes, papas suédois aux corps alourdis par le généreux buffet de Nouvel An du Silja Symphony.

Helen comprit qu'elle n'avait d'autre choix que de rejoindre Lukas et de danser un moment.

J'aime ma famille, se dit-elle. Je les aime terriblement.

Helen dansa avec les Moumines. Peu importait l'humiliation, ça faisait partie du contrat parental.

Lukas la regarda sur la piste, fasciné, comme si ce n'était pas sa maman mais une personne étrangère qui aurait pris son apparence. Il lui fit un signe de tête pour l'encourager.

La musique commença.

C'était le même genre de techno bavaroise que la chanson précédente, mais cette fois la chorégraphie était libre, apparemment. Les Moumines dansaient autour des enfants sans aucune coordination, tandis que le volume de la musique augmentait et que les spots clignotaient de plus belle. Lukas serra la main d'Helen quand Papa Moumine – qui avait visiblement du mal à coordonner ses mouvements – s'approcha d'eux en titubant, sa queue à la main. Helen bougeait les bras avec raideur, elle remarqua qu'elle s'efforçait de sourire, mais c'était un sourire forcé, elle ne pensait qu'à une chose : pourvu que cette musique s'arrête vite !

Papa Moumine exécutait à présent des espèces de pirouettes, ce qui lui fit perdre l'équilibre : il glissa d'abord vers le côté droit de la piste, ce qui obligea quelques enfants à s'écarter, puis – comme si le bateau tanguait soudain violemment – vers la gauche, jusqu'à s'immobiliser soudain pour s'affaler la tête la première. La musique tonitruante continuait à se déverser des enceintes. Papa Moumine sembla d'abord incapable de se relever, son nez avait heurté le sol et sa tête semblait tordue à quatre-vingt-dix degrés – il était grotesque, comme un animal heurté par une voiture. En s'appuyant sur un bras, il parvint pourtant à se mettre debout.

Helen voyait bien que c'était difficile : l'énorme nez déséquilibrait tout le corps. Quand il fut sur ses pieds, il tituba un peu, jusqu'à ce que Petite Mu vienne l'aider en lui tenant le bras. Mais il la repoussa, il n'avait pas l'air de vouloir d'aide, comme un ivrogne qui pense réussir à rentrer chez lui, alors que tout le monde voit bien qu'il tient à peine debout. Les autres trolls avaient cessé de danser, mais restaient sur la piste à observer le fiasco.

« Maman, qu'est-ce qu'il a, Papa Moumine ? » demanda Lukas.

L'animatrice descendit sur la piste et emmena Papa Moumine en le tirant fermement par le bras.

Helen s'aperçut seulement alors que tous les autres enfants et parents avaient cessé de danser pour regarder l'incident.

« Je crois que c'est l'heure d'aller nous coucher », dit Helen en rejoignant la table avec Lukas.

Elle jeta un coup d'œil en arrière et vit l'animatrice entraîner Papa Moumine dans une pièce à droite de la scène, Papa Moumine ôter sa tête et son chapeau, découvrant en dessous une petite tête dégarnie ; c'était un homme d'une cinquantaine d'années, il suait tellement que ses rares mèches lui collaient au crâne, mais elle n'en vit pas davantage car l'animatrice tira le rideau des coulisses.

SEIZE

Ce printemps, Helen avait décidé d'étudier *Soldats inconnus* de Väinö Linna avec ses élèves de première.

« Bon, alors, ce livre parle de la guerre de Continuation, tenta Helen devant sa classe. Au début du roman, la guerre d'Hiver vient de s'achever. Quelle est l'expression de Väinö Linna, déjà ? Que la guerre d'Hiver est "la meilleure des guerres de tous les temps, puisque les deux parties en sont sorties victorieuses" » ?

Les élèves se tortillèrent, sans rien dire.

« Vous deviez lire le premier chapitre. Vous avez quand même retenu quelque chose ? Comment sont présentés les personnages ? Ça a au moins dû vous faire réfléchir ? Quels rapports entretiennent-ils avec la guerre ?

– J'ai rien compris », lâcha Mårten, un des plus grands de la classe, si athlétique qu'il semblait avoir du mal à rester assis derrière sa table. Ses mouvements étaient raides et lents : il lui fallait bouger tout le corps tellement ses bras étaient larges.

« Qu'est-ce que tu n'as pas compris ?

– Tout, dit-il, recueillant l'assentiment des autres.

– Il faut finir de le lire pour quand ? demanda Alex, un petit, un des plus faibles de la classe.

– Pour la fin du trimestre. Ça vous va ? Je veux que vous écriviez trois pages sur le livre, je ne corrigerai pas mais ça nous servira de base de discussion. Je vous distribuerai un questionnaire, comme point de départ. »

Plusieurs soupirèrent.

« Bon, on verra. Mais commencez dès aujourd'hui. Il vous reste vingt minutes, vous avez le temps de lire déjà quelques pages. »

À la fin du cours, certains élèves vinrent se plaindre que le livre était difficile à cause de sa langue vieillotte. Helen avait fourni à ses élèves une édition scolaire dans la traduction de Nils-Börje Stormbom. Il n'y avait de vieillot que les dialogues en dialecte, et de là à trouver ça *difficile à lire*...

D'un autre côté, elle n'était pas surprise. Cet automne, elle avait fait faire une dissertation à ses classes sur la question : pourquoi les garçons lisaient moins que les filles ? Elle n'aimait pas la façon dont la question était posée : elle appelait évidemment une plaidoirie des garçons, mais le sujet était tiré des annales du bac, et ils étaient censés les utiliser pour se préparer à l'examen.

En corrigeant leurs copies, elle avait hésité entre rire ou pleurer.

Voilà comment débutait l'une d'elles, celle d'un gamin dans la moyenne.

« Depuis la nuit des temps, les femmes ont lu plus que les hommes. C'est parce que les hommes partaient chasser et que les femmes avaient davantage de temps pour la lecture. »

Helen maudissait les parents qui avaient élevé ainsi ces pauvres garçons. Personne ne leur avait dit dans quel siècle ils vivaient ? Ce n'était pas la première fois qu'Helen retrouvait dans leurs copies le reflet du climat familial. Désormais, elle évitait tous les sujets de dissertation abordant des questions d'intégration ou d'immigration, c'était vraiment trop déprimant.

Après le cours, dans la salle des profs, elle trouva Michael, le professeur d'histoire, en train de parcourir les candidatures pour le « voyage de la Shoah » que l'école organisait chaque année. Les élèves intéressés devaient motiver leur demande sur une demi-feuille A4, car il n'y avait que dix places.

« Écoute ça », dit Michael. Il prit une des candidatures et lut à haute voix :

« L'histoire m'a toujours beaucoup intéressée et je trouverais ça *trop cool* d'aller à Auschwitz. »

Helen éclata de rire.

« Il y a beaucoup de candidatures ?

– Vingt, peut-être. Que des filles. »

Helen savait que ce qui motivait les lycéennes, c'était surtout de partir en voyage avec leur mignon prof d'histoire. Avoir l'occasion de visiter Auschwitz avec un rescapé des camps était secondaire.

Le lycée occupait un bâtiment bas, construit dans les années soixante-dix quand la commune s'était étendue vers le nord, avec une nouvelle piscine, un cinéma et une bibliothèque. En automne, le soleil entrait par les grandes baies vitrées au fond de la classe d'Helen mais, l'hiver, ces fenêtres se transformaient en miroirs béants et inexpressifs.

Toutes les salles de classe étaient de plain-pied, sauf le local informatique vieillot, aménagé en sous-sol. À côté se trouvait une « salle de repos », censée permettre aux enseignants de faire une petite sieste quand le besoin s'en faisait sentir. Helen se demandait quand on aurait bien pu trouver le temps. Elle n'avait souvent même pas celui de s'asseoir un instant pour lire le journal, sans parler de se reposer. Ce local était en outre encombré par le matériel utilisé lors de la kermesse annuelle : balles de tennis, lots, couronnes, fleurs en plastique et une énorme construction en carton supposée être un jeu de massacre.

Quand Helen allait chercher Amanda et Lukas à l'école, il était souvent presque six heures. Ce jour-là ne faisait pas exception.

« Maman, quand est-ce qu'on va chercher Éclair et Biscotte ? » demanda Amanda depuis le siège arrière.

Les enfants avaient eu chacun leur hamster quand ils s'étaient installés dans leur nouvelle maison, mais, comme Helen l'avait craint, ils ne s'en étaient jamais occupés. Nettoyer leur cage prenait une bonne heure, c'était une tâche désolante, un travail de Sisyphe pour des parents. Katriina et Max s'en étaient chargés pendant leur croisière.

« Je ne sais pas. Bientôt. Ce week-end, peut-être ?

– Ils pourront venir dans ma chambre ? demanda Amanda.

– Ils ne vont pas t'empêcher de dormir ? Tu sais bien qu'ils font beaucoup de bruit la nuit ?

– Mais je m'endors avant.

– Bon, d'accord, on pourra essayer.
– Mais je veux les hamsters ! s'écria à présent Lukas, qui auparavant leur avait à peine prêté attention.
– On en reparlera ce soir quand Papa sera rentré. De toute façon, ils sont chez Mommo et Moffa pour le moment. »

Quand Helen eut déchargé la voiture, son téléphone sonna. C'était Katriina. Helen posa le téléphone sur la table de la cuisine avec le haut-parleur activé et commença à préparer le dîner.

« Salut, j'appelais juste pour prendre des nouvelles. Comment vont mes petits cochonnous ? dit Katriina.
– Ça va. Et comment se portent les hamsters ?
– Je ne sais pas, je ne les ai pas trop regardés. Tu sais, la plupart du temps, ils dorment.
– Et le chien les laisse tranquilles ?
– Il était un peu intrigué au début, mais maintenant il s'en fiche. »

Christian et Helen avaient hésité à confier les hamsters à Katriina et Max. Les parents d'Helen semblaient trop occupés pour avoir le temps de les nourrir. Elle ne comprenait pas comment ses parents parvenaient à mener de front toutes leurs activités – de son côté, elle arrivait tout juste à assurer le minimum vital. Quand elle appelait sa mère, elle était toujours sur le point de se rendre à la réunion d'une quelconque association féminine, ou de partir en voyage comme en ce moment pour les Philippines.

« Ça va être passionnant, dit Helen.
– On verra. Tu sais ce que c'est de travailler avec des Asiatiques. »

Helen n'en avait aucune idée.

« Je veux dire, tout semble d'abord parfait, tout le monde promet plein de choses avec de grands sourires, mais le moment venu, il ne se passe rien.

– Ah bon », dit Helen en commençant à hacher un oignon.

Ils avaient une grande cuisine blanche. Christian avait rénové la vieille maison tout seul, sauf l'électricité et la plomberie.

Amanda était dans le jardin. Lukas jouait à l'ordinateur à Moviestarz, son jeu favori, qui consistait à habiller soi-même des poupées digitales. Helen avait lu que ce programme se présentait comme « le plus grand jeu en ligne POUR FILLES ». Que c'était un jeu pour filles n'avait pas échappé à Amanda – elle l'avait fait remarquer à Lukas, dont le regard s'était alors troublé, jusqu'à ce qu'Helen rétorque qu'il n'y avait pas de jeux pour filles ni de jeux pour garçons. Il avait tanné Helen pendant deux semaines pour qu'elle lui achète une carte spéciale de membre à quatre euros, qui donnait droit à davantage de poupées à habiller, y compris des poupées garçons, ainsi que des *starcoins* qui permettaient de décorer leur maison. Christian, qui avait observé le tout de loin, était tout à fait contre – il considérait que c'était de l'argent jeté par les fenêtres, et que ce programme risquait en plus d'introduire un virus dans leur ordinateur. Ce qui avait poussé Helen à faire comme d'habitude : elle avait payé à Lukas dix euros d'abonnement, tout en envoyant à la société de production un long mail où elle critiquait la représentation des rôles sexuels véhiculée par le jeu.

Katriina était toujours au bout du fil.

« Maman, il faut que je te laisse, je suis en train de préparer le dîner. Bon voyage.

– Ça va être tellement stressant.

– Bon, appelle à ton retour.

– Embrasse Amanda et Lukas pour moi.

– Je te promets. Au revoir !

– Helen ?

– Oui ?

– Tu as des nouvelles d'Eva ?

– Non, désolée, Maman.

– Bon. Au revoir. »

Helen entra dans la chambre de Lukas. Il était en train de choisir des vêtements pour ses poupées virtuelles. Helen l'observa un moment par-dessus son épaule, très concentré, prendre un vêtement après l'autre.

Il était grand pour son âge et avait hérité des cheveux sombres de ses deux parents. Il se déplaçait dans le jeu à coups de clics, comme s'il avait fait ça depuis toujours – les parties malléables de son cerveau s'étaient sans doute déjà adaptées à une vie devant un écran.

« Maman, qu'est-ce que ça veut dire, ça ? »

Helen lut.

Fréquente les stars. Fais-toi de nouveaux amis !

« C'est une page où on peut chatter avec les autres. Mais pour ça, il faut savoir écrire.

– Ah bon, dit Lukas, qui n'avait pas encore eu la patience d'apprendre les lettres.

– Ça va être l'heure de manger. Tu peux éteindre ça ?

– Encore un peu.

– D'accord, dix minutes. Après, tu viens à table. »

Amanda était toujours au jardin : elle avait l'imagination et la confiance en elle nécessaires pour vivre ainsi au milieu de nulle part. Helen entendit la voiture de Christian s'engager dans l'allée, il parlait à présent avec Amanda, et ils entrèrent tous les deux dans le vestibule.

Après dîner, Helen s'assit dans le canapé du séjour pour continuer à corriger ses copies. Elle détestait ce canapé, mais était forcée de vivre avec parce que c'était un cadeau des parents de Christian. C'était un meuble de famille en cuir brun usé, acheté par le grand-père maternel de Christian et hérité à sa mort par ses parents – Helen les soupçonnait de le leur avoir offert parce qu'ils ne le supportaient pas.

Les ressorts étaient si abîmés qu'on s'enfonçait d'au moins cinquante centimètres chaque fois qu'on s'y asseyait. Il était de plus trop petit pour un usage familial. Christian le cirait parfois, très soigneusement et avec une grande concentration, et interdisait aux enfants d'y manger, de peur qu'ils en salissent le cuir. Helen les aurait volontiers laissé faire.

« En plus, il n'a aucune valeur, insistait Helen. Il ne suffit pas qu'un meuble soit dans la famille depuis deux générations pour qu'il devienne automatiquement une antiquité.

– Il a été dans notre maison de vacances depuis le début des années trente. C'était un meuble très rare à l'époque », répondait alors Christian avec la conviction qu'il réservait à ce qui concernait les particularités de sa famille.

Helen avait rencontré Christian à une fête des étudiants en lettres au début des années deux mille. C'était à Vanha, Christian était venu avec un camarade historien. Il étudiait quant à lui l'architecture à Ötnäs.

Quand ils avaient couché ensemble pour la première fois, dans la petite chambre d'étudiant de Christian, ils n'avaient pas utilisé de préservatif, car elle pensait être dans une période sûre. Les préservatifs lui rappelaient ses seize ans, quand elle était allée avec sa copine Anne au festival de Roskilde. Avant de partir, leurs mères les avaient obligées à s'asseoir à la table de la cuisine pour écouter une liste de règles de conduite.

« Nous sommes contentes de vous voir partir. Vous allez sans doute beaucoup vous amuser. Et vous allez certainement rencontrer des garçons là-bas. »

Katriina avait une mine réjouie, comme si c'était quelque chose qu'elle encourageait.

« Maman, on va là-bas pour écouter…

– Oui, oui, vous allez écouter des groupes de rock, je sais, mais quand même, *si* vous rencontrez des garçons, – ce qui n'est pas complètement invraisemblable – alors, pour l'amour du ciel, s'il vous plaît, s'il vous plaît, utilisez des préservatifs. »

Ce n'est qu'à l'adolescence qu'Helen avait réalisé que tout le monde ne se comportait pas comme sa mère, que toutes les femmes ne naissaient pas avec ce culot débridé, que certaines luttaient leur vie entière pour l'acquérir, sans parfois même s'en approcher. Mais pour Katriina c'était une évidence, elle prenait possession d'une pièce, sa voix portait dans tout un appartement, tout un quartier si elle voulait, et il n'y avait personne qu'elle ne sache comment prendre. Elle n'avait peur de rien.

Mais elle pouvait aussi en faire trop, mettre mal à l'aise, car elle était de nature curieuse et ne sentait pas quand les gens voulaient qu'on les laisse tranquilles. Elle ne comprenait pas que certaines personnes se retranchent dans leur coquille. Elle n'en avait elle-même jamais eu.

Katriina disait donc tout et n'importe quoi, sans aucun tabou – on ne pouvait quand même pas gâcher sa vie à se taire alors qu'on pouvait parler –, ce qui pouvait être pénible, en particulier quand Helen était petite et que Katriina demandait ou racontait n'importe quoi à ses copines – par exemple le jour où Helen avait eu ses premières règles. Comme sa copine Frida était là, Katriina avait aussitôt cherché à savoir si elle aussi avait eu les siennes. C'était gênant. Helen était à l'école, elle avait remarqué qu'elle saignait et avait dévalé Topeliusgatan jusqu'à la maison. Et la première réaction de Katriina avait été de vouloir fêter ça : elle avait proposé de sortir dîner en famille, mais Helen s'y était refusée. Eva, qui avait trois ans de moins, savait à peine ce qu'étaient les règles. Il n'existait aucun événement de la vie qui, pour Katriina, ne mérite une petite fête.

De la même façon, Katriina avait un jour demandé à Jonas, le cousin de l'Österbotten qui avait trois ans de moins qu'Helen, s'il la trouvait sexy.

« Tu ne trouves pas que c'est une bombe ? » avait-elle dit. La poitrine d'Helen avait poussé vite ce printemps-là, et elle portait un T-shirt moulant. Jonas avait été gêné, il avait bredouillé quelque chose, *oui, euh... il faut que j'y aille.*

À la longue, c'était dangereux d'avoir une mère qui s'imaginait être le centre du monde, avoir sa place dans toutes les situations, sans jamais s'excuser. On finissait par croire qu'on méritait réellement d'être privilégiée. On commençait à croire que le monde vous devait quelque chose.

Mais cela, bien sûr, Katriina ne l'avait pas compris. Elle ne comprenait pas qu'avec ses encouragements constants, à force de rabâcher qu'on pouvait devenir ceci ou cela, elle faisait de vous une personne insatisfaite, incapable de se contenter de ce que la vie offrait réellement.

Voilà à peu près ce que pensait Helen. Et elle ne pensait pas tant à elle qu'à sa sœur. Elle se disait qu'Eva aurait du mal à accepter de ne pas réussir.

Eva avait beau être plus jeune qu'Helen, elle était plus courageuse. Quand elles étaient petites, Eva allait seule faire les commissions à la boutique de Tölö torg, ce qu'Helen n'avait pas osé faire avant ses onze ans.

Devenue prof de lycée, Helen avait eu peur de se retrouver seule face à la classe, peur de perdre pied. Elle n'avait jamais voulu prendre beaucoup de place. Mais elle avait vite remarqué qu'elle pouvait se reposer sur son statut de prof, que les élèves l'écoutaient, quoi qu'elle dise, et qu'ils la croyaient même. C'était magique. Bien sûr, ils pouvaient être turbulents, mais rien qu'elle ne puisse gérer. En revanche, chaque vendredi, elle sentait le poids de la semaine, la tête farcie des voix, des bruits, des raclements de chaises d'ados bouillonnant d'hormones, qui continuaient à résonner dans ses tympans longtemps après son retour à la maison.

Helen avait trouvé pénible le laïus de sa mère sur le préservatif. Pas seulement parce qu'elle savait que la mère d'Anne ne se serait jamais exprimée avec un tel sans-gêne, mais aussi parce que l'idée même d'avoir une relation sexuelle ne l'avait pas effleurée.

Avec Christian non plus, d'ailleurs. Elle avait juste trop bu. Deux mois plus tard, elle s'était aperçue qu'elle était enceinte. Mais ce n'était pas une catastrophe – ils avaient vite constaté qu'ils se plaisaient ensemble, et s'étaient mariés avant même la naissance d'Amanda.

Les parents de Christian vivaient à Kyrkslätt. Ils venaient parfois leur rendre visite, mais repartaient toujours après quelques heures. Ils mangeaient poliment ce qu'on leur servait et regardaient leur maison avec méfiance, comme s'ils n'arrivaient pas vraiment à croire que leur fils vive ainsi – cette modernité, ce blanc, ces enfants bavards et extravertis. Ils semblaient soulagés qu'arrivent le dessert et le café. La mère de Christian apportait chaque fois des gâteaux ou du chocolat. La conversation mettait toujours longtemps à s'amorcer. Ils prenaient volontiers les enfants chez eux, mais de préférence pas pour la nuit – le père de Christian disait qu'ils l'empêchaient de dormir.

Helen essayait à présent de lire *Soldats inconnus*, mais elle n'arrêtait pas de piquer du nez. Elle regarda sa montre. Déjà huit heures et demie : autant aller brosser les dents aux enfants.

Lukas et Amanda au lit, elle reprit sa lecture. Elle avait dû s'endormir car, au bout d'un moment – cinq minutes, une heure plus tard ? –, elle sentit Christian s'affaler à côté d'elle, son corps lourd qui sentait le jardin, la sciure et l'hiver, cherchant une position confortable dans le lit. Il passa un bras autour d'elle, chercha son sein, ses mains étaient froides, et elle resta un moment ainsi sans parvenir à décider comment réagir.

Il voulait faire l'amour, c'était clair, mais elle s'était déjà assoupie, elle était profondément plongée dans ses rêves, et il lui faudrait un gros effort pour se mettre d'humeur – mais il ne la lâchait pas, elle savait qu'il fallait que son corps lui envoie des signaux, et les deux choix étaient possibles. Ils n'avaient pas fait l'amour depuis – oui, bien deux semaines, il y avait donc une certaine logique à le faire maintenant, mais n'aurait-il pas pu la rejoindre avant qu'elle ne s'endorme ?

« Je crois que je n'ai pas le courage ce soir », dit-elle.

Il soupira, ôta ses mains et se retourna.

Helen vit qu'elle n'arriverait pas à se rendormir. Elle se demanda si elle n'avait pas eu tort. Tandis qu'immobile elle pesait le pour et le contre, la porte de la chambre s'ouvrit et Lukas entra. Il se glissa entre eux, silencieux comme un petit animal, se blottit sans rien dire sous la couette, chercha des doigts les lobes de ses oreilles et s'y agrippa avant de s'endormir.

DIX-SEPT

Katriina partait aux Philippines pour bien montrer à son collègue Heikki qui était le chef. Quand il avait été décidé de lancer un projet de recrutement d'infirmières à Manille, il avait proposé de piloter toute l'opération, qui était pourtant clairement du ressort de Katriina. Elle se savait en outre meilleure que lui pour le contact et la négociation. Et donc, comme toujours, elle avait décidé de tout faire elle-même.

La veille de son départ avait lieu une journée de formation continue au Scandic Hotel Continental d'Helsinki, avec des collègues de différents départements de l'HNS. La journée commença par la conférence d'un consultant, construite sur la métaphore de la banquise. Ils devaient tous s'imaginer être des pingouins qui s'entraidaient pour sauter d'un bout de banquise à l'autre – à la fin, ils durent déambuler dans la salle en se représentant ce que c'était d'être dépendant du groupe : si l'un d'eux marchait en dehors d'une ligne balisée, tout le collectif s'effondrait.

Ils en ressortirent à quinze heures. La nuit tombait déjà. L'hôtel était en face de Töölöviken, à deux pas de chez Katriina et Max. Katriina regarda le parc par la fenêtre. Les gens faisaient leur jogging autour du lac gelé, comme toujours, malgré le vent cinglant et une température de moins dix. On s'attroupait à l'arrêt du bus pour l'aéroport, de l'autre côté de Mannerheimvägen.

L'ambiance de la journée de formation était comme une pellicule grise qui recouvrait tout, renforcée par la moquette de l'hôtel, les jeunes femmes affairées en tailleur, les grappes de gens sortis fumer et médire sur le parking, et tous les autres collègues qui attendaient le nez dans leur tasse de café le point suivant du programme.

« Deux semaines à Manille. Tu fais le tour des grands hôpitaux et tu prends la température. Tu rassembles des noms et des contacts. Ils financent le voyage, nous finançons logement et cours intensifs de finnois. Ça devrait être simple. Toutes ces filles rêvent bien sûr de travailler à l'étranger », dit Wivan.

Katriina était censée prendre contact avec les autorités et les hôpitaux, et essayer de trouver des infirmières volontaires pour venir travailler en Finlande.

C'était Wivan qui portait le projet, et elle était le genre de chef dépourvu de patience, qui voulait tout de suite des résultats.

Katriina protesta prudemment. Elle avait le sentiment que Wivan n'avait pas la moindre idée de la logistique nécessaire pour faire aboutir ce projet.

« Il y a treize millions d'habitants à Manille, tenta-t-elle. On ne peut tout de même pas aller là-bas faire notre marché comme si on avait recruté ces filles par annonces matrimoniales. Il faut au moins que j'entre d'une façon ou d'une autre en contact avec les autorités. »

Un an plus tôt, un projet pilote avait été couronné de succès. Seize infirmières philippines avait obtenu leur diplôme dans une école professionnelle d'Helsinki, et les médias avaient porté aux nues ce qu'ils peignaient comme la solution à la catastrophe démographique qui menaçait la Finlande quand la génération du baby-boom partirait à la retraite. Il y aurait bientôt environ dix retraités pour un actif. Mais ce n'était que seize infirmières. Wivan parlait à présent de centaines (« et peut-être davantage, si ça marche »).

« Mais il y a déjà des sociétés qui s'occupent de ça. Pourquoi ne pas les laisser gérer le recrutement ?

– Nous n'avons pas les moyens. On va avoir les syndicats sur le dos, et ça prendra une éternité. Il vaut mieux développer notre propre savoir-faire aux Philippines, en évitant ainsi tous les intermédiaires. »

Katriina essaya d'expliquer qu'il fallait caler de nombreux paramètres avant que cela ne fonctionne. Où les logerait-on toutes, à leur arrivée en Finlande ?

« On trouvera une solution. Je pense que c'est l'avenir. Il faudra bien que quelqu'un s'occupe de toi et de moi dans quinze ans. Et ce ne sera pas nos enfants, tu peux en être sûre. Tu crois que tes filles seraient prêtes à travailler comme aides-soignantes ? » La question était rhétorique.

En rentrant, vers cinq heures, elle trouva Max devant son ordinateur.

« Alors, tu as décidé ? » demanda-t-elle.

Max avait raconté à Katriina que son éditeur voulait que Laura Lampela relise son manuscrit, et Katriina trouvait presque touchante la résistance de Max. C'était évidemment dur pour son ego soixantenaire d'accepter qu'une jeune femme l'aide à écrire. Katriina voyait bien aussi que l'idée tentait Max. Il était le genre d'homme – peut-être tous les hommes étaient-ils ce genre d'homme – prêt à de gros efforts pour attirer l'admiration d'une jeune femme. Son livre n'était sans doute qu'un détail dans toute cette affaire.

« Et toi, tu en penses quoi ? Ce n'est peut-être pas si bête », dit-il. Son manuscrit formait un gros tas à côté de lui.

« Elle a l'air dégourdie, dit Katriina.

– Oui, en tout cas elle n'est pas bête. Mais il y a vraiment beaucoup de matière, dit-il en regardant le tas.

– Quoiqu'il en soit, ne fais pas l'idiot. Si tu veux travailler avec quelqu'un, il faut aussi que tu laisses cette personne prendre des initiatives. Et je t'espère assez malin pour comprendre que si elle flirte avec toi, il ne faut pas le prendre personnellement. Elle est jeune et n'a rien à perdre.

– Ouais, ouais », dit Max.

Katriina s'approcha et lui posa le bras sur l'épaule. Il lui prit la main. Elle se pencha et colla sa joue contre la barbe mal rasée de Max.

« Tu as encore beaucoup de travail ? demanda-t-elle.

– Comment ça ?

– Ça te dirait d'aller au lit avec moi ? »

Max la regarda, puis de nouveau son manuscrit, puis encore elle. Il lui embrassa la main.

« J'arrive tout de suite. »

Sur le chemin de la chambre, Katriina passa devant l'ancienne chambre d'Eva, où ils avaient installé la cage des hamsters, posée sur le bureau. Katriina les avait nourris et avait changé leur eau presque tous les soirs depuis les vacances de Noël. Quand elle oubliait, elle compensait en leur donnant davantage à manger le lendemain. Ils n'avaient pas l'air de manger beaucoup – ils cachaient surtout la nourriture aux quatre coins de la cage.

Éclair et Biscotte se réveillaient toujours sur le coup de neuf heures du soir, puis consacraient toute la nuit à courir sur leurs roues d'entraînement, pour enfin se coucher à peu près quand Max et Katriina se levaient. La cage avait d'abord été dans l'entrée, mais, le bruit empêchant Katriina de dormir, ils l'avaient déplacée chez Eva.

En se penchant pour ouvrir la trappe, Katriina remarqua qu'elle n'était pas bien fermée, juste rabattue contre la cage.

Elle jeta un œil à l'intérieur tout en fouillant la sciure et en soulevant les petites maisons où ils dormaient. Max passa devant la chambre et l'aperçut.

« Alors, tu viens ? demanda-t-il.

– Je ne les trouve pas, dit Katriina.

– Ils doivent juste être cachés dans un coin. »

Katriina regarda Max, la mine soucieuse.

« Ils ne sont plus là. Ils ne sont pas dans leurs maisons, ni sous le pont. J'ai secoué la cage et ils ne se montrent pas. C'est toi qui as laissé la cage ouverte ?

– Laisse-moi voir. »

Max entra et essaya de voir quelque chose à travers les barreaux. Pas un bruit dans la cage. Il glissa la main pour retourner les petites maisons en plastique, écarta l'espèce de fourrage répandu sur la sciure, pour voir si les bestioles s'y cachaient. C'étaient des hamsters dorés de taille normale, qui n'auraient pas dû pouvoir se cacher aussi facilement. Ils avaient bel et bien disparu.

« Max, j'ai trouvé la cage ouverte. Tu y as touché, aujourd'hui ?

– Pourquoi j'aurais touché aux hamsters ?

– Je ne dis pas ça. Je pose juste la question.

– Non, je n'ai pas touché à la cage des hamsters. Pas une fois depuis qu'elle est chez nous. »

Katriina se dit que c'était bien la dernière chose dont elle avait le courage de s'occuper. Edvard ? Mais comment aurait-il pu ouvrir la cage ? Et pourquoi ? Ce n'était pas un animal sauvage, ni un chat.

« Tu crois qu'ils se sont sauvés ? »

Katriina regarda autour d'elle dans la pièce.

« Chut. »

Ils restèrent plantés là, silencieux, se sentant ridicules. Katriina tendait l'oreille pour entendre si les hamsters étaient quelque part dans la pièce. Ils devaient avoir eu du mal à s'enfuir. La trappe de la cage était bien à quinze centimètres de hauteur, ils avaient donc dû se débrouiller pour grimper. Puis descendre du bureau où la cage était posée. Une chute d'un mètre, peut-être plus s'ils n'avaient pas été assez malins pour sauter par le lit.

« Bon, on y va, alors ? » demanda Max.

Katriina le regarda.

« Tu n'es pas sérieux, non ? Enfin, nous devons retrouver les hamsters avant qu'Helen et les enfants viennent les chercher. Et je pars pour Manille demain. Si on n'y arrive pas ce soir, tu devras trouver une solution.

– On ne pourrait pas en racheter d'autres ?

– Mais on ne peut pas faire ça ! Ils s'en rendront compte !

– Pas sûr. Helen dit bien qu'ils ont à peine touché aux hamsters depuis qu'ils les ont, non ? Et puis ils se ressemblent tous ?

– Je ne sais pas, mais il faudra que tu arranges ça. »

Max soupira. Katriina savait qu'il avait hâte de se mettre au travail une fois qu'elle serait partie. Il avait aussi promis de prendre le bus pour aller voir sa mère dans l'Österbotten, puisqu'elle n'était pas venue cet automne.

Katriina lui posa un baiser sur le front.

« Je suis certaine que tu vas régler ça. »

Elle passa le reste de la soirée à faire sa valise. Max retourna se terrer dans son bureau. Il en sortait juste de temps en temps pour aller aux toilettes ou prendre quelque chose à la cuisine. Katriina travaillait à la table de la cuisine : quand Max arrivait, elle ne pouvait s'empêcher de ressentir une sorte de tendresse pour sa façon très concentrée de venir se servir un verre d'eau puis de rester là sans rien dire. Elle savait qu'il était comme ça quand il travaillait sur son manuscrit, elle voyait qu'il réfléchissait, qu'il était inutile d'engager la conversation.

Elle essaierait d'être plus gentille à son retour de Manille. Ils pourraient peut-être faire quelque chose ensemble, un voyage ? Si seulement il venait à bout de son livre, Max s'intéresserait peut-être à autre chose qu'à lui-même.

DIX-HUIT

Après Noël, Russ s'installa dans une tente verte avec deux autres personnes du mouvement Occupy London, devant la cathédrale Saint-Paul. Il avait un téléphone, un ordinateur portable, un petit matelas, un sac de couchage et des vêtements chauds. Eva ne l'apprit qu'en revenant à l'école d'art après le Nouvel An. Elle avait réexpédié Russ à Londres sur un vol Easy Jet via Riga, puis erré dans Helsinki deux jours durant, les pieds trempés – elle n'avait que ses chaussures de soirée –, évitant de rester à la maison où Katriina parlait sans arrêt de son stress et se plaignait que personne ne vienne fêter Noël avec eux. Eva était allée voir Helen et Christian à Esbo. Il lui tardait de retrouver l'anonymat de Londres.

Elle avait décidé d'aller dans une clinique d'Helsinki. Elle s'étonna de la facilité avec laquelle elle obtint un rendez-vous, et que tout aille si vite. Une infirmière lui fit une échographie et l'informa qu'elle était à la neuvième semaine. Eva avala quelques cachets, puis on lui injecta une solution hormonale. Elle commença à avoir la nausée. Elle eut mal au ventre. Elle eut des saignements. Toute cette expérience avait quelque chose d'irréel qui lui faisait penser à un film de science-fiction, d'épouvante gore, même s'il ne s'agissait que d'une petite boule, peut-être sans conscience, pas encore un individu – ou peut-être justement à cause de ça. Et le pire était la peine que cela lui faisait. Si l'enfant avait été d'un autre que Malik, elle l'aurait peut-être gardé. Mais elle ne pouvait pas être enceinte maintenant, elle ne pourrait pas achever l'année scolaire si son ventre n'arrêtait pas de grossir, elle ne pouvait pas venir en cours avec le ventre qui pointe – salut Monsieur le professeur, c'est ton bébé –, elle avait donc pris la seule décision possible. Elle se rendit à la clinique à Tölö et revint avec un tel sentiment d'irréalité qu'elle dut s'arrêter à la terrasse couverte du Tin Tin Tango avant de rentrer chez ses parents. La tempête de neige faisait rage tandis que, blottie sous un plaid, elle buvait un vin chaud. Elle rentra à Londres le lendemain, alors que ses parents étaient partis travailler. Elle prit le bus pour l'aéroport à Hesperiaparken et but un verre de vin devant la porte d'embarquement pour fêter – ou déplorer ? – sa liberté reconquise de célibataire volontairement sans enfant.

Quelques jours après le Nouvel An, elle alla se promener le long de la Tamise, et se sentit terriblement seule. Le soir de Noël, avec ce qui lui restait d'argent, elle avait acheté à dîner au restaurant népalais du coin et passé toute la soirée devant la télévision. Elle était allée chez Harrods avec Natalya pour chercher un peu l'ambiance de Noël, mais regarder sa colocataire acheter des cadeaux coûteux pour tous les membres de sa famille n'avait fait que la déprimer davantage. Dans un instant de faiblesse, Eva songea à sauter dans les eaux glacées du fleuve – il était si hypnotique, beau et triste à la fois, comme une peinture à gros traits vert sombre.

Sous cet auto-apitoiement, il y avait aussi une partie d'Eva qui appréciait ça, qui s'enthousiasmait presque pour tout ce malheur, qui déjà entrevoyait un avenir où tout cela serait écrit, immortalisé, deviendrait un épisode de *L'Histoire d'Eva.* Elle se voyait elle-même comme un de ces citadins des temps modernes, qui semble ressembler à tous les autres mais – pour peu qu'on l'interroge – porte en lui une histoire fascinante.

Eva fut étonnée en apprenant que Russ s'était installé sous une tente. Elle ne le pensait pas assez politisé pour s'engager aux côtés du mouvement Occupy. Elle l'apprit de la bouche de Ben le jour de son retour à l'école. Les journaux du matin étaient remplis d'articles sur la volonté de la municipalité de déloger les manifestants parce qu'ils occupaient un terrain en partie privé. Lisant ces articles dans le métro, Eva s'était demandé combien de temps ils tiendraient, combien de temps ils supporteraient d'avoir froid, de ne pas se laver, de se faire insulter par les passants, sans aboutir à rien de concret. Les médias finiraient par se lasser d'eux, et la motivation des manifestants serait alors vraiment mise à l'épreuve. Eva avait lu le portrait d'un étudiant en théologie qui avait abandonné ses études et était devenu une sorte de porte-parole du mouvement. Le prêtre radical Giles Fraser avait apporté son soutien aux manifestants, en déclarant qu'« on pouvait très bien imaginer Jésus naître dans un camp de tentes comme celui dressé devant la cathédrale ». Dans un autre article, un des manifestants soulignait que l'apôtre Paul, qui avait donné son nom à la cathédrale, était un fabricant de tentes. Au fond, il était assez logique que Russ soit attiré par ce mouvement, qu'il se consacre à une cause, tout comme il s'était visiblement consacré à Eva.

« Apparemment, il traîne là-bas depuis la fin décembre, il a dû se geler, dit Ben. On va bien voir combien de temps il tiendra. Je veux dire, Russ n'est pas exactement un homme des bois. Avec juste un sac de couchage, il peut faire un peu froid. »

Ben était dans l'atelier en train de dessiner des carreaux avec Adobe Illustrator. Eva était venue en cours surtout pour trouver de la compagnie. Elle faisait du café en regardant les travaux des autres.

Eva n'avait plus eu de nouvelles de Russ depuis la fête des soixante ans de Max. Elle n'avait pas voulu lui téléphoner, car elle voulait avoir le temps de réfléchir. Il ne fallait pas non plus compter avec Malik : après le Nouvel An, ils étaient censés travailler par eux-mêmes. Eva savait que Malik et sa femme avaient une maison dans le nord de l'Angleterre, et que Malik avait de la famille un peu partout dans le monde : elle supposait qu'il avait passé Noël dans quelque endroit exotique où on ne risquait pas de se mouiller les pieds. Mais il s'avéra qu'elle se trompait.

« Malik dit qu'il nous verra ici la semaine prochaine. Il veut que tout le monde se prépare à rendre compte de l'avancée de son travail, annonça Laurie.

– Tu lui as parlé ? s'étonna Eva, depuis le coin de la pièce où elle s'était assise.

– Oui », dit Laurie avec un air de mystère.

Eva ressentit un mélange de mépris et de jalousie. Malik couchait donc avec Laurie à présent ? Et que cela signifiait-il pour Eva ? Parlaient-ils ensemble du travail d'Eva comme Eva et Malik – surtout Malik – parlaient de celui des autres ?

« Il veut que nous organisions une exposition fin mars. Nous aurons tout le rez-de-chaussée de la galerie de Sarah, dit Laurie.

– Tu veux dire cette espèce de galerie féministe ? Mais c'est de la merde, dit Ben. Il y a mille autres endroits pour exposer.

– Ah bon ? Où, par exemple ? »

Ben continua de pianoter sur son ordinateur.

« Euh… qu'est-ce que j'en sais, moi ? N'importe où. Cette galerie n'expose qu'un ramassis d'artistes lesbiennes qui peignent des images de leurs seins qui pendent. »

L'hiver était arrivé à Londres, mais c'était un hiver rude et humide qui ne mettait pas la ville à son avantage – les parcs étaient transformés en sinistres étendues d'arbres nus et de taches de pelouse givrée, le soleil s'était retiré en laissant derrière lui un ciel aussi peu inspiré que l'art qu'Eva s'efforçait de créer. La nuit, le thermomètre descendait en dessous de zéro.

Elle continuait à peindre, mais c'était comme si ses compositions étaient bancales, elle n'obtenait aucun sentiment de lumière, aucune profondeur.

En quelques mois s'était formé un petit village permanent de tentes devant la cathédrale Saint-Paul. Au début, en octobre, beaucoup de Londoniens ordinaires venaient le week-end ou après le travail pour manifester ou donner de la nourriture. Mais après quelques semaines, le nombre des tentes avait diminué de moitié, et il n'en restait plus qu'une centaine. Le mouvement Occupy avait divisé l'Église – certains considéraient qu'il fallait soutenir leur action, d'autres voulaient débarrasser les abords de la cathédrale, estimant que ces tentes constituaient un risque sanitaire et sécuritaire. On craignait en outre que les manifestants ne fassent fuir les visiteurs de l'église, argument qui semblait particulièrement idiot à Eva, puisque les touristes affluaient autour de la cathédrale, même par très grand vent.

Elle lut dans le journal le long débat pour savoir à qui appartenait vraiment le terrain occupé – l'Église en possédait une partie, la société privée Corporation of London une autre partie. Si les manifestants avaient choisi de camper justement devant la cathédrale, c'était parce qu'il s'agissait d'un des rares endroits à Londres qui ne soit pas entièrement privé. Installer les tentes devant la bourse de Londres, ce qui était l'idée initiale, s'était révélé impossible, le terrain étant administré par une société privée.

Russ ne répondit pas au téléphone quand Eva l'appela. Elle essaya deux jours de suite, avant d'être finalement forcée de se rendre à Saint-Paul pour le chercher. Elle y alla un mercredi, et n'eut aucune difficulté à le trouver. Il était dans une des tentes communes, occupé à préparer des sandwichs.

« Salut, dit-il en continuant son travail.
– Tu es là depuis quand ? » demanda Eva. Elle s'étonna d'être aussi heureuse de le revoir.
« Je ne sais pas, quelques semaines.
– Comment tu vas tenir ? Il ne fait pas trop froid, la nuit ? »
Russ haussa les épaules.
Eva avait le sentiment qu'elle l'avait blessé et qu'il manifestait à présent sa fierté en se montrant indifférent à sa présence. Il découpait tomates, concombres, salami avec le plus grand soin, comme si les moindres détails étaient importants, comme si la révolution dépendait réellement de ces sandwichs. Ou alors il essayait d'avoir l'air occupé pour ne pas avoir à parler.
Il y avait partout des banderoles anticapitalistes, des tracts et des flyers d'opérateurs en téléphonie mobile. Le vent les avait dispersés et le site en était jonché.
Une feuille A4, sous la tente, annonçait un cours de capoeira organisé sur place. Sur un tract qu'Eva ramassa, on dénonçait « LE LOBBYING DES GROSSES SOCIÉTÉS, L'AVIDITÉ DES FINANCIERS ET L'ENCULAGE TOTAL DE NOTRE PLANÈTE ».
Les gens allaient et venaient sous la tente, la plupart semblaient se connaître, discutaient par petits groupes, certains avaient un ordinateur sous le bras, on s'affairait tranquillement un peu partout. Eva avait une impression générale de propreté et d'ordre – en tout cas, plus qu'elle ne s'y attendait. Une femme entra et demanda à Russ si elle pouvait recharger son téléphone portable.
« Oui, mais débranche-le quand c'est fini, pour ne pas gaspiller l'électricité », répondit-il.

Eva trouva Russ amaigri, alors qu'il ne s'était écoulé que trois semaines depuis la dernière fois. Il attrapa une des pommes empilées sur la longue table où toute la nourriture était stockée.

« Tu en veux une ? demanda-t-il.

– D'où ça vient, tout ça ?

– De dons. Les gens nous apportent tous les jours de la nourriture. Des gens ordinaires qui veulent nous soutenir d'une façon ou d'une autre.

– Et qu'est-ce que tu fais, sinon ? Je veux dire, à quoi occupez-vous vos journées ? »

Il soupira.

« Tu veux vraiment savoir ? Ou tu demandes ça juste pour être polie ? Pour avoir l'air intéressée ? »

Eva était blessée. Qu'avait-elle dit de mal ?

« Mais bien sûr que ça m'intéresse. Tu es très occupé, ou on peut aller quelque part ? Je prendrais bien un café. »

Le clocher sonna midi et demi. Ils avaient beau être à l'abri sous la tente, elle sentait le vent de janvier se glisser à l'intérieur, faire battre la toile, sans que Russ semble s'en émouvoir. Il avait laissé pousser sa barbe, ce qui lui donnait l'air encore plus maigre, et portait une veste de velours noir sur un pull gris à capuche. Il avait des gants et semblait avoir enfilé au moins trois paires de chaussettes l'une sur l'autre. Il émanait de lui une sorte de calme zen, une assurance qu'il n'avait pas auparavant.

« Voilà, dit-elle. J'ai avorté. »

Elle aperçut quelque chose, une hésitation dans son regard, mais si brève qu'elle eut à peine le temps de l'enregistrer, car il avait aussitôt commencé un nouveau sandwich. Il détourna la tête, de sorte qu'elle ne voyait plus son visage. Au bout d'un moment, il alla chercher une bouteille d'eau à l'autre bout de la tente. Il revint vers elle.

« Je suis désolé, mais j'ai un peu de travail. La ville veut nous déloger, comme tu en as certainement entendu parler, et je dois collecter deux cent cinquante noms sur cette pétition d'ici la fin de la journée. Si tu veux m'aider, tu peux la signer », dit-il en lui tendant un papier posé sur la table à côté de lui. Il lui tendit un stylo, et Eva inscrivit son nom.

Rentrée chez elle, elle se coucha et écouta Natalya qui allait et venait dans l'appartement en essayant des tenues pour un de ses dîners d'affaires. Elle était partie entre Noël et le Nouvel An et, depuis son retour, Eva l'avait à peine vue. Eva se demandait si elle allait lui dire que Russ avait rejoint le mouvement Occupy. Au début des protestations, en octobre, Natalya avait réagi violemment : elle trouvait que les manifestants se trompaient de cible, et semblait vouloir à tout prix défendre son propre choix de carrière.

« Moi, je n'ai jamais voulu travailler à la Bourse. Mais il faut bien travailler quelque part, on est à Londres. Vivre ici, ça coûte cher ! Et puis ce n'est pas comme si c'était ma faute si le monde va comme il va, je fais juste mon boulot », avait-elle déclaré un jour en rentrant du travail, quand un manifestant l'avait arrêtée pour la serrer dans ses bras. C'était en effet une méthode souvent utilisée par les manifestants – au lieu de les invectiver, ils cherchaient à humilier les financiers en leur donnant de l'amour. Natalya s'était à contrecœur laissé embrasser, pour montrer qu'elle n'avait pas de préjugés, bien qu'il « ait eu l'air de ne pas s'être douché depuis trois semaines ».

Elle frappait à présent à la porte d'Eva.

« Oui », répondit-elle sans sortir du lit. Elle fut frappée de reconnaître exactement la scène : chez elle, à Helsinki – sauf que c'était sa mère qui jouait alors le rôle de Natalya.

« Je peux t'emprunter ton rouge à lèvres ? Je n'en trouve aucun qui m'aille.

– Bien sûr », dit Eva en ravalant la boule qu'elle avait dans la gorge.

Natalya entra. Elle portait une robe de soirée et sentait le parfum. Elle était grande, belle, gaie : Eva se dit qu'elle était peut-être la personne la moins névrosée qu'elle ait jamais rencontrée. Elle semblait parfaitement à l'aise dans son corps, qu'elle remerciait chaque jour pour la joie qu'il lui donnait.

Eva avait essayé d'expliquer à Natalya que ces protestations avaient avant tout une valeur symbolique. Même s'il fallait des décisions politiques pour réglementer le marché, les gens de la Bourse étaient le visage du capitalisme.

« Mais qu'ils s'en prennent aux un pour cent les plus riches, avait-elle rétorqué. Ce n'est pas nous ! Je ne gagne pas spécialement bien ma vie. Si c'était le cas, je m'achèterais un appartement, je n'aurais pas à en partager un avec une coloc – le prends pas mal. Les plus riches ne travaillent pas dans un bureau de la City. Ils ne travaillent d'ailleurs pas, de toute façon. »

Eva lui avait donné raison, puis elles étaient tombées d'accord : ces protestations allaient sans doute mourir d'elles-mêmes, en l'absence de revendications réalistes. Eva n'avait toujours pas la moindre idée de ce que faisait réellement Natalya à la Bourse, mais elle semblait souvent sortir avec des gens qu'elle appelait *ses clients*. Ce soir, elle s'était de nouveau préparée pour se plonger dans ce monde.

« Eva, qu'est-ce qui ne va pas ?

– Rien, comment ça ? »

La question était sans doute prévisible. Les cheveux d'Eva étaient sales – quand les avait-elle lavés pour la dernière fois ? – et elle portait les mêmes vêtements depuis au moins quinze jours. Sa chambre n'était qu'un chantier.

« Je ne voulais rien dire, mais tu as fêté Noël toute seule, au lieu d'être en famille. À mon retour, tu n'avais pas sorti les poubelles et le frigo était vide. Et chez Harrods, tu n'as fait que déprimer. Tout ce que j'ai trouvé à la cuisine après les fêtes de Noël, ce sont quatre bouteilles de vin vides. »

Eva aurait aimé lui expliquer qu'elle était paumée, que c'était dur d'avoir toute sa vie été poussée par ses parents à réussir, sans jamais comprendre pourquoi, qu'elle ne savait pas bien où elle allait, que la vie la déprimait.

Elle tenta d'avoir l'air enjouée.

« C'est juste un peu de stress. J'ai beaucoup de travail à l'école.

– Mais tu ne fais rien.

– Qu'est-ce que tu en sais ?

– Nous vivons sous le même toit. Bien sûr que je sais ce que tu fais. Tu passes tes journées couchée dans ta chambre. Je sais que ça ne me regarde pas, mais tu devrais manger autre chose que des pistaches. »

Eva soupira. Elle aurait aimé dormir pendant un mois, mais devant la fidélité de saint-bernard de Natalya, elle se sentit forcée de répondre quelque chose.

« Bon, qu'est-ce que je devrais faire, à ton avis ? »

Natalya balança un peu sa tête ronde et engageante.

« Viens avec moi.

– Avec toi ? Où ?

– Viens avec moi au dîner. Lave-toi les cheveux, mets quelque chose de joli. Je vais à un cocktail, il y aura du monde, sûrement plein de célibataires canons. Ça te fera du bien.

– Sortir dîner avec des requins de la finance ? Non merci.

– Allez, il y aura des gens de toute sorte. Des personnes drôles. Tous ceux qui travaillent à la Bourse ne sont pas des idiots, tu sais. Au contraire. »

Et elle accepta. Elle laissa Natalya lui choisir des vêtements, la laissa payer le taxi, la présenter à plein de gens dont il était impossible qu'elle retienne le nom, s'enfonça dans l'appartement où avait lieu la soirée – il s'avéra énorme, et Eva crut reconnaître une poignée de célébrités vues à la télévision –, s'autorisa à goûter un verre ou deux du punch servi au milieu de la pièce, jusqu'à se sentir lentement revenir à la vie. Un peu après onze heures, on lui proposa de la cocaïne, et elle se dit pourquoi pas, puis se retrouva à parler du mouvement Occupy avec un Américain intéressant, s'entendant exprimer des opinions qu'elle ne se connaissait pas (« L'Angleterre est une société de classes, mais au moins, ici, on ose en parler, à la différence des USA », « Je pense que je n'aurai jamais d'enfants, tu ne trouves pas toi aussi que c'est irresponsable de faire des enfants, de toute façon ? »).

La sensation était formidable. Parfois, l'ivresse était mieux que tout. Être complètement *dans son personnage*, concentrée, être celle que les autres attendaient, sociable et extravertie, quelqu'un qui avait une vision de la vie intéressante : c'était si facile dans cet état.

Vers une heure du matin, Natalya voulut rentrer, mais Eva n'en avait pas envie, pour une fois qu'elle se sentait gaie. Elle songea à l'appartement et ne supporta pas l'idée de s'y retrouver, elle voulait continuer, n'importe où, mais Natalya rappela qu'elle devait se lever tôt pour aller travailler. Aussi, quand quelques personnes proposèrent dans la cuisine de prolonger la fête au night-club du coin, Eva décida de les suivre plutôt que de rentrer en taxi avec Natalya.

Deux heures plus tard, elle était accoudée au bar dans l'indulgente pénombre du night-club, juste avant l'heure de fermeture, heureuse de ne pas avoir à penser, d'avoir seulement à écouter un long récit qui culminait dans la description de la fantastique consistance de la neige dans les montagnes japonaises – l'orateur était un Australien adepte des sports extrêmes – et, quelques minutes plus tard, elle se sentit glisser vers cet homme, jusqu'à finir appuyée contre lui, sans autre envie que de sentir sa barbe contre sa joue.

Quand elle se réveilla le lendemain matin, elle comprit en regardant par le beau balcon vitré – il faisait soleil pour la première fois depuis trois semaines, un terrible soleil absolument écrasant – qu'elle avait atterri de l'autre côté de la ville, sans doute à plus d'une heure de métro de chez elle. Elle avait trop bu, ils avaient pris un taxi jusqu'à chez lui et elle se souvenait de s'être moquée de toutes les affiches de snowboard placardées aux murs. Elle se sentait toujours ivre, et avait à présent des sueurs froides en voyant ces affiches. Pourquoi avait-elle été si méchante ?

Elle se leva et regarda l'homme couché là. Il dormait encore – comment s'appelait-il ? Brandon ? Brendon ? Quelque chose avec un r ? – et découvrit à quoi il ressemblait à la lumière du jour, poilu, plus petit que dans son souvenir. Il ronflait fort, comme celui qui a ramené beaucoup de femmes chez lui dans sa vie et sait que ça ne vaut pas la peine d'être le premier levé. Eva essaya de localiser ses vêtements, en trouva la plupart, sauf sa culotte – elle était aux toilettes. Elle se souvint avec un soulagement glacé que Brandon/Brendon avait tâtonné pour trouver un préservatif pendant la nuit. Elle songea à lui laisser un mot, mais à quoi bon ? Que pouvait-elle écrire ?

Dans le métro du retour, elle pensa à Russ.

DIX-NEUF

Max était réaliste en matière d'infidélité. Il n'imaginait pas qu'il y ait quelque part une nouvelle femme qui puisse le rendre plus heureux. Au contraire, il pensait souvent, en rencontrant des femmes : ce rire finirait par m'énerver, au bout d'un moment je ne supporterais plus ce trait du visage, ce serait une horreur de voir ce menton tous les jours.

D'un point de vue strictement neurologique, on estimait que l'amour durait douze mois. Le scanner du cerveau de personnes prises à différents stades d'une histoire d'amour montrait des résultats nettement tranchés. Une personne qui vient de tomber amoureuse montre un taux élevé de dopamine et un niveau bas de sérotonine. Le dévouement – ce lien qui se développe quand on a longtemps été avec quelqu'un – est corrélé à l'ocytocine chez la femme et à la vasopressine chez l'homme.

On comparait les taux de dopamine chez les personnes amoureuses à ceux provoqués par les drogues, par exemple la cocaïne. L'amour rappelle également la drogue, dans la mesure où l'usage exige des doses de plus en plus fortes. Le besoin finit par ne plus pouvoir être satisfait. Un an de feu, puis trente ans de cendres, comme on a pu le dire. Mais un an, n'était-ce pas déjà beaucoup ? Le jeu n'en valait-il pas la chandelle ?

Max commençait à comprendre les amateurs de sports extrêmes. Ils permettaient de se procurer des poussées d'adrénaline en tout bien tout honneur. C'était étrange, quand on y songeait. Risquer sa vie en sautant d'une falaise restait conforme aux conventions sociales, mais tomber sous le charme d'une femme qui n'était pas son épouse était un péché capital. Il fallait dire que la loyauté était une des choses les plus profondément inscrites dans l'ADN humain.

Il avait accepté d'envoyer son texte à Laura Lampela, même s'il doutait que cela serve à quoi que ce soit. Elle lui répondit par mail dès le lendemain en lui demandant s'il voulait bien passer chez elle discuter du texte. Max s'étonna qu'elle ne propose pas un lieu plus neutre, mais il ne protesta pas. Au contraire, les deux jours précédant leur rendez-vous, il joua au tennis mieux que jamais.

Il lui avait déjà envoyé des parties de son manuscrit, sans le dire à Katriina. Environ les trois cents pages du début, sur les premiers voyages de Westermarck en Angleterre, où il était entré en contact avec les cercles intellectuels de Londres, en particulier avec les Coupland – un couple de spécialistes de Goethe – et James Sully, de vingt ans son aîné, qui évoluait dans les mêmes cercles que Darwin, Huxley, R.L. Stevenson et George Eliot. C'était l'année de l'exposition universelle de Paris. Westermarck avait à peine trente ans et se trouvait au cœur des événements. C'était le summum des échanges intellectuels, dans une Angleterre sale, grise et sinistre. Comment décrire cela, le rendre vivant ?

« J'espère que tu aimes les moules, dit Laura en lui ouvrant la porte.

– Oh là là, fit Max. Tu m'invites à manger ?

– Oui, si tu as faim. »

Elle était peut-être un peu trop bien habillée pour un premier rendez-vous de travail informel. Max était content d'avoir mis une veste.

« Il y a du safran dans la sauce ? » Il avait senti les notes mielleuses de l'épice depuis la cage d'escalier.

« Un peu de safran, un peu de vin blanc, de l'échalote, du persil… c'est une recette que m'a apprise ma mère », dit Laura.

Il resta un moment debout sur le seuil de la petite cuisine de Laura – en réalité un simple coin-cuisine – en se demandant s'il devait s'assoir.

« Tu aimes l'ail ? demanda-t-elle.

– Qui n'aime pas ça ? » dit Max en promenant son regard sur le reste de la pièce tout en massant discrètement ses poignets endoloris par les matchs de tennis des derniers jours. C'était un appartement exigu de Rödbergen, sombre et un peu sinistre, dont les murs semblaient peints à la va-vite. Max ne s'attendait pas à trouver Laura aussi modestement logée, vu son âge. Cela ressemblait plus à une chambre d'étudiante qu'à un appartement où inviter des messieurs.

Un téléphone sonna sur la table du séjour. Laura ne sembla pas l'entendre et continua de remuer sa préparation.

« Ton portable sonne. »

Elle leva les yeux, étonnée.

Max lui montra de la tête son téléphone. Elle posa sa cuillère en bois et alla regarder qui appelait, avant d'éteindre l'appareil.

« Voilà, on ne sera plus dérangés. »

Laura avait un chemisier blanc, léger, presque transparent, et Max devinait son soutien-gorge blanc. Ses cheveux étaient remontés sans être noués, juste avec une pince, de sorte qu'ils semblaient sur le point de se répandre d'un instant à l'autre. Elle avait mis du rouge à lèvres. C'était presque un peu trop. Était-elle toujours ainsi le vendredi soir, quand elle faisait la cuisine ?

Max comprenait bien que le contrat social lui interdisait de poser la question. D'une certaine manière, elle avait la main. Il ne pouvait rien exiger, tout ce qu'il pouvait faire, c'était suivre le rythme de Laura, essayer d'interpréter ses signaux. Elle exprimait à présent l'assurance et la sensualité, elle avait les commandes et semblait se plaire dans ce rôle.

« Alors, tu as eu le temps de lire ?

– Oui, absolument. Mais on pourrait voir ça après le dîner ? Je ne savais pas si tu avais faim. J'espère que j'en ai fait assez. J'ai aussi imprimé le manuscrit et pris quelques notes. On en parlera après.

– Comme tu veux. »

En tout cas, le texte ne semblait pas une urgence pour elle. Cela signifiait-il qu'elle le trouvait bon, ou mauvais ? se demanda Max. Peut-être l'invitait-elle à manger pour amortir le choc, avant de le démolir. Et dans ce cas, pourquoi s'en faire ? Il gagna le petit séjour, qui faisait aussi office de chambre à coucher. C'était propre et net, mais aussi minimaliste et simple, comme si Laura n'avait ni les moyens ni l'espace pour y mettre des objets qui rendraient l'endroit plus agréable, ou qu'elle s'apprêtait à déménager d'un jour à l'autre.

« Et ta femme, que fait-elle ce soir ? demanda Laura depuis la cuisine.

– Elle est partie hier aux Philippines.

– Ah bon ? Et elle sera absente longtemps ?

– Deux semaines. »

Deux semaines, pensa Max. Deux semaines où il pourrait travailler tous les jours avec Laura. Deux semaines où ils pourraient devenir plus proches. Pour autant qu'elle le veuille. Était-ce si invraisemblable ?

« Et voilà. C'est prêt », dit Laura en l'invitant à s'asseoir à table.

Il y eut un court moment de gêne pendant la soirée, quand Laura alla aux toilettes et que Max resta à table, ne sachant pas s'il fallait qu'il se prépare à partir, ou non – était-il déjà resté trop longtemps ? Elle n'avait rien dit qui lui fasse sentir de quelle façon allait tourner la soirée, ni mentionné son texte une seule fois : ils avaient parlé de tout autre chose. C'était agréable, Laura avait la conversation facile.

Quand elle revint, elle alluma une lampe dans un coin et proposa de s'asseoir sur son lit. Il lui manquait un canapé. Devant le lit, il y avait un téléviseur et une petite table.

Elle avait remis du rouge à lèvres.

« Bon, dit-il en haussant les sourcils.

– Bon », fit-elle en souriant. Elle avait des fossettes. « C'est la première fois que je fais ça. On devrait essayer de travailler un peu, non ? »

Le silence se fit quelques secondes. Max essaya de trouver quelque chose de spirituel à dire, mais ses joues s'empourprèrent – ça devait être le vin, il se sentait gauche comme un gamin de dix-sept ans – et impossible même de se souvenir de quoi parlait son livre. Avait-il seulement écrit un texte ?

« Je... enfin je veux dire... tout ce que je t'ai envoyé, là, rien n'est prêt, mais ça t'aura peut-être donné une idée de l'orientation générale...

– Oui, dit Laura. C'était impressionnant. Je trouve que tu écris très bien, surtout sur la personnalité de Westermarck, si tu vois ce que je veux dire. Il a l'air drôle. Enfant gâté, sage et un peu terne, mais drôle. Très amusant, cette histoire où il est forcé d'abandonner le piano à cause d'un excès de croquet. »

Max essaya de cacher combien il était soulagé.

« C'est rigolo que tu dises ça, moi aussi j'ai trouvé ça drôle. Aujourd'hui, les mères se désolent que leurs fils jouent trop à l'ordinateur. À Helsinki, à la fin du dix-neuvième siècle, on avait peur que les garçons deviennent accros au croquet. »

Elle rit en lui prenant le bras. Max ne savait pas quoi faire de ses mains.

Laura avait posé le manuscrit sur la table. Il voyait ses mots sur le papier et, tout d'un coup, ils n'avaient plus l'air aussi futiles qu'il l'avait pensé ces dernières semaines. Ces phrases qui l'avaient si longtemps tourmenté, voilà soudain qu'elles semblaient prendre vie.

« Ça me fait vraiment plaisir d'entendre ça, Laura. »

Il prononça son prénom sans y penser, mais il resta à flotter dans l'air, comme chargé de signification.

« Honnêtement, je ne sais pas en quoi je pourrais t'aider. Ton livre est quasi prêt. Il y aurait peut-être quelques passages à resserrer, mais il est déjà très bien en l'état. C'est quand même bien censé rester un ouvrage scientifique, non ?

– Tout à fait ! C'est aussi ce que je pense. Mais c'est juste que… je ne sais pas, j'y travaille depuis si longtemps, et je sens que Westermarck est une figure si imposante, un tel géant – comment écrire sur des personnalités pareilles ? Comment leur rendre justice ? »

Laura se passa la main dans les cheveux. Elle se pencha sur le manuscrit de telle sorte que son collier se retrouva juste au-dessus de la pile de feuilles, comme un pendule.

« J'ai pris quelques notes qui t'intéresseront peut-être. Ce n'est pas grand-chose, mais ça pourrait t'aider. On regarde ça ? »

Max hocha la tête, partagé entre le soulagement et le désintérêt. Maintenant qu'elle avait donné la bénédiction à son texte, il ne pensait plus avoir besoin d'aide. Il aurait préféré se pencher sur elle et l'embrasser.

Deux heures plus tard, Max rentrait chez lui en suivant Mannerheimvägen. La rue était déserte et la neige fouettait l'asphalte noir en formant de petites congères contre les réverbères et les panneaux indicateurs. C'était un paysage de toundra.

Il n'avait pas voulu prendre un taxi, car il avait besoin de marcher, de trier ses idées. Il se traînait dans la neige. Il serrait son manteau contre lui, les épaules remontées jusqu'aux oreilles, il sentait le froid lui transpercer le cuir chevelu – il n'avait pas de bonnet. En se rendant chez Laura, il n'avait pas pensé qu'il en aurait besoin.

Le froid avait un effet dégrisant. Il remarqua qu'il claquait des dents. Il serra la mâchoire en prenant une résolution, sans cependant comprendre laquelle, elle lui échappait quand il tentait de la formuler. Peut-être refusait-il de la formuler. Il aurait très bien pu avoir vingt ans, ou dix-neuf. Dix-sept. Pas soixante. Il reconnut cette sensation, l'obstination de sa pensée, comme si sa conscience se blindait parce qu'il voulait penser à elle – oui, il voulait penser à Laura – mais aussi parce qu'il était gelé, parce qu'il était plus facile de supporter le froid s'il se concentrait, comme le faisait sans doute un coureur de marathon en approchant de la ligne d'arrivée, le regard fixé à plusieurs centaines de mètres devant lui, le plus loin possible.

Au loin, il apercevait l'Opéra avec son immense carrefour, où le vent soufflait de tous les côtés. Un taxi le dépassa, puis un tramway, en grinçant. Il n'avait plus qu'à tourner à gauche et il serait arrivé chez lui. Il parvint à se focaliser sur un sujet unique : Laura.

Quelles conséquences ? Où cela le mènerait-il ? Il essayait d'empêcher ses pensées de divaguer trop loin, ça ramollissait son cerveau et il se mettait alors à avoir froid, prenait conscience de l'hiver qui faisait rage autour de lui : il finit par effacer toute autre pensée, à l'exception de son image, son apparence, sa silhouette devant lui, ses seins, ses fesses, ses merveilleuses fesses, et c'est avec cette image en tête – ses fesses, à présent nues – qu'il chemina à travers la nuit d'Helsinki aux airs de toundra, jusqu'à se retrouver devant chez lui. L'appartement était silencieux, Katriina était très loin, Edvard dormait. Il ôta son manteau, alla boire un verre d'eau à la cuisine puis gagna la chambre, s'assit lourdement sur le lit, enleva ses chaussettes, sentit la chaleur de la pièce brûler ses mains gelées, ses joues, et se glissa enfin sous la couette, se répandit sur le matelas et s'endormit, les fesses nues de Laura toujours en tête. Pendant la nuit, il rêva d'Edvard Westermarck et de Marrakech. Mais cette fois, Laura y était aussi.

VINGT

Katriina atterrit le mardi à Manille. La lumière de l'après-midi était brumeuse, elle était groggy à cause du décalage horaire et de la petite bouteille de vin bue entre Hong Kong et Ninoy Aquino. Elle portait les mêmes vêtements depuis presque deux jours et, tandis qu'elle était accueillie par un chauffeur puis guidée jusqu'à une voiture – où un homme chargé de l'accompagner jusqu'à la résidence universitaire la salua dans un anglais élégant mais avec un fort accent –, elle n'avait qu'une idée en tête : prendre une douche et dormir quelques heures.

Katriina suait. Elle se sentait trop grande, une tête de plus que tous ceux qu'elle rencontrait : elle aurait aimé avoir d'autres chaussures que ces escarpins. Le vol avait duré vingt-deux heures, avec deux escales, à Amsterdam puis à Hong Kong. Elle se dit qu'il fallait qu'elle aille dans la première boutique venue s'acheter une paire de chaussures plates, peut-être dès qu'elle aurait défait sa valise et pris une douche.

Ils roulèrent pendant ce qui parut une éternité. Lorsqu'ils approchèrent de ce qui ressemblait à un centre-ville, les feux se multiplièrent. Katriina regardait par la fenêtre, mais n'avait pas la force de s'imprégner de toutes les impressions, il faisait chaud et humide, ça sentait la cuisine et les gaz d'échappement, sa voiture était comme une capsule, un véhicule étranger, distinct de la réalité extérieure.

Ils finirent par se garer devant un énorme mur où s'ouvrait un beau portail en fer noir donnant sur un jardin avec des jets d'eau et des pelouses bien entretenues. La voiture roula jusqu'à un bâtiment carré en béton, sans doute l'internat où elle devait loger. L'homme qui devait lui montrer sa chambre descendit et lui tint la portière.

« Mrs Paul, nous espérons que la chambre vous plaira. Nous vous avons logée dans une de nos résidences universitaires, où nous accueillons d'habitude les professeurs invités.

– Merci, c'est sûrement très bien », répondit Katriina.

Un long et étroit couloir carrelé conduisait à un escalier. Ils le gravirent et débouchèrent sur une coursive qui desservait une série d'appartements. L'homme s'arrêta devant la troisième porte, sortit une clé de sa poche et ouvrit. Il attendit en cédant le passage à Katriina.

Il y avait un lit, une télévision, un petit bureau et une salle de bains avec douche. Cela ressemblait à toutes les chambres de ce genre qu'elle avait pu visiter.

« Si vous avez besoin d'internet, il y a le wi-fi. Vous trouverez le code d'accès sur le bureau. Avez-vous faim ?

– Non, je crois que j'ai juste besoin de me reposer un peu.

– Parfait. Je dois aller travailler. Notre chauffeur viendra vous prendre dans trois heures, pour aller dîner avec le recteur de l'université et un des chefs du personnel de l'hôpital universitaire. Je vous laisse vous reposer. J'espère que vous vous plairez. »

L'homme partit en laissant la porte ouverte. Katriina alla la fermer et en profita pour jeter un œil dehors. Le jardin était désert, et le parfum des fleurs lui sauta au visage – il devait y en avoir des milliers. La porte refermée, elle s'allongea sur le lit. Les draps étaient repassés et rêches, tout semblait propre, le ménage impeccable. Elle ôta ses chaussures, posa ses jambes sur le lit et sentit la fraîcheur sur ses pieds – elle n'osa pas regarder mais devinait qu'elle avait des ampoules. Allait-elle dormir un peu ? Elle ne savait pas se reposer rapidement, réussissait rarement à faire de petites siestes, elle ne tenait pas assez en place pour ça.

L'atmosphère tropicale lui oppressait les tempes, bien que la chambre soit visiblement climatisée. Elle devait visiter au moins cinq hôpitaux et trois écoles, mais c'était un soulagement de voyager seule. Elle n'avait pas besoin de se préoccuper de son image. Couchée sur le lit, elle écouta sa respiration, le silence de la chambre. Le soleil et la chaleur se posèrent sur ses paupières et elle se détendit. La couleur rouge qu'elle avait à présent devant les yeux l'emportait au loin, vers son enfance, dans sa chambre d'Högbergsgatan, un matin au début des grandes vacances. Sa mère était à la maison, Katriina avait dix ans, elle s'attardait au lit en cherchant à retenir un rêve, tandis que sa mère parlait avec quelqu'un dans l'entrée.

Cela ne dura que quelques secondes, deux ou trois peut-être, jusqu'à ce que les parfums effacent ce souvenir et lui rappellent qu'elle était en voyage professionnel.

Après le dîner, ce soir-là, elle n'eut la force de rien faire. Elle se déshabilla et dormit nue dans les draps blancs et propres, en essayant de ne pas penser à la semaine qui l'attendait. Elle se réveilla vers cinq heures du matin et passa les premières heures à se promener dans les environs. Il y avait un parc attenant à sa résidence, où elle resta un moment assise à regarder passer les mamans avec leurs enfants et des retraités qui faisaient de la gymnastique.

La journée commença par un déjeuner fastueux. Le chauffeur de Katriina l'attendait dans le jardin. Cette fois-ci, ils mangèrent du homard : placé au centre de la table, il bougeait lentement ses antennes tandis que chacun se servait – sans doute une sorte de réflexe, se dit Katriina. Elle écouta avec intérêt le raisonnement d'une chercheuse de l'hôpital universitaire – il s'agissait des effets de l'exportation de la force de travail, qui avait conduit à une pénurie de médecins aux Philippines, car les médecins eux-mêmes quittaient le pays pour travailler comme infirmiers à l'étranger.

« Il y a deux aspects à cette question, dit-elle. D'un côté, cela donne aux jeunes des perspectives nouvelles, et ils pourront peut-être un jour revenir contribuer au renouvellement de notre système de santé. D'un autre côté, toutes ces jeunes femmes pèchent par excès d'optimisme. Elles quittent famille et enfants pour une existence incertaine à l'étranger. Elles envoient de l'argent mais n'ont pas les moyens de faire le voyage pour revenir en visite. Il y a beaucoup d'enfants élevés par leurs grands-parents. »

Cette femme se nommait Maria. Petite et sérieuse, elle détaillait Katriina avec méfiance, sans doute l'expression de son scepticisme face à l'importation par l'Occident de la population active des Philippines. Quand elle parla davantage de son parcours, il s'avéra qu'elle était non seulement médecin mais aussi ancienne prisonnière politique. Elle avait été emprisonnée pour avoir soigné des rebelles et des terroristes présumés. Katriina était étonnée qu'elle le raconte. Elle pensait qu'en Asie, en général, on n'abordait pas les sujets politiques.

L'après-midi, ils devaient se rendre dans un hôpital. Ils roulèrent presque une heure. Les rues étaient embouteillées, les voitures klaxonnaient sans arrêt, et partout la même atmosphère humide lourde de gaz d'échappement. Dans les rues, une foule de gens, enfants, adultes, vieux. Ils traversèrent une zone qui ressemblait à un bidonville où Katriina vit des gens en prière, des enfants qui couraient en bandes, des gens avec des vélos surchargés de sacs et de ballots.

Ils finirent par s'arrêter devant un énorme bâtiment ceint d'un mur. Quand ils entrèrent dans l'hôpital, Katriina sentit tous les yeux sur elle, elle était sans doute la seule Blanche ici, et les patients, en particulier, la regardaient passer dans le couloir.

C'était un hôpital décrépit. Katriina jeta un œil dans une des salles et aperçut quelque chose comme une noix de coco utilisée en perfusion. Il y avait beaucoup d'infirmières, dans certaines salles on était en prière, partout il faisait chaud et humide. Il régnait dans l'hôpital une odeur forte – mélange de détergents et de médicaments, de maladie et de fluides corporels.

Ils y restèrent deux heures et firent la connaissance du personnel et des patients. Comme d'habitude, on évoqua très peu la raison proprement dite de cette visite – mais plutôt, en termes généraux, les différences entre l'Europe et les Philippines s'agissant des standards et des pratiques, des formations et des procédures. C'était frustrant, car Katriina savait que le plus important pour elle était d'entrer en contact avec les bureaux de recrutement et les formations qui attiraient les infirmières volontaires, mais elle comprenait aussi qu'une partie de ce travail pourrait sans doute être effectué depuis la Finlande, à son retour. C'était déjà bien de rencontrer des gens et qu'ils se souviennent d'elle.

La visite terminée, on la reconduisit à sa résidence. Dans la soirée, elle sortit se promener. Devant le portail en fer se tenait Danilo, le chauffeur. Il était plus petit qu'elle, la quarantaine, avec un air juvénile qui la poussait à lui parler comme à un enfant – elle s'en rendait compte –, lentement et clairement, comme s'il avait du mal à suivre.

En la voyant, il se précipita vers la voiture et ouvrit la portière.

« Non, non, je sors juste faire un tour. Vous n'avez pas besoin de me conduire », dit-elle. Elle portait une robe bleue qui la rafraîchissait après une journée passée dans la voiture et l'atmosphère étouffante de l'hôpital.

Danilo referma la portière. Ils parlaient en anglais, et il se débrouillait correctement, par phrases courtes et heurtées.

« Mrs Paul, je peux vous conduire si vous sortez…

– Non, non, ce n'est pas la peine. Je vais juste me promener dans les environs. Vous attendez ici tous les jours ?

– Non, pas tous les jours, Mrs Paul. Parfois je conduis d'autres personnes. Mais ils m'ont dit de me tenir à votre disposition si vous vouliez aller quelque part.

– Mais vous ne pouvez quand même pas passer la journée à m'attendre ? On ne vous a pas donné mon emploi du temps ?

– Désolé, mais tout ce qu'on m'a dit, c'est de vous conduire si vous aviez besoin d'aller quelque part.

– C'est moi qui m'excuse. Je n'irai nulle part ce soir. Si vous voulez rentrer, vous pouvez y aller. »

Danilo la regarda, un moment incrédule. Puis il remercia, monta dans la voiture et s'en alla.

Au cours de la semaine qui suivit, il fut son chauffeur attitré. Katriina finit par avoir l'impression qu'il était la seule personne qu'elle fréquentait vraiment, la seule personne avec laquelle elle ne se contentait pas d'une conversation superficielle, même s'il était taciturne et ne répondait que le stricte nécessaire.

Elle apprit qu'il vivait un peu à la périphérie, qu'il était marié, avait un enfant et travaillait comme chauffeur depuis cinq ans. Auparavant il avait un boulot dans la restauration, mais il préférait conduire, ou bien il se contentait de constater qu'à présent il conduisait – Katriina ne comprenait pas tout ce qu'il disait en anglais. Il conduisait Katriina dans des hôpitaux, à des dîners, à l'université. Elle était si lasse chaque soir de cette politesse un peu forcée qu'elle se devait d'adopter lors de toutes ces rencontres avec des inconnus qu'elle rentrait directement se coucher.

Le vendredi, en sortant dans le jardin, Katriina trouva Danilo à côté de sa voiture. Il fumait en regardant par terre. En la voyant, il se dépêcha de jeter sa cigarette et lui ouvrit la portière. Elle ne lui avait pas redemandé pourquoi il ne rentrait pas chez lui le soir. Elle était gênée. Peut-être était-il payé à l'heure pour l'attendre toute la journée ?

Il y avait un dîner ce soir-là aussi. On apportait et remportait des plats, sans fin. Katriina ne buvait que de l'eau, et s'efforçait de discuter en termes aussi concrets que possible du travail des prochains mois. Il y avait autour de la table une ambiance détendue qui lui rappelait les dîners de travail en Finlande – en fait, personne ne voulait parler boulot, mais plutôt profiter de la nourriture et de l'alcool aux frais de la princesse. Il y avait des syndicalistes, des universitaires, des fonctionnaires, et Katriina avait l'impression de patauger. Comment arriver à un résultat sans aborder les sujets concrets ? Elle souffrait toujours du décalage horaire, ou alors elle couvait un rhume. Elle avait du mal à respirer et se surprit à imaginer ce qui se passerait si elle perdait soudain connaissance. Le dîner enfin terminé, dans la voiture, Danilo demanda s'il devait la reconduire chez elle.

C'était le crépuscule, un ciel inouï où les nuages se tordaient en combinaisons fantastiques.

« Ce serait possible de voir un peu plus de Manille ? Un petit détour ? Pas trop long, vous voulez sûrement rentrer retrouver votre famille.

– Rien ne presse, Mrs Paul.

– Est-ce qu'il y aurait un quartier pas trop touristique ? Un endroit où vous iriez vous-même, en dehors du travail ? »

Danilo sembla réfléchir un moment. Elle allait lui dire qu'elle avait finalement changé d'avis, qu'il pouvait la ramener directement, quand il démarra.

« Ça fait un petit bout de chemin, mais je pense que c'est à peu près ce que vous voulez, dit-il.

– Merci », dit Katriina en se calant au fond de son siège. Peu importait où ils allaient – elle voulait seulement ne pas retrouver directement la solitude de sa chambre. Elle sentit que Max lui manquait, mais c'était trop cher de téléphoner, et elle n'avait en plus aucune idée de l'heure qu'il était en Finlande.

Ils roulèrent dix minutes, un quart d'heure peut-être, dans les larges rues éclairées au néon, puis sur une autoroute, et enfin la circulation se dilua et ils arrivèrent au bord de la mer. Elle était bleu foncé, mauve, scintillante. Dehors, il faisait de plus en plus sombre, Katriina n'avait pas la moindre idée de leur direction, mais elle prit le parti de se laisser porter.

Au bout d'une demi-heure, ils arrivèrent dans une zone qui ressemblait aux bidonvilles qu'ils avaient déjà traversés, avec légèrement plus d'infrastructures, quelques boutiques ouvertes le soir, des gens au coin des rues, de la musique sortant des voitures. Un village. Ils continuèrent, s'engagèrent dans un quartier aux rues très étroites. Danilo ne disait rien, et Katriina commençait à se sentir mal à l'aise. Ce n'était pas vraiment ce qu'elle avait imaginé, pas cet isolement total, ce lieu inconnu au milieu de nulle part, elle avait pensé à un court détour avant de rentrer à sa résidence. Ici, les rues étaient à peine éclairées.

Danilo s'arrêta et coupa le moteur. Katriina ne voyait rien.

« C'est mon quartier, Mrs Paul. J'ai grandi ici, et j'habite toujours dans les environs. Ma sœur a un restaurant dans le coin. Si vous voulez, nous pouvons aller y faire un tour, comme ça vous verrez comment vivent les gens ici. »

Katriina n'avait jamais mis les pieds dans un endroit pareil, mais c'était comme si elle l'avait vu en photo, dans un reportage, ou peut-être en rêve. Le local était petit, mais bondé. Des gens de tous les âges, des femmes en robes moulantes, des vieux assis devant leur verre, des jeunes hommes en bonne voie de leur ressembler. Un serveur passait entre les tables, les gens lui criaient leurs commandes. Cela sentait la bière, le graillon, la sueur et la cigarette. Dans un coin, un groupe jouait une sorte de salsa. Les gens regardèrent Danilo et Katriina entrer.

Danilo alla serrer la main au barman. Ils parlèrent un moment et il désigna Katriina d'un signe de tête. Il revint ensuite vers elle avec deux bières : « Offert par la maison. » Il semblait plus gai que dans la voiture, plus sûr de lui, à l'aise dans son milieu quotidien.

Ils restèrent un moment assis sans rien dire. Le regard de Danilo se promena dans la pièce et s'arrêta sur deux femmes à forte poitrine en tops fluos. À côté d'un juke-box, dans un coin, elles écoutaient jouer les musiciens. Quand il remarqua que Katriina avait suivi son regard, il continua sans gêne à fixer les deux femmes.

« C'est donc le restaurant de votre sœur ?

– Oui. Elle travaille en cuisine. Elle va peut-être venir nous voir dans un moment. »

Ils attendirent qu'on les serve, tout en buvant leur bière.

« Combien de frères et sœurs avez-vous ?

– Cinq. »

Il se penchait par-dessus la table pour qu'elle puisse l'entendre dans le brouhaha.

Une femme qui devait être la sœur de Danilo leur apporta deux assiettes. Elle ressemblait à son frère, était à peu près de la même taille, mais deux fois plus large. Chez elle, les traits enfantins étaient noyés dans un visage rond, ce qui lui donnait un air plus adulte, elle devait avoir l'âge d'Helen, la trentaine, peut-être tirant vers la quarantaine. Katriina goûta un plat de poulet fortement aillé et une sorte de soupe au gingembre. Elle n'avait plus faim du tout. Danilo, lui, mangeait comme s'il n'avait rien avalé depuis longtemps – quand il vit qu'elle n'allait pas terminer son poulet, il finit aussi sa part. Puis il s'excusa et disparut à la cuisine.

Katriina regarda autour d'elle, mais personne ne semblait trop faire attention à elle. Les filles dansaient dans leur coin, deux hommes au comptoir avaient tourné leurs chaises vers elles et les apostrophaient. L'ambiance était chaude, on entendait partout des voix, un tapis sonore qui montait par vagues.

Quand Danilo ressortit enfin de la cuisine, Katriina l'entendit crier, des phrases courtes et heurtées, comme quand il parlait mais sur un ton plus énervé. Sans savoir ce qu'il disait, elle comprit qu'il criait des insultes en direction de la cuisine. Il frappa du poing sur le comptoir en passant devant. Puis il revint sur ses pas et cria de nouveau quelque chose.

« Il faut que je vous ramène, Mrs Paul. Maintenant, vous avez vu un peu le vrai Manille », dit-il, presque agressif.

Katriina hocha la tête et ils regagnèrent la voiture. Une pluie fine avait commencé à tomber. Tandis qu'ils quittaient le quartier, elle sentit qu'elle devrait faire un effort pour ne pas s'endormir en route.

Ils s'éloignèrent du village. Danilo gardait les yeux fixés sur la route, sans dire un mot. Katriina ne désirait plus qu'une chose, rentrer se coucher dans ses draps blancs et bien se reposer après cette nourriture lourde et cette musique assourdissante.

Ils approchaient de la mer. Danilo roulait vite. Katriina n'osait pas se pencher pour voir le compteur mais, à vue de nez, ils allaient à plus de cent vingt.

C'est juste en haut d'une petite montée, dans un virage où la visibilité était mauvaise, qu'elle sentit le choc. Pas assez fort pour arrêter la voiture, mais suffisamment pour faire réagir Danilo : il freina violemment quelques secondes après, ralentit jusqu'à s'arrêter complètement.

Un silence compact les enveloppa.

« Qu'est-ce que c'était ? »

Sans répondre, Danilo ouvrit la portière avant et regarda en arrière. Tout ce que Katriina voyait, c'était un bout de route dans le faisceau des phares. D'un côté la mer, de l'autre des ténèbres, forêt ou champ, impossible à déterminer. Danilo ne dit rien et tenta de redémarrer. La voiture toussota mollement mais repartit, et il recula de quelques mètres.

« Qu'est-ce que c'était, à votre avis ? Un animal ? demanda Katriina.

– Je ne sais pas, Mrs Paul. Nous avons roulé sur quelque chose. »

Il recula encore de vingt, cinquante mètres, et se gara sur le bas-côté.

« Je vais aller voir. Vous m'attendez ici ? »

À présent, Katriina était inquiète. Attendre dans la voiture ? Elle ne le voulait pas. Elle était au milieu de nulle part dans une ville de plusieurs millions d'habitants où elle ne connaissait personne. Il faisait sombre et elle était à la merci de n'importe qui.

« Je préférerais venir avec vous, si ça ne vous fait rien ?

– OK », dit-il.

Elle descendit de la voiture et le suivit dans la lumière des phares reflétée par la pluie.

Katriina songeait à la façon dont elle pourrait raconter ça à Tuula une fois rentrée (« Et alors nous avons échoué au milieu de nulle part, je veux dire vraiment nulle part, ç'aurait pu être un violeur ou un psychopathe… ») mais elle s'interrompit, car Danilo s'était arrêté. Il regardait par terre tout en allumant une cigarette.

« Qu'est-ce que c'est ? » demanda-t-elle.

En s'approchant, elle vit ce que c'était. Un chien écrasé, de taille moyenne, à poil gris, ou en tout cas qui avait l'air gris dans l'obscurité. Le corps semblait intact, mais la moitié du museau était écrasée et avait été projetée de l'autre côté de la route. La langue, l'oreille, la truffe, tout était ensanglanté, une boule morte de chair et de poils.

« Quelle malchance », dit Katriina. Danilo leva les yeux. « Mais ça a dû aller vite, non ? Vous croyez qu'il appartient à quelqu'un ? »

Danilo secoua la tête. Il continua à fumer sa cigarette.

Ils restèrent ainsi un moment et Katriina songea à un article qu'elle avait lu sur le fonctionnement de la conscience. Si on éteignait la lampe, dans le noir le cerveau travaillait autant qu'à la lumière du jour. La conscience restait en permanence active, même dans l'obscurité la plus épaisse. En revanche, durant une anesthésie, on s'approchait au plus près d'une conscience éteinte, un état qui ressemblait presque à la mort.

« Moi aussi j'ai un chien », raconta alors Katriina. Toute la situation semblait si absurde qu'elle se dit que le plus naturel était d'entamer une conversation plus légère.

« Les chiens sont cinglés, répondit Danilo. Ils traversent la route droit devant eux. Ils font confiance à n'importe qui. »

Elle ressentit un vague malaise, un début de nausée. Ce qu'elle avait mangé se rappelait à son souvenir. Elle réalisa que personne ne savait où elle était. Elle n'avait dit à personne où elle allait, n'avait parlé à personne de la famille de toute la semaine. C'était absurde de penser que, quelques jours plus tôt seulement, elle était dans l'hiver finlandais. Elle se baissa pour ôter ses chaussures qui lui faisaient mal. L'asphalte était encore chaud, parcouru de petits filets d'eau qui coulaient vers le fossé.

« On ne devrait pas le déplacer ? demanda-t-elle.

– Pas grand-chose à faire », dit-il.

Le chien n'était plus si répugnant à présent. Soudain, elle eut envie de se pencher pour le regarder de près. Elle s'agenouilla et caressa son ventre humide. Il était encore chaud. Elle sentit quelque part un mouvement, comme s'il respirait.

« Je crois qu'il est vivant », dit-elle. Un frisson lui traversa le corps.

Danilo se pencha pour sentir à son tour.

« Qu'est-ce qu'on va faire ? » demanda Katriina en le regardant.

Quand ils remontèrent dans la voiture, aucun des deux ne dit mot. Danilo démarra droit devant lui, et Katriina crut un instant qu'il se dirigeait vers la ville, mais, soudain, il fit un violent demi-tour, accéléra, et visa la tête du chien. Katriina poussa un cri, mais Danilo resta muet.

Une demi-heure plus tard, il la déposa devant sa résidence.

« Il est très tard, dit-elle.

– Oui, vous allez bien dormir, Mrs Paul. Je dois rentrer voir mon fils à présent.

– Quel âge a-t-il ?

– Cinq ans.
– Alors il est déjà allé se coucher ?
– Non, il doit m'attendre. Sa mère travaille au restaurant le soir.
– Il est seul à la maison ?
– Oui. »
Elle allait ajouter quelque chose, mais il semblait avoir lu dans ses pensées.
« Il se débrouille. Il est souvent seul quand nous travaillons. »
Elle cherchait comment achever la conversation.
« J'ai deux petits-enfants. Amanda, elle est fantastique. Elle me manque vraiment. J'aimerais passer beaucoup plus de temps avec eux. J'ai aussi un petit-fils, Lukas. Un jour, je les emmènerai en voyage. Peut-être ici, aux Philippines ?
– Bonne idée, Mrs Paul. Bonne nuit. »

VINGT ET UN

Le lendemain de son dîner chez Laura, Max alla de bon matin acheter une nouvelle chemise, une nouvelle veste, jouer au tennis et téléphona à Stefan pour lui parler des techniques de respiration qu'il avait mentionnées lors de la soirée chez les Keskinen, avant Noël. Une inquiétude avait saisi Max : et s'il sautait le pas ? Et s'il se ridiculisait ? Et s'il n'était pas à la hauteur ? Il se sentait comme une vieille voiture rouillée de la fin du siècle dernier, de celles que les gens ne conduisent plus que par nostalgie, ou parce qu'ils n'ont pas remarqué qu'il en existait de nettement plus belles, simples et souples sur le marché aujourd'hui.

« Qu'est-ce que ça me fait plaisir que tu appelles », dit Stefan d'une voix douce, presque féminine, qui fit regretter à Max d'avoir décroché son téléphone.

Max ne savait pas s'il arriverait à vivre avec une femme plus jeune. Physiquement, il y avait là pour lui quelque chose de paralysant. Et si la pression suffisait à le rendre impuissant ? Peut-être n'avait-il de toute façon aucune chance, mais il entrevoyait des satisfactions bien supérieures aux triomphes intellectuels qu'il avait connus au cours de sa carrière et qui d'ailleurs – pour être honnête – s'étaient faits nettement plus rares ces dernières années.

« Je te promets, Katriina te remerciera. Passe me voir un de ces jours, je te montrerai les trucs de base. Comme ça tu pourras t'entraîner chez toi.

– D'accord. Mais s'il te plaît, Stefan, pas un mot à Katriina. Je ne veux pas qu'elle le sache.

– Ah, je vois, tu veux la surprendre au lit ? Très bien.

– Oui, quelque chose comme ça. Combien de temps penses-tu que ça prenne… je veux dire, pour se remettre en forme ?

– Impossible à dire. Deux semaines, ou deux mois. Tout dépend de toi et de ton état d'esprit. En fin de compte, ça reste plus une affaire mentale que physique. Il s'agit de t'entraîner à contrôler ton flux sanguin, à te détendre, à mettre en route ton énergie et ton aura sexuelle.

– C'est difficile ?

– Non, pas du tout, c'est justement ça le truc. Ça doit être facile. »

Max prit le bus pour Kottby, où vivaient Stefan et Gun-Maj. Par chance, Gun-Maj n'était pas à la maison. Max ôta sa veste et la pendit à un crochet qui ressemblait à une sorte de souvenir d'Afrique – il ne savait pas bien si c'était un portemanteau ou un bibelot, mais Stefan avait l'air d'en être content.

« Tu vas faire du yoga dans cette tenue ? s'amusa-t-il en entrant dans la cuisine.

– Ça ne va pas ? »

Max portait une chemise et un pantalon en velours brun, et il réalisa que ce n'était peut-être pas la tenue la plus adaptée.

« *No worries*. Je peux te prêter ce qu'il faut. »

Pas d'échappatoire, Max ne pouvait pas faire la fine bouche. Stefan lui demanda de l'attendre le temps qu'il aille chercher quelques vêtements.

« Tu veux du thé ? Il suffit de brancher la bouilloire », lui cria-t-il depuis la chambre tandis que Max inspectait la cuisine. Elle était pleine de plantes, mais par ailleurs d'un minimalisme surprenant. Max s'attendait à un appartement de hippie encombré de bibelots indiens, au lieu de quoi tout était blanc et propre, avec un éclairage froid comme celui des néons. Max frissonna, il s'était mis à faire plus froid cette semaine.

Stefan revint à la cuisine avec des vêtements.

« Ça devrait faire l'affaire. Tu peux te changer dans la salle de bains. »

Il tendit les vêtements à Max et lui indiqua le chemin.

Max entra dans la salle de bains et se retrouva face à un miroir en pied et un lavabo fait d'un matériau qui ressemblait à du bois. Il ôta son pantalon et sa chemise, qu'il plia soigneusement sur le bord de la baignoire.

Mais qu'est-ce que tu fabriques ? songea-t-il en se voyant en entier dans le miroir. Jusqu'alors Max avait été globalement satisfait de son corps, mais il le regardait à présent comme une femme de trente ans le verrait sans doute : ce ventre pendant, ce slip fripé cachant la touffe de poils et le pénis recroquevillé.

Sa poitrine pendait, son corps était un peu en forme de poire, surtout vu de profil. Il se campa devant le miroir, banda les muscles de ses bras en rentrant le ventre, ce qui lui donna aussitôt un air plus fort et tonique. Il regrettait de n'avoir rien fait pour ce ventre quand il avait trente ans, ou même quarante, mais à présent il était trop tard. Il avait vu au tennis des hommes de son âge avec des tablettes de chocolat, des corps athlétiques alors qu'ils étaient plus vieux que lui, et c'était pour lui un mystère.

Il enfila les vêtements que Stefan lui avait donnés. Un T-shirt gris assez grand, tout à fait correct. Le problème, c'était le pantalon. C'était un pantalon en lin blanc, souple mais trop court. Quand il le remontait, il avait les chevilles à l'air, et il était aussi trop étroit, il le serrait aux cuisses.

« Stefan ? appela-t-il. Ce pantalon est un peu trop petit.

– Montre-moi ! »

Max sursauta : Stefan était devant la porte entrebâillée. Était-il là depuis le début ? Max sortit.

« Ça ira. La prochaine fois, tu prendras tes propres affaires. »

Max soupira. Qu'était-il donc venu faire dans cette galère ? Ils allèrent dans le séjour, où Stefan avait écarté quelques fauteuils et déroulé deux tapis de yoga.

« Normalement, je recommanderais une vraie salle de yoga. Mais ça ira pour aujourd'hui. L'idée, c'est justement que tu puisses faire ces exercices n'importe où. »

Stefan s'assit par terre, Max l'imita.

« Bon, on va commencer par quelques exercices de base, pour que tu te fasses une idée. »

Cela dura quinze minutes environ, c'était plus fatigant que Max n'avait pensé.

« L'idée est donc que tu apprennes à contrôler ton afflux sanguin. Le sexe, c'est beaucoup une question de détente. Le stress, par exemple, empêche de jouir autant qu'on pourrait. Si le corps est détendu, le sang afflue vers le centre plutôt que vers les bras et les jambes. La relaxation conduit automatiquement à l'excitation, puisque les artères qui conduisent le sang aux organes génitaux s'ouvrent, et le sang gonfle alors directement le pénis. »

Max avait toujours trouvé amusant le mot « pénis » dans la bouche de gens sérieux – il essaya de ne pas éclater de rire au nez de Stefan.

« Chez les femmes, cela augmente la sensibilité autour du clitoris, et elles sont aussi plus mouillées. »

Max supposa que Stefan avait souvent répété ces phrases, ce qui lui permettait de le faire avec cette autorité tranquille. Il essaya de se détendre, sans pouvoir s'empêcher de penser qu'il avait manqué de discrétion – et si Stefan parlait à quelqu'un de sa visite ?

« Où est Gun-Maj ? demanda Max.

– En voyage, à une conférence en Suède, à Östersund. Elle ne rentre pas avant dimanche. »

Max ne dit rien, et essaya d'imiter Stefan. C'était difficile, pas seulement parce que son corps s'engourdissait, mais aussi parce que le pantalon de lin lui serrait désagréablement l'entrejambe.

« Nous allons maintenant faire la position dite de "la chaise". Les bras sur le côté, comme ça » – il montra à Max comment se mettre – « le buste relevé, tout en serrant les cuisses et en levant les bras tendus au-dessus de la tête, les doigts pointés vers le haut. »

Il fit de son mieux. La sensation était étonnamment agréable, même s'il avait peiné à tenir la position plus de trente secondes.

« Souviens-toi, ça doit être agréable. Si c'est inconfortable, c'est que tu ne le fais pas bien, dit Stefan. Comment tu te sens ?

– Ça va », dit Max.

Ils s'entraînèrent plusieurs fois, puis Stefan lui montra une série d'autres positions – « le cobra », « le chat », « le chameau », « la pince debout » – si nombreuses que Max ne pourrait jamais toutes les retenir.

Au bout d'un moment, Stefan alla leur chercher de l'eau à la cuisine. Max était étendu à terre, des courbatures pas complètement désagréables dans tout le corps.

Stefan revint et lui tendit un verre d'eau.

« En ce qui concerne le sexe, reprit-il avant de boire une gorgée de son verre, il y a certains domaines où nous pouvons tout spécialement nous entraîner, nous les hommes d'un certain âge. Tout d'abord la respiration. Si l'on sent qu'on est en train de perdre son *mojo*, on peut faire beaucoup en adoptant la bonne respiration.

– Son *mojo* ?

– Oui, enfin tu vois, si ça se ramollit. Si tu remarques que cela se produit, tu essaies de respirer en cadence avec ta partenaire. Tu peux aussi essayer d'augmenter l'afflux sanguin en contractant puis en relâchant le diaphragme.

– Compris.

– Un autre problème des hommes, surtout des plus jeunes, c'est l'éjaculation précoce. C'est là un des domaines où le yoga peut être le plus utile. Certains prétendent qu'on ne devrait avoir d'orgasme qu'un rapport sexuel sur cent. L'excitation suffit. En fait, elle peut être aussi puissante qu'une éjaculation ordinaire. »

Max se tut. Qu'aurait-il pu dire ?

« Mais personnellement, je n'y crois pas trop. Tu as déjà tenté de rester plusieurs semaines sans éjaculer ? Moi oui, et ça ne marche pas. Ça finit par venir de toute façon, pendant le sommeil. Pourtant, il y a quelque chose dans cette théorie. Quand on sent que ça va venir, on peut essayer de refouler l'énergie vers l'intérieur du corps. Dans le meilleur des cas, cela peut te donner un orgasme corporel, qui ressemble davantage à celui des femmes – en d'autres termes, tu jouis avec le corps tout entier. C'est gratifiant, je peux te le dire. J'aurais aimé connaître ça quand j'étais jeune. D'un autre côté, c'est une chance que ce soit un secret bien gardé, réservé à des croulants comme nous. Il faut bien qu'on ait quelque chose pour rester dans la course, non ? Et c'est notre endurance. »

Max hocha la tête.

« Et comment on est censé s'y prendre, alors ? »

Il n'en revenait pas d'avoir vraiment posé cette question. Y avait-il seulement du vrai là-dedans ? Ou n'était-ce qu'une illusion, à force de pratiquer le yoga ?

« Il faut un peu s'entraîner. Et ça, je ne peux pas te l'enseigner. Je veux dire, tu dois t'exercer chez toi. De préférence avec Katriina, mais tu peux aussi le faire seul. Si tu veux, tu peux te masturber et, juste avant de jouir, tu te concentres pour rassembler plutôt l'énergie à l'intérieur du corps. »

Max hocha la tête.

« Il faut que je teste ça. »

Il ne s'y voyait pas vraiment. Cette visite était une erreur totale, mais ouf, c'était fini, il allait bientôt pouvoir rentrer chez lui.

« On a terminé pour aujourd'hui ?

– On va dire que oui. Si tu n'arrives pas à te rappeler les positions, tu peux trouver des instructions vidéo sur Youtube. Tape "ashtanga yoga", par exemple, tu verras la plupart des positions usuelles.

– Tu peux me l'écrire ?

– Bien sûr. »

Dans l'étude sur la sexualité que Max avait conduite dans les années quatre-vingt-dix, la position du missionnaire restait de loin la plus courante chez les couples finlandais. Visiblement, les choses avaient changé, il était peut-être temps de lancer une nouvelle enquête.

Stefan se releva pour noter le nom sur un papier qu'il tendit à Max. Max alla se changer. Il replia les vêtements empruntés et les rendit à Stefan, qui lui sourit avec son visage tanné, comme seul peut sourire un homme qui a des rapports sexuels fréquents et satisfaisants.

« Je suis content que tu sois venu. Je dois dire que je ne m'y attendais pas.

– Il faut tout essayer, non ?

– C'est bien vrai.

– Je te dois quelque chose ?

– Rien du tout. Vois ça comme un coup de main amical. Salue bien Katriina de ma part. »

Max le remercia et ressortit dans la nuit hivernale. Il prit son téléphone et appela Laura.

« Salut Max. Je pensais justement à toi. »

Il n'en espérait pas tant. Elle avait pensé à lui. Max sentait en lui une confiance toute nouvelle, la sensation de pouvoir arriver à ses fins.

« Salut… euh, je me demandais. Tu peux dire non, si tu ne veux pas. Mais ça te dirait de venir avec moi dans l'Österbotten ? On pourrait travailler un peu là-bas.

– Mais quand ?

– Eh bien… je pensais qu'on pourrait peut-être prendre le bus demain. Sans vouloir te bousculer, bien sûr. Il faut que j'aille rendre visite à ma mère. Mais nous avons aussi une maison où on pourrait s'arrêter en rentrant. On pourrait y travailler un peu.

– Oui, pourquoi pas ? Si tu veux, on peut prendre la voiture de mon père. Je peux l'emprunter.

– Je n'ai pas le permis.

– Ah bon ?

– Ben non, tu sais… l'environnement, tout ça.

– Pas de problème. Je peux conduire. »

VINGT-DEUX

Amanda avait hérité de l'intrépidité de la famille Paul, ce sentiment absolu de propriété, que le monde était là pour elle. Elle n'avait pas peur des situations inconnues mais les voyait plutôt comme des défis à relever. À quatre ans, elle savait déjà nager, à six elle plongeait de trois mètres à la piscine. L'été suivant, elle sautait du plongeoir de cinq mètres au bassin olympique de Gumtäkt.

Helen l'avait laissé monter en haut de la tour et sauter. Même si c'était dangereux, même si elle savait qu'Amanda risquait de faire un plat, d'avoir le souffle coupé et de ne pas arriver à remonter à la surface, elle l'avait laissé faire, fascinée par son audace. Étant petite, Helen n'aurait jamais osé. Amanda était donc montée en haut de la tour, moitié moins grande que les autres enfants, avait attendu son tour, s'était placée au bout du tremplin et s'était jetée dans le vide. Sans aucune hésitation.

Lukas, c'était différent. Il hésitait, évaluait les situations avant d'agir, ne voulait pas prendre de risques, évitait les situations imprévues.

Pour Helen, la vie était comme le jeu d'enfant des « dix brindilles sur une planche ». On posait dix brindilles sur une planche, on donnait un coup de pied dans la planche pour envoyer balader les brindilles. Tout le monde courait se cacher, sauf un joueur désigné pour les ramasser, les reposer sur la planche, puis partir à la recherche de ceux qui s'étaient cachés. L'idée était de sortir de sa cachette pour renverser la planche avant que tout le monde n'ait été trouvé. Si on était peureux, on se cachait en attendant qu'un autre ose sortir renverser la planche. Helen pensait qu'Amanda et Eva étaient du genre à se précipiter hors de leur cachette.

Quant à elle, elle se voyait de plus en plus comme celle qui ramassait les brindilles et partait à la recherche des autres. La vie était un ramassage infini de brindilles éparses. Il y avait toujours quelque chose à faire, à ranger et, à peine avait-on l'impression d'avoir fait le plus gros du travail, à peine avait-on mis en ordre la cuisine ou l'entrée qu'un des enfants déboulait et balançait n'importe où ses chaussures sales, si bien qu'il fallait tout recommencer.

La semaine finie, c'était comme faire des heures supplémentaires après une longue journée de travail, on comptait les minutes avant de pouvoir aller se coucher, il fallait avoir la force de gravir les derniers mètres avant le sommet, ramasser les vêtements par terre, lancer une lessive, rassembler les Legos, sortir les cahiers de devoirs, préparer à manger, faire le ménage, écarter toute autre pensée que celle des tâches restant à accomplir, s'efforcer de tenir la route encore les quatre ou cinq heures qui restaient avant d'aller se coucher, épuisée par la fatigue hivernale, l'obscurité, les petites mais terribles disputes des enfants pour des choses dénuées d'importance.

C'était vendredi et, dans la salle des profs, elle entendait chacun faire des plans pour le week-end. Une ambiance de vendredi flottait dans l'air, le sentiment qu'on pouvait desserrer sa cravate – même si, en fait, Niklas, le professeur de mathématiques, était le seul à en porter –, le sentiment de la libération prochaine.

« Qu'est-ce que tu vas faire, ce week-end ? »

C'était Marit, la collègue la plus proche d'Helen. Elles étaient assises face à face devant le bureau qu'elles partageaient. Elles travaillaient souvent ensemble et s'aidaient pour corriger leurs copies.

« Je ne sais pas, rien de spécial.

– Ça vous dirait de venir dîner chez moi demain soir ? Tu crois que vous pourriez trouver une babysitter ?

– Il n'y aura que nous ?

– Je pensais aussi inviter Michael. »

Michael était le nouveau professeur d'histoire : Helen savait que Marit cherchait à le fréquenter en dehors de l'école. Le problème, c'étaient les enfants. Katriina était en voyage et il ne fallait pas espérer convaincre Max de venir passer la nuit chez eux à Esbo. Peut-être faudrait-il déposer les enfants à Helsinki.

« Il faut que je voie avec mon père. Peut-être.

– Essaie. Je pensais faire un bœuf bourguignon.

– C'est bon, ça.

– Je te promets que ça vaut la peine. »

Helen se dit qu'elle pourrait peut-être venir dîner sans Christian, mais ce ne serait pas drôle de tenir la chandelle. Elle décida d'appeler son père à l'interclasse suivant.

La semaine avait été particulièrement longue, car ils avaient suivi une formation chaque soir. Leur proviseur Gunvor avait fait un stage quelque part en Suède, dont elle était revenue avec des idées nouvelles qu'elle voulait à présent leur faire appliquer à l'école.

Helen soupçonnait Gunvor d'avoir compris de travers la moitié de ce qu'on lui avait appris à ce stage, censé traiter de l'égalité des sexes à l'école.

Au lieu de leur proposer des solutions pour réduire la discrimination sexuelle à l'école, Gunvor avait réussi, quatre heures durant, à souligner les différences entre filles et garçons – par un curieux renversement, sans doute complètement involontaire. À force de vouloir être politiquement correcte et dans l'air du temps, elle en était arrivée à déclarer des choses comme « les garçons ont plus d'énergie, et il faut donc être à l'écoute de leurs besoins », ou « les filles aiment travailler ensemble, elles arrivent mieux ainsi à se concentrer ».

Gunvor leur avait demandé de se fixer des objectifs précis pour améliorer l'ambiance de leurs classes.

Niklas, le professeur de mathématiques, avait dit qu'il commencerait par « obtenir d'Erik Hulkkonen qu'il enlève son bonnet en cours », déclenchant l'hilarité de ses collègues.

Erik Hulkkonen était un élève de seconde, et Helen comprenait pourquoi Niklas le détestait autant – blond, athlétique, il venait d'une famille riche, et donnait l'impression de considérer les enseignants comme des moins-que-rien. Niklas, avec son petit téléphone portable à la ceinture, était typiquement le genre de personne qu'Erik Hulkkonen et ses semblables mangeaient toute crue au petit déjeuner. Mais Niklas était un adulte et ne se privait pas d'exercer son autorité sur Erik Hulkkonen à la moindre occasion.

Gunvor n'était pas très âgée, à peine plus de quarante ans, et on voyait clairement qu'elle saisissait au vol toutes les nouveautés à la mode dans l'espoir d'améliorer le profil de son établissement. Elle conduisait une grosse Volvo familiale, alors qu'elle n'avait pas d'enfants. Toute sa vie tournait autour de ses chiens, et il flottait d'ailleurs autour d'elle comme une odeur de chenil. Gunvor elle-même était un peu comme un chien, pensait Helen : enthousiasmée par ce qui était nouveau, mais méfiante envers les personnes qu'elle identifiait comme une menace. Gunvor « gunvorisait » gaiement, ce qui donnait l'occasion à Marit et Helen d'ironiser sur son sourire « psy », tout comme elles se moquaient de la tenue de leur collègue d'allemand Bengt, alias « Herr Nikotin ». Il ne changeait jamais de veste et puait le tabac. Quand il arrivait à Helen d'utiliser un ordinateur après lui, l'odeur mettait plusieurs minutes à se dissiper.

Helen appela son père après son dernier cours. Marit lui avait fait comprendre qu'il était très important qu'elle s'arrange pour faire garder ses enfants, car Michael avait promis de venir.

Au téléphone, Max sembla gêné. Helen détestait demander de l'aide quand elle savait par avance qu'on ne lui en offrirait pas. Écouter les excuses était dégradant.

« Je serais volontiers venu, mais malheureusement je ne peux pas. Demain, je vais rendre visite à Fammo. Si ça avait été un autre jour...

– C'est pas grave, Papa.

– Ça n'irait pas le week-end prochain ?

– Non, désolée, c'est demain, mais ça ira. On va s'arranger. Bonjour à Fammo.

– Et les parents de Christian ? »

Helen y avait pensé, mais elle savait qu'ils refuseraient de venir passer toute la soirée chez eux. Il faudrait donc qu'ils conduisent les enfants jusqu'à Kyrkslätt. La mère de Christian s'occupait volontiers des enfants, mais il y avait toujours cette impression que c'était beaucoup leur demander, qu'ils voulaient bien, mais si possible pas toute la nuit. Et puis, pour une raison x, Lukas avait du mal à s'endormir chez eux, et la mère de Christian appelait à la rescousse dès qu'il commençait à réclamer de rentrer. Ils devraient donc aller dîner avec le téléphone à portée de main.

Aussi, quand Helen rentra à la maison, elle fut surprise que Christian lui suggère une alternative.

« Tu ne pourrais pas appeler Marit et ce Michael pour leur proposer de venir dîner ici ? Comme ça, pas besoin de baby-sitter. »

Ce n'était pas bête. Helen fut étonnée, car Christian proposait rarement d'inviter des gens. C'était peut-être un bon compromis.

« Mais tu vas faire la cuisine, alors ? Ou tu veux que je vienne t'aider ? »

Marit avait l'air sceptique. Helen sentait bien qu'elle ne voyait pas d'un bon œil la délocalisation du dîner. Séduire Michael serait plus aisé dans son appartement que dans une maison avec deux petits enfants, à Esbo.

« Tu sais que le bœuf bourguignon se commence de préférence la veille ? J'allais partir faire les courses.

– Je vais me débrouiller. Ou alors je ferai autre chose.

– OK, OK. Mais dis-moi si tu as besoin d'aide. Je peux venir en avance demain avec un peu de salade et le dessert. »

Après avoir raccroché, elle alla chercher la recette sur internet. Il lui fallait des champignons, du lard, de la viande et du vin rouge. Christian entra dans la cuisine.

« Bon, alors, ils viennent ?

– Oui. Mais je suis désolée, il va falloir que tu ailles faire des courses. »

VINGT-TROIS

Edvard avait visiblement flairé que les hamsters s'étaient échappés dans l'appartement, car il aboyait à présent dans l'entrée. Max essaya de le pousser à lui montrer où ils étaient, mais il se contenta de rester sur place à trépigner.

Max n'avait pas le temps de s'occuper de ça pour le moment. Il fallait qu'il prépare son sac s'il voulait partir avec Laura le lendemain. Il décida que le problème des hamsters attendrait son retour de Kristinestad. Deux hamsters pouvaient bien survivre deux jours sans nourriture ?

Il laissa Edvard se coucher dans son bureau et l'y enferma pour qu'il ne se mette pas à aboyer en pleine nuit. Le lendemain matin, il boucla son sac, prit la laisse et se rendit à pied avec Edvard chez Laura.

Max était comme dans un rêve, habité du sentiment que cela ne lui arrivait pas vraiment, que tout filait comme un film qu'on aurait dévidé sous ses yeux. C'était donc ça : vivre dans le présent, remarquer le moindre détail alentour, sentir le moindre parfum, non pas comme un tout mais en analysant chaque fragrance. Il se sentait extrêmement *présent*.

Laura lui ouvrit avec le téléphone à l'oreille, en T-shirt et pantalon de pyjama, et le fit entrer en continuant à parler. Max se demanda si elle ouvrait sa porte à n'importe qui dans cette tenue, s'il n'était que l'un d'une longue série d'hommes à avoir franchi ce seuil. Cela ressemblait à une conversation professionnelle, car il l'entendit prononcer des mots comme « *deadline* » et « cinq mille signes », suivis d'un rire, puis quelque chose comme « non, non, j'y arriverai, j'ai besoin de travail en ce moment », puis un au revoir. Elle entra dans le séjour, où Max s'était déjà assis sur son lit.

« Salut Edvard ! Vous arrivez tôt.

– Oui, je me disais que ce serait plus malin de partir avant l'heure de pointe. Toujours d'accord pour conduire ?

– Absolument. »

Que Laura ait pu emprunter une voiture, une petite Toyota très commode, avait ouvert des possibilités nouvelles. Ils n'auraient pas à se traîner en taxi jusqu'à la maison de Sideby. D'habitude, c'était Katriina ou Helen qui conduisait quand ils montaient dans l'Österbotten, ou alors Max devait combiner le bus puis le taxi.

Le téléphone de Laura sonna de nouveau une demi-heure plus tard, alors qu'ils étaient dans la voiture. En l'entendant répondre, Max eut l'impression qu'elle parlait avec un copain – fou rire, un ton taquin à la limite du flirt. La conversation dura vingt minutes, pendant lesquelles Max s'efforça de ne pas trop écouter.

« *Sorry*, c'était mon père », dit-elle en raccrochant. Elle gardait les yeux sur la route, semblait être à l'aise et assez nonchalante au volant, un peu comme Katriina.

Max regarda devant lui.

« Il fait quoi, ton père, dans la vie ?

– Un peu de tout. Il a une société de conseil. Ses affaires marchent bien. »

Max se contenta de hocher la tête, embarrassé – en fait, il aurait voulu ne rien savoir du père de Laura. Était-il plus âgé ou plus jeune que lui ? Et lequel des deux était le pire ?

Max s'était levé tôt pour aller acheter à la boutique du coin de quoi manger pour le voyage. Puis il avait appelé sa sœur pour la prévenir qu'il allait rendre visite à leur mère. Elisabeth vivait à Närpes, à une demi-heure de voiture de Kristinestad, mais il fallait la prévenir, sans quoi c'était leur mère qui la mettrait au courant.

Chaque fois qu'il se rendait dans l'Österbotten, Max se demandait si c'était la dernière fois qu'il voyait sa mère. Elle n'était pas gravement malade mais âgée, et pouvait faire une embolie à tout moment – elle en avait déjà fait de légères. Ces dernières années, elle était clouée sur son fauteuil roulant, et Max était reconnaissant à sa sœur de vivre dans l'Österbotten (*Austèrebotten*, comme disait Elisabeth).

À la mort de leur père, Max avait vendu leur maison d'enfance, au grand dam de sa mère, surtout quand il avait fallu tout vider et l'installer dans un appartement de Kristinestad. Elle adorait les bibelots et était incapable de jeter quoi que ce soit. À la maison de retraite, sa chambre débordait aussi de papiers, de journaux et d'objets dont elle n'avait aucun besoin. Lors de la vente, Elisabeth avait, selon son habitude, choisi à l'avance ce qu'elle voulait garder – la porcelaine Arabia, des chandeliers Iittala, une étagère Asko – et Katriina avait souvent rappelé à Max que lui aussi avait droit à ces objets.

« Je ne comprends pas comment tu peux la laisser accaparer comme ça tout ce qui a de la valeur. »

Mais Max n'avait nullement l'intention de se disputer avec sa sœur pour quelques assiettes.

« Et ta mère, où habite-t-elle ? C'est un bel endroit ? demanda Laura.

– Oui, on peut le dire. C'est géré par une association. Les bâtiments sont classés monuments historiques. Le plus ancien date du dix-neuvième siècle. Très joli. Les associations locales font très bien les choses. »

Max s'était dit qu'une fois vieux, il n'aurait rien contre habiter dans un endroit de ce genre. Le recrutement des personnels de soin était moins problématique dans l'Österbotten qu'à Helsinki. Mais en même temps, il ne se faisait pas d'illusions : dans vingt ans, ces zones rurales seraient surpeuplées de retraités.

Le jour déclinait quand ils arrivèrent à Kristinestad. Ils franchirent la baie et entrèrent dans la ville qui s'étendait devant eux, sombre mais accueillante avec ses décorations de Noël encore allumées à beaucoup de fenêtres. Dans une autre vie, Max aurait pu imaginer vivre là, mais, en même temps, il s'attristait à chacune de ses visites de constater que rien ne changeait.

Après le pont, ils remontèrent jusqu'à la place. Max en connaissait le moindre pavé, le moindre coin de rue, il était conscient de la moindre fissure dans chaque façade. C'était sédimenté en lui, un socle de connaissances latentes, disponibles à tout moment. Son père était enterré à Lappfjärd, non loin de là. On racontait qu'au moment de la construction de l'église, on avait confondu les pouces et les mètres : résultat, on l'avait bâtie dix fois plus grande que prévu. On pouvait y loger trois mille visiteurs, c'était la deuxième plus grande église de campagne du pays et elle se dressait dans le paysage avec des airs de cathédrale.

« Je crois que le mieux est de se garer dans le centre, devant un café. Tu m'y attendras pendant que j'irai à la maison de retraite. Ça ne devrait pas prendre longtemps. »

Max y avait réfléchi en route, c'était comme ça qu'il fallait procéder. Sa sœur ne devait à aucun prix apprendre qu'il était venu à Kristinestad avec une inconnue. Le seul fait de traverser ainsi la ville en voiture comportait un risque – il y avait à chaque coin de rue des gens qui connaissaient Max : les ragots se répandaient comme une traînée de poudre dans les campagnes de l'Österbotten.

La maison de retraite n'était pas loin du centre, peut-être à un kilomètre, mais il n'était pas assez couvert, ne portait pas de bonnet, et il avait les pieds gelés. Janvier à Kristinestad : les lumières sourdes de centaines de fenêtres encore illuminées pour Noël, le vent vif qui s'enroule au coin des maisons, un réverbère solitaire qui révèle un nom de rue comme *Ruelle du Fouette-Chat*, la mer que l'on devine toute proche.

À la mort de son père, au début des années quatre-vingt, sa mère s'était retrouvée seule, mais, d'une certaine façon, cela avait été pour elle un nouveau départ. Elle s'était engagée dans la vie associative, et s'était investie de plus en plus activement dans sa tâche. Elle travaillait au bureau d'aide sociale de Kristinestad et, quand le service de protection de l'enfance avait du mal à placer certains enfants dans des familles d'accueil, il lui arrivait de les prendre chez elle. Cela n'aurait plus été possible dans la Finlande d'aujourd'hui, mais à l'époque, dans les années quatre-vingt, ça se faisait encore. Max savait qu'il avait hérité de sa mère sa fibre solidaire et sa conscience sociale. Dans les années quatre-vingt-dix, quand les premiers réfugiés yougoslaves étaient arrivés, elle avait caché une famille dans la maison de vacances de Sideby. Elle était alors déjà à la retraite. Un avis de recherche avait été diffusé dans les journaux et Ebba avait réussi – avec l'aide d'Elisabeth – à les cacher une semaine entière avant que la police ne les retrouve.

Il entra dans la maison de retraite, gratta la neige de ses chaussures et se dirigea cahin-caha sur le linoléum vers la chambre de sa mère. Ses chaussures mouillées chuintaient, le bruit du fils prodigue qui interrompt sa vie stressante dans le vaste monde pour venir voir sa vieille mère. Une horloge sur pied lâchait un tic-tac insistant et une femme de service essuyait une table.

« Bonjour », dit Max.

La femme leva les yeux. Elle était jeune, dans les trente-cinq ans, les cheveux savamment coupés et teints en mauve et blond, peut-être l'œuvre d'une élève d'un lycée professionnel des environs.

« Ça alors, Max ! Vous, ici ? »

Elle le reconnaissait, savait son nom – mais pourquoi ne connaissait-il pas le sien ?

« Oui, je passe souhaiter la bonne année.

– Vous arrivez un peu tard, elle vient d'aller se coucher. À cette heure-ci, elle a l'habitude de faire une petite sieste. Un peu de café ?

– Oui, merci. »

Il s'assit et regarda autour de lui. Un tétras empaillé trônait au mur, une vitrine avec des fanions du Lions Club dans un coin, le tout parfaitement propre et astiqué, sans un grain de poussière. Un peu plus loin dans le couloir, il entendait le bruit caractéristique de pantoufles qui traînaient par terre – un petit vieux sorti se dégourdir les jambes.

C'était donc ici que la vie finissait ? Dans un bâtiment qui sentait le linoléum, parmi des oiseaux empaillés, avec des napperons en dentelle et des femmes qui sortaient de chez le coiffeur et parlaient avec un fort accent de l'Österbotten ? Ça aurait pu être pire. Bien pire.

Il but son café et se dirigea vers la chambre de sa mère. Il poussa la porte sans bruit et entra. Une petite lampe luisait au coin de son lit, l'illuminant d'une sorte de gloire. Elle était couchée sous une couverture.

Ses cheveux étaient aussi blancs que l'oreiller. Voilà quelques années, elle les teignait encore, mais elle avait arrêté, ce qui lui donnait un air de conte de fées, comme si elle était déjà passée de l'autre côté. Il effleura d'une main la couverture et tenta de la réveiller.

« Maman ! » dit Max en lui secouant doucement le bras.

Elle ouvrit d'abord un œil, juste un œil, c'était bizarre, comme un tic, puis elle ouvrit les deux et tourna lentement la tête vers lui. En voyant que c'était Max, tout son visage se fendit d'un sourire.

Elle essaya de dire quelque chose, mais sa voix peinait à sortir : elle n'émit d'abord qu'un râle rauque et son sourire se voila tandis qu'elle déglutissait, mais elle finit par reprendre le contrôle de ses cordes vocales.

« Max, dit-elle. Tu es venu ?

– Oui. Bonne année, Maman ! »

Elle le regarda. Elle avait les yeux d'un animal.

Il l'aida à se redresser. Il la tint par le bord du pantalon pour la faire glisser dans le fauteuil roulant stationné près du lit. Il la fit rouler jusqu'au milieu de la pièce, là où étaient le canapé et la table basse. Elle était recouverte de journaux, il y avait un vase avec des fleurs – il regarda la carte, le bouquet venait de ses anciens voisins – et une boîte de pastilles.

Max ramassa sur la table un tube d'une sorte de crème pour les mains. *La Formule Africaine du Dr Oppolzer contient une argile aux vertus antibactériennes et antiseptiques recommandée pour les maladies de peau. Il a aussi été montré qu'une utilisation quotidienne de l'argile a des effets bénéfiques sur les maladies cardiovasculaires.*

« Qu'est-ce que c'est que ça ? C'est Elisabeth qui te l'a vendu ? » commença-t-il. Mais en voyant qu'elle n'entendait pas, il abandonna. Elisabeth vendait des remèdes naturels à des tordus qui croyaient qu'il suffisait que quelque chose soit « naturel » pour que ce soit bénéfique.

Les étagères et les buffets étaient couverts de photos : les filles de Max avec Amanda et Lukas, Elisabeth avec ses trois enfants et ses petits-enfants, une photo de mariage de Max et Katriina en 1979 – Max avait l'air si jeune, mince, avec un petit duvet de moustache.

Il ôta son manteau.

« Alors comme ça, Elisabeth est passée te voir ? »

Elle mit longtemps à répondre. Ces dix dernières années, la santé d'Ebba avait eu des hauts et des bas, mais c'était surtout son humeur qui les préoccupait. Elle prenait à présent des antidépresseurs, une dizaine de cachets, Cipralex et autres Mirtazapine. Max ne s'y connaissait pas spécialement en médicaments, mais elle avait été plus gaie ces deux dernières années, ça avait donc l'air de servir à quelque chose. Il avait l'impression qu'elle n'était pas la seule de la maison de retraite à prendre des médicaments contre la dépression. Lui aussi le ferait probablement, quand il serait vieux.

« Oui, elle est venue… attends, la semaine dernière ? C'était Noël la semaine dernière ?

– Il y a trois semaines. »

Elle hocha la tête.

Max sentit une pointe de mauvaise conscience. S'il avait eu une voiture, il aurait pu aller chercher sa mère pour qu'elle fête Noël avec les filles, Amanda et Lukas, mais voilà, c'était impossible.

« Amanda et Lukas étaient chez nous pour Noël. Qu'est-ce qu'ils ont grandi ! »

Elle ne dit rien pendant un moment, Max chercha ses mots, mais soudain elle demanda :

« Amanda joue toujours du piano ?

– Oui, je crois bien.

– C'est bien, il faut jouer de la musique, c'est bon pour la santé. »

Max acquiesça. Ils restèrent silencieux. Heureusement qu'elle avait pu venir vivre ici, se dit-il.

« J'avais pensé passer la nuit dans la maison, à la campagne. »

Il parlait plus fort que la normale, même s'il savait qu'elle avait une bonne audition.

« Comment va Katriina ?

– Bien. Elle est en voyage aux Philippines. Pour le travail.

– Ah bon ? Vous voyagez beaucoup. »

Max se tourna pour regarder par la fenêtre. Il prit ensuite le tube de crème pour les mains, l'ouvrit et renifla. Ça sentait bon, comme la mer. Sa mère avait toujours eu des cosmétiques à la maison – crèmes pour les mains et huiles solaires – et portait même une fourrure dans les années soixante, car son père tenait à soigner leur standing de bourgeois de province.

Max se souvint qu'il allait se cacher dans la fourrure de sa mère, quand elle était rangée dans la penderie. Elle descendait jusqu'à terre, et c'était presque tous les jours qu'il allait s'y enfermer, au chaud dans l'obscurité. Adulte, il avait été frappé du côté freudien de la scène, presque parodique. Dans son enfance, sa mère était tout pour lui, car il ne s'était jamais senti à l'aise avec la fixation de son père sur le sport et la force physique. Vidar voulait que Max fasse du ski et des courses d'orientation, mais Max préférait lire et, à la rigueur, taper dans un ballon de foot, puis, plus tard, sillonner l'Österbotten en mobylette, d'une fête à l'autre.

Si Laura ne l'avait pas attendu en ville, il serait resté plus longtemps. Mais au bout d'une demi-heure, quarante-cinq minutes peut-être, il ne put s'empêcher de lorgner la porte.

« Bon, je crois que je ne vais pas tarder à y aller. »

Il savait que le plus important pour Ebba était qu'il soit venu. Elle avait de quoi s'occuper ici, d'autres personnes à qui parler, des activités et des visites. Quelques années auparavant, il avait appris en discutant avec une des soignantes qu'Ebba et un autre pensionnaire, un certain Harald, qui approchait les quatre-vingt-dix ans, avaient entamé une sorte de liaison. Leur plan était de descendre à Helsinki – Harald avait une voiture – en visite. Harald avait lui aussi de la famille dans la capitale. Mais, après en avoir discuté avec le personnel de la maison de retraite et Elisabeth, tout le monde avait admis que c'était une mauvaise idée : de son fauteuil roulant, Ebba était incapable de monter seule dans une voiture. Le couple avait vivement protesté et, avec une obstination presque adolescente, avait menacé de faire le voyage malgré tout. Mais Max avait réussi à convaincre Ebba de venir plutôt en train avec Elisabeth.

Harald était mort quelques mois plus tard seulement, et Ebba n'avait plus parlé de voyage en voiture.

Elle hocha de nouveau la tête. Elle le regarda, et Max se demanda s'il devait la remettre dans son lit ou la laisser assise là.

« Tu veux sortir dans la salle à manger ? »

Elle le fixa un moment sans répondre. Puis elle dit :

« Je crois que je vais rester ici à lire le journal.

– D'accord Maman. Je vais y aller.

– Oui. Et occupe-toi bien de Katriina.

– Oui Maman, ne t'inquiète pas. »

Il se leva et prit son manteau, avant d'aller l'embrasser sur son fauteuil roulant. Comme toujours, elle sentait les médicaments et la nourriture de la maison. Ses joues étaient fraîches et ses cheveux souples comme ceux d'un petit enfant. Les parents de Max avaient été mariés cinquante ans : avaient-ils été heureux ?

Il ressortit dans le couloir. La femme avec qui il avait parlé un peu plus tôt était en train de mettre le couvert pour le dîner.

« Ah, vous partez ?

– Oui, il faut que je me mette en route si je veux être rentré à temps à la maison.

– Comment était-elle ?

– Elle avait l'air bien.

– Oui, c'est vraiment une femme remarquable. Vous avez une maman admirable.

– Merci. »

Dehors, un vent violent s'était levé. Max prit le chemin du centre-ville et téléphona à Elisabeth tout en marchant.

« Voilà, je suis passé la voir.

– Bon. Et tu fais quoi, maintenant ?

– Je vais dormir au Cagibi.
– Il ne fait pas un peu froid ?
– Oh, ça ira.
– Et comment feras-tu pour y aller ? »
Max réfléchit un moment. Mais oui. Elle n'était pas au courant que quelqu'un le conduisait.
« Je vais sans doute prendre un taxi.
– Je peux venir te chercher demain si tu veux. Pour te conduire au bus. Tu es bien venu en bus ?
– Non, pas la peine. J'avais pensé écrire un peu, je ne sais pas encore bien quand je rentrerai.
– Bon. Si tu as les moyens, alors… »
Max n'avait pas le courage d'entendre sa sœur lui rabâcher qu'il jetait l'argent par les fenêtres.
« Elisabeth, tu ne la trouves pas un peu… plus fatiguée que d'habitude ?
– Je ne sais pas, je la vois souvent, moi, alors je ne remarque pas de différence. Quand l'avais-tu vue, la dernière fois ? »
Max essaya de se souvenir.
« C'était en septembre, quand nous sommes passés vous voir. Mais je lui parle tout le temps au téléphone.
– Bon, d'accord, peut-être qu'elle est plus fatiguée. Mais c'est aussi qu'elle vieillit. Tu imagines Papa dans un endroit pareil ?
– Non. Je crois qu'il vaut mieux pour tout le monde qu'il n'ait pas eu à vivre ça.
– Je le crois aussi. »

Une demi-heure plus tard, il retrouva Laura. Il était déjà trois heures et demie et elle avait l'air un peu lasse.
« *Sorry*, ça a été long.

– Ça ne fait rien. Mais on y va, maintenant ?

– Absolument. »

Le jardin était couvert d'une épaisse couche de neige, ça sentait l'humidité, des feuilles mortes s'accumulaient sur les marches du perron. Max n'était pas revenu depuis le mois d'août, quand tout était encore plein de chaleur, de lumière et de chants d'oiseaux : il était à présent autour de quatre heures, la nuit était déjà tombée, mais cette obscurité était belle, lancinante, et les pins qui s'élevaient derrière la maison formaient un cadre plein de dignité.

Max espérait que Laura trouverait ça romantique. Il y avait sans doute de quoi faire du feu et, de fil en aiguille…

« Vous avez cette maison depuis longtemps ? » demanda Laura.

Ses joues étaient roses de froid. Avec sa cape noire, Max lui trouva un air de Blanche-Neige.

« Je l'ai héritée de mes parents il y a vingt ans. On l'appelle le Cagibi, parce que ma mère avait tendance à utiliser l'endroit comme débarras, quand elle était encore en forme.

– C'est joli.

– J'espère seulement qu'on va réussir à chauffer un peu. On n'est pas forcés de rester longtemps, si tu es fatiguée. Mais peut-être qu'un petit café nous ferait du bien avant de reprendre la route. »

Une fois à l'intérieur, Max s'occupa aussitôt d'allumer le poêle. Laura le regarda faire, assise sur une chaise, tout en pianotant sur son téléphone.

« La couverture est souvent mauvaise, par ici.

– Je vois ça, dit Laura. Je n'arrive pas à me connecter à internet. »

La maison était pleine des souvenirs de Max. Sur le rebord des fenêtres, des cailloux blancs et noirs ramassés par ses filles, sur les rayonnages, des livres dans lesquels il s'était jadis profondément plongé – dans une autre vie, lui semblait-il – et Eva avait sans doute été conçue dans la chambre. Il y avait dans des classeurs des coupures de journaux que sa mère avait rassemblées alors qu'il commençait sa carrière, et il ne pouvait s'empêcher de les feuilleter parfois, avec une sorte de joie perverse.

Ce n'était pas une grande maison de vacances. Elle avait deux chambres, un séjour avec un poêle et une petite cuisine. Dans la cour, une dépendance où ils avaient aménagé un sauna et une douche. Max avait construit une véranda dans laquelle ils dînaient l'été. Enfin, il ne l'avait pas construite lui-même – son gendre l'avait aidé un été où Helen et Christian étaient venus, peu après la naissance d'Amanda. Max s'était senti idiot, toujours dans le passage quand il essayait d'aider. Christian avait fini par faire le gros du travail tout seul, une répartition des tâches qui leur convenait mieux à tous les deux.

L'été, la maison était lumineuse et ouverte, le vent la traversait si on ouvrait les fenêtres, et le soleil inondait la table de la cuisine le matin au petit déjeuner. À présent elle était fermée comme un cocon : de la fenêtre on ne voyait rien du monde extérieur, c'était comme fixer un mur blanc. La maison aurait aussi bien pu flotter dans l'espace.

« C'est joli, ici. Vous venez tous les étés ? demanda Laura.

– Les filles n'y viennent plus trop, maintenant. Helen, parfois avec les enfants, quand ils ont le courage de faire la route. On verra bien ce qui se passera quand… euh… »

Il s'interrompit au milieu de sa phrase. Pas vraiment érotique de commencer à parler de sa vieillesse et de sa mort.

« Max ?

– Oui ?

– On va vraiment se mettre au travail, ou tu m'as emmenée ici pour me séduire ? »

Il y aurait eu bien des façons de répondre à cette question – après coup, il devait trouver plusieurs répliques appropriées –, mais Max n'eut pas le temps de réfléchir et ne trouva rien de mieux que de faire comme s'il n'avait pas entendu. Il se contenta de se relever pour aller à la cuisine réchauffer une soupe à la tomate, en se demandant s'il oserait jamais retourner dans le séjour. Il pensa aux exercices de yoga qu'il avait appris. Il pensa à Katriina. Il pensa à ses filles.

Tu m'as emmenée ici pour me séduire ?

Il se dit qu'en y ajoutant un peu de chili, de l'ail et des tomates écrasées, la soupe serait sûrement délicieuse.

Le problème, c'est que je n'ai rien pensé du tout.

Il pensa que s'il s'abstenait de répondre, elle ne poserait pas d'autres questions.

Il revint dans le séjour avec deux assiettes et s'assit. Il allait dire quelque chose, mais Laura le précéda.

« Il y a des draps, ici ? Je crois que je suis trop fatiguée pour conduire. On ne pourrait pas dormir ici et rentrer demain ? »

Max aurait menti en prétendant ne pas avoir caressé cette idée. Il espérait que Laura proposerait quelque chose de ce genre. Il avait même apporté un film qu'ils auraient pu regarder s'ils s'ennuyaient. *Brève Rencontre*, un film britannique des années quarante. Max l'avait regardé avec Katriina, un soir d'octobre qu'ils étaient à la maison sans projet particulier. Mais elle s'était endormie à peu près à la moitié, même si elle avait assuré qu'il lui avait plu. Max lui avait reproché d'être superficielle, et ils s'étaient disputés.

Cette fois-ci, ce fut différent.

Quand ils lancèrent le film sur l'ordinateur de Max, Laura fut bientôt tout absorbée, comme si elle avait complètement oublié Max – quel plaisir de regarder un film de cette façon, avec quelqu'un qui se laissait vraiment prendre par l'ambiance. En même temps, Max avait du mal à s'abandonner complètement à la fiction – quand Laura posa soudain ses pieds sur ses genoux (« Je te gêne ? »), il craignit comme un adolescent d'avoir une érection involontaire, chose absolument impensable seulement quelques semaines auparavant. Toute cette situation, se retrouver en privé dans un endroit isolé avec une femme inconnue, ne pas savoir, pour une fois, le tour que prendrait la soirée – et même toute sa vie – le rendait à la fois surexcité et très conscient de ce qui lui arrivait.

À tel point qu'il dut compter à rebours à partir de cent pour se concentrer sur autre chose.

Au générique de fin, Laura lança ses pieds en l'air avec une vivacité de gymnaste, tendit la main vers la bouteille de vin qu'ils avaient sortie et remplit leurs verres.

« Ah, c'était bien… Ça faisait longtemps que je n'avais pas vu de film en noir et blanc. J'ai particulièrement aimé la scène du début, à la gare, quand l'homme commence à parler de son travail de médecin et qu'elle lui dit qu'il ressemble à un petit garçon. J'ai pensé à toi.

– Oui, c'est Trevor Howard. Un des plus grands acteurs britanniques. N'est-ce pas, qu'il est bien ? » dit Max en rajustant son pantalon qui avait remonté et lui serrait l'entrejambe. Ils discutèrent un moment du film, ce qui permit à Max de briller grâce à tout ce qu'il savait sur le cinéma britannique des années quarante, et en particulier sur la genèse de ce film.

« J'ai aussi apporté quelque chose, si ça t'intéresse », dit Laura en ouvrant son sac. Elle sortit un petit sachet qui contenait ce que Max identifia assez vite comme de la marijuana.

« Ça fait une éternité que je n'ai pas fait ça, dit-il en la regardant rouler un joint.

– Mais tu l'as déjà fait ?

– Quand on a été jeune dans les années soixante-dix, quand même… Mais d'après ce que je sais, ce n'est peut-être plus la même chose aujourd'hui ? Enfin, je ne vais sans doute pas me mettre à aimer la techno et à m'habiller en latex… Je n'ai pas le temps.

– Ah, tu veux dire l'ecstasy et ce genre de trucs. Ça, ce n'est pas fort du tout. Au pire, ça te fera un peu pouffer. »

Max était sceptique. D'un autre côté, il s'était beaucoup surpris lui-même ces derniers temps. Qu'est-ce qui l'empêchait d'essayer quelque chose de nouveau ? Il avait besoin d'une distraction qui lui permette de cesser de penser à sa mère et de retrouver ce bienheureux état de rêve. Il voulait libérer dans son cerveau des forces capables de lui faire oublier tous ses soucis.

« OK. Comment on fait ? »

Laura lui montra, et une odeur douceâtre se répandit rapidement dans toute la maison.

« Si mes filles me voyaient…

– Tu crois qu'elles seraient étonnées ?

– Je n'imagine même pas qu'elles aient elles-mêmes essayé. »

Laura éclata de rire.

« Tu crois que si ? demanda Max. Mais non, ne dis rien, moins j'en sais, mieux ça vaut. »

Après avoir partagé le joint, ils restèrent un moment sans rien dire. Max attendait de ressentir quelque chose. Il avait essayé de fumer du cannabis lors d'une fête à Berkeley dans les années quatre-vingt, sans savoir à l'époque comment faire. Cette fois, Laura lui avait montré comment garder la fumée dans les poumons.

Il n'avait jamais eu autant envie d'embrasser quelqu'un, mais il restait comme pétrifié. Un frisson le traversa quand elle se renversa en arrière pour s'étirer.

« Maman avait l'air si fragile, aujourd'hui, si vulnérable », dit-il.

Laura le regarda et lui prit la main.

« Quel âge a-t-elle ? demanda Laura.

– Quatre-vingt-cinq », dit Max.

Laura se laissa aller au fond du canapé. Sans bouger, Max la regarda. Il imagina qu'ils gagnaient la chambre, où elle se déshabillait. Ils rabattaient sur eux la couette froide et rêche, bientôt réchauffée par leurs corps enlacés. Ses seins étaient merveilleux, les seins les plus doux qu'il ait vus de sa vie – et il était euphorique à la seule idée de pouvoir les toucher, qu'elle le lui permette.

« Tu sens quelque chose ? » demanda Laura.

Il fallut plusieurs secondes à Max pour se souvenir d'où il se trouvait. Elle était toujours assise à côté de lui, tout habillée, un sourire en coin.

« Oui, peut-être un peu », dit-il, pris soudain d'une sensation étrange, comme s'il était là et en même temps non, comme si tout ça était un rêve. Comme si l'espace était en train de lui échapper. Comme dans un rêve dont il était impossible de se réveiller.

Max se leva et tituba jusqu'à la salle de bains, en se disant qu'un peu d'eau sur le visage lui ferait du bien. La trousse de toilette de Laura était posée sur le lavabo – une brosse à dents, un produit à lentilles, un tube qu'il reconnut : « *La Formule Africaine du Dr Oppolzer contient une argile aux vertus antibactériennes…* »

Il ouvrit le robinet du gros bidon d'eau qu'ils avaient apporté. Il s'aspergea un peu le visage. C'était froid, rafraîchissant, il se sentait mieux. Il se vit dans le miroir : une créature grimaçante.

Max sentait qu'il fallait qu'il aille prendre l'air. Il enfila donc ses chaussures et son manteau et sortit dans la cour. Edvard, qui avait passé la soirée couché devant le poêle, le suivit. Un vent violent les emporta presque et fit claquer le manteau de Max. Il neigeait. Et bien plus – une tempête, une forte tempête soufflait sur la cour, rabattait vers le sol les buissons nus des groseilles à maquereau, transformait tout le paysage. Max était surtout frappé par le bruit, le fracas de la tempête, dont il lui semblait percevoir la moindre nuance : le grondement sourd de basse, le sifflement médium et le hurlement aigu qui couvrait tout et lui lavait le cerveau, rendant impossible toute pensée. Il se campa au milieu de la cour et resta là un long moment – c'était si agréable de ne faire qu'un avec la nature, de se laisser emporter par le vent. Il s'éloigna encore, alla s'adosser au mur du sauna et écouta. Edvard courait en faisant des cercles autour de lui, Max essayait de suivre la chute des flocons, mais ils étaient trop nombreux, il était impossible de les distinguer les uns des autres. Il descendit vers la plage, contempla la glace et se dit que c'était peut-être la plus belle chose qu'il ait jamais vue.

Quand il revint, une demi-heure plus tard, Laura s'était déjà endormie sur le canapé. Il se sentait euphorique, heureux. Rien ne s'était passé durant la soirée, rien dont il ait à avoir honte, mais il avait le sentiment qu'il aurait réussi à écrire son livre maintenant, si seulement il n'était pas si tard, si seulement il était dans son bureau et pas au Cagibi. Il resta longtemps à fixer les braises du poêle, hypnotisé, puis alla se coucher dans la chambre glacée. Il était mort de faim, mais n'avait pas le courage de se lever, aussi remonta-t-il la couette et essaya-t-il de dormir.

« Tu es réveillée depuis longtemps ? » demanda Max en entrant dans la cuisine, au matin.

Laura était déjà là, il n'osait pas la regarder dans les yeux.

« Deux heures, peut-être. Il fallait que j'envoie un article que j'avais promis d'écrire. Pardon de m'être endormie hier soir. Tu es sorti avec Edvard ? Je ne sais pas ce qui s'est passé. D'un coup j'étais si lasse que je me suis endormie. »

Max se sentait idiot – visiblement, il n'avait pas su profiter de la situation. Il s'efforça d'en tirer des conclusions positives : peut-être était-il tout simplement quelqu'un de bien. Peut-être n'était-il pas du genre infidèle.

Il prépara le petit déjeuner, ils burent un café, il rangea. Laura consulta son téléphone, répondit à des sms et continua à travailler.

Dehors, ils trouvèrent la voiture couverte de neige et durent creuser pour la dégager.

Ils écoutèrent la radio en se dirigeant vers l'autoroute E8. On annonçait une tempête persistante, on conseillait d'éviter les grands axes. Max trouvait la situation ironique – rien ne s'était passé pendant ce voyage, rien qui le force à mentir ou à avoir mauvaise conscience, mais voilà qu'ils allaient rester bloqués par la neige, et il serait obligé de s'expliquer en cas de problème.

« Je me demande si nous ne ferions pas mieux de rester, dit Laura. Je ne suis pas sûre d'avoir envie de conduire par ce temps.

– Oui, ça se présente mal. Mais on devrait quand même essayer de rentrer. »

Au moment où ils allaient s'engager sur l'E8, le téléphone de Max sonna. C'était Elisabeth. Il ne répondit pas. Mais quand il remit l'appareil dans sa poche, il sonna de nouveau.

« Pourquoi tu ne réponds pas ? demanda Laura.

– C'est ma sœur.

– Mais s'il s'était passé quelque chose de grave ? »

VINGT-QUATRE

Le samedi soir venu, les quatre convives se retrouvèrent à l'heure du dîner. Helen fut complimentée pour sa cuisine. Elle avait allumé des bougies et mis la table pour les enfants dans le séjour. Michael était venu en taxi avec Marit.

« C'est très, très bon, dit Michael.

– Oui, vraiment. Qu'est-ce que tu as mis, comme épices ? » demanda Marit. Elle avait une robe rouge, Helen voyait qu'elle s'était mise sur son trente-et-un, avec rouge à lèvres et parfum capiteux, une tenue de soirée presque exagérée pour un dîner de ce genre. Mais Michael riait avec elle et lui jetait des regards de bon augure. Quand il disait quelque chose de drôle, Marit lui posait la main sur le bras, comme s'ils étaient un vieux couple.

« Il y a du vin, du bouillon de légumes, du thym, un peu de laurier, rien de spécial, en fait.

– Impressionnant », dit Michael entre deux bouchées.

Pourquoi n'invitaient-ils pas plus souvent des gens chez eux ? À y repenser, c'était fou, non ? Mais Helen le savait bien : Christian et elle étaient souvent trop fatigués pendant la semaine pour y songer. Et ils n'avaient pas de voisins proches, ce qui a priori ne facilitait pas la vie sociale.

Tout le monde reprit du bourguignon. Helen resservit du riz au jasmin. Christian engloutissait sa part tout en exposant avec enthousiasme un projet dont elle n'avait jamais entendu parler. Au bout de vingt minutes, elle lui fit un signe des yeux pour l'inviter à conclure.

« Chéri, tu crois que tout le monde a envie d'entendre tous les détails de ce truc ? »

Elle songeait à Michael qui écoutait poliment – trouvait-il vraiment ça intéressant ? N'avait-il pas envie de rejoindre Marit sur le canapé ?

Mais ça n'avait pas l'air de le déranger, au contraire, il écoutait Christian avec attention. C'était curieux de voir dans des rôles nouveaux des gens qu'on connaissait, de voir comment les autres les percevaient. Ils ne pouvaient pas savoir que tout ce que Christian racontait, on s'en lassait au bout de quelques années. Helen regardait son mari et finit par ne plus voir que sa bouche, qui lâchait des phrases décousues et dénuées de sens.

« … et tu sais comme c'est dur d'obtenir un permis de construire pour un bâtiment ancien, je veux dire, rien que pour installer une rampe d'accès pour handicapés, il faut se battre avec une foutue montagne de paperasse… »

Et il continua son monologue, passant bientôt à l'extension d'Helsinki vers Busholmen, au manque de logements bon marché, à la ségrégation dans les villes, au quartier de Berghäll, le tout dans le même élan enthousiaste, et bientôt Christian alla mettre de la musique, et quand arriva une chanson de Neil Young, il s'avéra que Michael aussi était un grand fan – là, Helen se leva pour ramasser les assiettes et vider les restes à la poubelle.

« Attends… il faut que je te montre quelque chose », dit Christian.

Helen le vit s'élancer dans l'escalier, manquer de s'étaler sur une marche, se rétablir de justesse avant de bondir de plus belle. L'attention de Michael se reporta sur Marit.

Helen devinait que Marit espérait ramener Michael chez elle ce soir. Depuis le plan de travail, elle les observait tous les deux. Marit avait sûrement prévu de rentrer avec lui en taxi, et que cette robe serait troussée avant qu'ils n'aient franchi le seuil de sa porte. Elle avait peut-être imaginé aussi le moment qu'ils passeraient au lit, les regards dans la salle des profs lundi, les ragots des collègues et, à la longue, des élèves. Michael n'était pas Brad Pitt mais en même temps, au collège, il ne fallait pas être difficile.

Helen se détourna et regarda par la fenêtre. Dehors, il faisait nuit noire. Que fabriquait Christian ? Elle l'entendait fouiller là-haut, dans le débarras. Elle l'imaginait en train de sortir tout ce qu'elle avait rangé sur des étagères bien étiquetées, de tout faire tomber, elle trouverait sûrement demain les décorations de Noël renversées par terre.

Il redescendit les bras chargés de vinyles.

« Bon, j'ai bien aussi un tourne-disque quelque part là-haut, mais je n'ai jamais eu le temps de le brancher depuis qu'on a emménagé ici, il y a tant à faire avec la maison, les enfants… mais je voulais juste te montrer ça. »

Helen réalisa que Christian n'avait pas saisi la situation. Que Marit était venue avec Michael, que ce dîner n'était qu'un prétexte pour leur permettre de se voir en dehors de l'école. Au lieu de quoi toute son attention allait à Michael. Pire que les gamines à l'école, pensa Helen, il semblait totalement absorbé par cet inconnu qui débarquait chez eux et avait la patience d'écouter ses histoires et de regarder ses vieux vinyles.

Helen ne l'avait pas vu comme ça depuis longtemps. D'habitude, c'était un garçon réservé, ordonné, celui qui arrêtait de boire le premier, un peu ennuyeux mais correct, qui allait coucher les enfants et concluait la soirée en douceur. Et voilà qu'il resservait du vin à Marit et Michael dès que leurs verres étaient vides, et Helen songea : et si c'était à cause de moi ? Si c'était moi qui le rendais ennuyeux ?

Après le dîner, Marit et Helen se retrouvèrent seules sur le canapé du séjour, tandis que Christian et Michael étaient sortis sur le perron fumer une cigarette – un paquet que Christian avait sorti comme par magie d'un placard de la cuisine. Helen ignorait qu'ils en avaient à la maison.

Ils rentrèrent à l'intérieur, plongés dans une conversation à voix basse sur la pop anglaise des années quatre-vingt – Helen entendit les noms de Billy Bragg et Lloyd Cole. Christian finit par sortir son ordinateur portable, qu'il alluma sur la table de la salle à manger : ils se mirent alors à se lancer des noms comme « Bill Drummond ! » avant de se précipiter pour chercher un clip sur Youtube.

Dans le séjour, Helen et Marit peinaient à nourrir leur conversation. Frustrée, Marit n'arrêtait pas de regarder vers la cuisine, ne tenait pas en place. Elle prit son sac à main et retoucha de nouveau son rouge à lèvres.

Christian demanda à Michael s'il voulait du calvados et, bien sûr, ça lui disait.

« Et nous, on peut avoir quelque chose ? » demanda Helen – Christian sembla d'abord ne pas comprendre sa question, puis il hocha la tête et posa la bouteille sur la table basse :

« Vous n'avez qu'à boire dans le même verre. »

À dix heures et demie, Marit rentra en taxi. Christian insista, un sourire ridicule aux lèvres, pour que Michael reste encore un peu. Helen ne voulut rien dire, c'était peine perdue : elle se retira et alla coucher les enfants pendant que Michael et Christian restaient à la cuisine.

À minuit, Michael n'était toujours pas parti. Helen avait dû leur demander de baisser le volume de l'ordinateur pour que les enfants puissent dormir. Ils avaient vidé la moitié de la bouteille de calvados quand elle revint à la cuisine, fatiguée – elle avait failli s'endormir dans le lit de Lukas –, et elle constata qu'ils avaient continué en ouvrant quelques bières.

« Je rangerai tout demain, c'est promis. Mais il faut vraiment que je déterre ce tourne-disque. On se disait qu'on allait faire une soirée vinyles un de ces jours, dit Christian.

– Bonne idée », dit-elle. Elle était trop fatiguée pour parler.

« Tu n'as pas l'air convaincue.

– Bien sûr que si. Vraiment. »

Il la regarda, l'air à la fois blessé et vide, avec un sourire ridicule. Michael semblait plus frais et se leva.

« Bon, je crois que je devrais penser à y aller.

– Tu n'es pas forcé, dit Christian.

– Oui, mais il se fait tard. Vous avez un numéro de taxi ?

– Pas de problème, je peux en appeler un par sms, dit Christian. Où est mon téléphone ? »

Helen alla se brosser les dents et enlever ses lentilles tandis que Christian et Michael appelaient le taxi.

Pendant qu'ils attendaient dehors, elle se déshabilla, enfila sa chemise de nuit et se coucha. Elle posa un verre d'eau sur sa table de nuit et sortit son téléphone. Elle entendit une voiture s'arrêter devant chez eux, quelqu'un monter puis, quelques minutes plus tard, Christian qui rentrait. Que faisait-il à la cuisine ? Helen avait déjà tout rangé après le dîner, mais il avait l'air d'ouvrir le frigo pour se chercher à manger. Elle l'entendit ouvrir une canette de bière. Elle décida de ne pas l'attendre et se plongea dans son audio-livre.

Au bout d'un long moment, elle vit la porte s'ouvrir, laissant entrer la lumière du séjour. Elle sentit Christian s'asseoir sur le lit près d'elle, l'odeur de cigarette et d'alcool. Il ôta ses chaussettes et se laissa presque tomber sur elle. Il chercha sa poitrine à tâtons, ses mains étaient froides, elle resta ainsi un moment, ses écouteurs sur les oreilles.

Elle les enleva, éteignit son téléphone sans rien dire, le bras de Christian toujours posé sur sa poitrine. Il était mou et immobile, comme abandonné là.

« Je crois que je n'ai pas le courage ce soir. »

Il soupira, retira ses mains et se retourna sans un mot.

« *Sorry*, mais je suis trop fatiguée. Tu as pris ton temps. Tu ne pourrais pas y penser plus tôt, la prochaine fois ?

– OK, dit-il, seulement.

– Au fait, c'était sympa que le courant passe si bien entre Michael et toi.

– Oui.

– Mais tu n'avais pas compris que Marit avait des vues sur lui ? La pauvre, vous ne lui avez laissé aucune chance, tous les deux. »

Il ne répondit rien.

« Je veux dire, bien sûr, c'était sympa que le courant passe. C'est cool de rencontrer des gens nouveaux. »

Il se leva, alla aux toilettes, une lampe s'alluma, s'éteignit, et il revint au lit.

Helen resta un moment éveillée en songeant à quelque chose qu'elle avait lu dans une nouvelle d'Alice Munro, une phrase qui disait que les trentenaires ont parfois du mal à admettre que ce qu'ils vivent est leur vie. C'était exactement ça, et elle comprit qu'on pouvait le formuler encore plus banalement : la vie, c'était maintenant. Il n'y aurait rien après.

« On a décidé de sortir ensemble un de ces soirs, dit soudain Christian.

– Quoi ?

– Oui, Michael et moi. Ça fait longtemps que je ne suis pas sorti. »

VINGT-CINQ

Eva se rendit un jour à Saint-Paul et trouva Russ en train d'installer la sono pour un meeting politique qui devait se tenir plus tard dans la soirée. Il avait neigé toute la semaine et de grandes congères s'étaient formées devant la tente. Un homme arborant un masque à l'effigie de Guy Fawkes dégageait la petite place centrale. Eva était venue à pied depuis Piccadilly Circus en suivant Fleet Street, où elle avait plusieurs fois dû sauter de côté pour ne pas être éclaboussée par les *double-deckers* rouges qui roulaient à vive allure dans la neige fondue.

« Ah, te revoilà », dit Russ.

Il était dans la tente blanche appelée « l'Université ».

Eva resta un moment à regarder autour d'elle, amusée que le mouvement altermondialiste dispose d'un tel équipement. Un drapeau aux couleurs arc-en-ciel avec le mot PEACE pendait au mur. Un keffieh était noué autour d'un pied de micro. Sur un tableau noir peint à la main, on pouvait lire : « LES BANQUIERS, LES POLITICIENS, L'ÉLITE GLOBALISÉE ET LES MÉDIAS

MENTENT, RIENT, VOLENT, TE LAVENT LE CERVEAU ET TE DÉTRUISENT, TOI ET TA FAMILLE. »

Il avait gelé les dernières nuits.

« Tu n'as pas froid, quand tu dors ? » demanda-t-elle.

Russ portait un bonnet et avait remplacé sa veste de velours par un duffel-coat. Il avait l'air de bonne humeur.

« Ce n'est pas si terrible. Le pire, c'est la neige. Cette nuit, j'ai dû déneiger pour que la tente ne s'écroule pas sous le poids. Et quand il y a du vent, il faut bien trouver un moyen de la maintenir en place. On ne peut pas planter des piquets dans le béton. Je me suis procuré des sacs de sable. »

Elle se demandait combien de temps il tiendrait. Il semblait décidé, affairé, content de ce qu'il faisait. Russ attrapa un tas de câbles qu'il entreprit d'ordonner.

Un jeune type entra dans la tente et demanda à Russ s'il « s'amenait ».

« Vous y allez maintenant ?

– Oui, on décolle dans cinq minutes. »

Le gars avait des mitaines et une longue écharpe lâche autour du cou. Il était chaudement habillé, couche sur couche, avait presque l'air d'un professionnel.

Russ sembla hésiter. Il regarda Eva.

« Non, je me débrouille. Je peux y aller plus tard.

– OK », dit le type.

Après son départ, Eva demanda qui c'était.

« Les canalisations d'eau que nous utilisons ont gelé. Alors maintenant nous devons aller en chercher dans les boutiques des environs. Mais il m'en reste assez. »

Eva n'arrivait pas à s'imaginer dormir ici. Elle ne savait pas pourquoi. Mais elle ne comprenait pas comment ces tentes – ces gens avec leurs banderoles et leurs keffiehs – pourraient aboutir à quelque chose de concret, quelque chose qui puisse vraiment changer le monde. Elle se demandait si le problème venait de son point de vue ou du leur.

Soudain, elle vit un visage connu dans l'ouverture de la tente.

C'était Malik.

Eva ne l'avait pas revu une seule fois depuis Noël. Il n'avait communiqué avec les étudiants que par l'intermédiaire de Laurie, et par ailleurs ils avaient eu plusieurs « semaines d'inspiration », ce qui signifiait qu'ils devaient travailler en autonomie jusqu'à la reprise des séminaires critiques. Certains étudiants avaient perdu patience et trouvaient qu'ils n'en avaient pas pour leur argent et qu'ils devraient réclamer un nouveau professeur.

Dans trois semaines, ce serait à Eva de présenter ses derniers travaux. Rien n'était prêt, au contraire, elle avait tout recommencé à plusieurs reprises, recyclé des vieilles idées, repeint des choses sur lesquelles elle avait déjà travaillé depuis des semaines.

Et voilà que Malik était devant elle, une sorte de petit bonnet en laine sur la tête. C'était sans doute un camouflage pour se fondre parmi les manifestants.

« Si c'est pour convaincre Russ de revenir, tu perds ton temps. J'ai déjà essayé, rien à faire. Je crois que c'est sa vocation », dit-il en allant poser la main sur l'épaule de Russ.

Il y avait quelque chose de changé dans leur langage corporel – tout nouveau par rapport à la façon dont Malik traitait Russ en cours pendant l'automne. Eva était tellement surprise de voir Malik qu'elle n'arrivait pas à rassembler ses idées et ne trouvait pas ses mots. Elle ne s'était jamais sentie exclue par un lien de connivence masculine, ne s'était jamais sentie menacée. Le jargon des mecs se dissolvait d'ordinaire avec une facilité déconcertante. Mais là, c'était comme arriver à une fête et découvrir qu'on n'était pas invitée.

« Non, je ne reviendrai pas en cours », dit Russ en enroulant des câbles autour de son coude.

Quand il eut fini, il les suspendit au dossier d'une chaise et sortit un paquet de tabac à rouler, un filtre et du papier, et entreprit de rouler une cigarette. Son regard était entièrement concentré sur l'opération.

En observant Malik de plus près, Eva remarqua qu'il avait complètement changé son style vestimentaire. Il portait des rangers et un treillis vert. Il avait aussi cessé de se raser. Elle se demanda si Malik essayait de séduire Russ. Malgré elle, elle ne pouvait s'empêcher d'imaginer les gros bras de Malik sur le corps frêle de Russ.

Elle se tourna vers lui.

« Toi aussi, tu t'es installé ici ? »

Elle avait du mal à imaginer Malik vivre ici : un homme qui se douchait quatre fois par jour, changeait deux fois de vêtements, était accro aux grands miroirs, commençait toutes ses journées par un double expresso, prétendait qu'il « haïssait la nature » et trouvait que « le bruit d'un embouteillage était plus beau qu'un putain d'orchestre symphonique » irait-il vivre sous une tente ?

« Quelque chose est en train de se passer ici, Eva. Je ne sais pas encore quoi, mais c'est grand, et putain, c'est génial de vivre ça. »

Il avait l'air survolté, drogué.

« Il y a tellement d'adrénaline dans l'air, ici, c'est presque palpable. »

Il agita le poing comme pour montrer comment la toucher.

« Tu dors ici ? » demanda Eva.

Il haussa les épaules.

« J'ai toujours des copies à corriger, toutes ces conneries. Mais je viens ici tous les jours. C'est électrique, putain, tous ces types. Anarchistes, communistes, hackers, éco-fanatiques. Tu devrais rester. Ce sera peut-être fini demain, mais là, pour le moment, putain, c'est magique », dit Malik, avant de ressortir de la tente aussi soudainement qu'il y était entré. Russ haussa les sourcils.

« Je crois qu'il est shooté », dit-il.

Eva se sentit un peu soulagée.

« Tu as mangé ? demanda-t-elle.

– Quelle heure est-il ?

– Presque trois heures. »

Russ sembla évaluer s'il avait faim ou non, comme s'il se forçait à se souvenir de son propre corps et de ses besoins. Il jeta sa cigarette et l'écrasa. Puis en alluma une autre.

« Je pourrais imaginer manger quelque chose. »

Quand ils sortirent de la tente, Eva leva les yeux vers la cathédrale. Le temps était de nouveau nuageux, les tours disparaissaient dans le ciel. Elle commençait à avoir froid.

Russ remarqua qu'elle regardait l'église.

« Tu y es déjà entrée ? »

Elle secoua la tête.

« Si tu n'es pas pressée, on peut y aller. Il faut que je passe aux toilettes. Je préfère aller là-bas. »

Sur la porte tambour en acajou, Eva nota une citation biblique en grosses lettres blanches : *This is none other than the house of God, and this is the gate of heaven.*

Il faisait plus chaud dans l'église, et il y régnait un calme immédiat, comme s'ils étaient tout à fait ailleurs qu'au centre de Londres en janvier, comme s'ils avaient remonté le temps. Quelques touristes faisaient la queue pour prendre leur billet d'entrée.

Russ salua de la tête la caissière. Elle les laissa passer.

« Je file aux toilettes, tu peux entrer faire un tour en attendant. »

C'était vaste et d'une beauté infinie. Eva s'avança et s'assit sur un banc. Elle examina les détails de la coupole, l'espace brun foncé auréolé d'or. Elle regarda toutes les fresques du plafond et les motifs complexes des vitraux. Elle ne s'aperçut pas que Russ l'avait rejointe.

« Assez impressionnant, non ? »

Il réchauffait ses mains sous ses bras.

« Depuis combien de temps Malik est-il là ? demanda-t-elle.

– Deux semaines. Il est en train de me rendre fou. Mais il a de l'argent, et s'il y a bien une chose dont nous avons besoin, c'est d'un soutien économique. Tout ça coûte cher, surtout maintenant que nous arrivent des gens affamés qui n'ont nulle part où aller. C'est devenu une espèce d'auberge.

– Nous ne l'avons pas vu depuis deux semaines.

– Je crois que tout ce qui intéresse Malik, c'est d'être au centre des événements. Pour lui, à mon avis, c'est une façon d'amasser une sorte de capital culturel ou de bon karma. Je ne sais pas. Mais les gens l'apprécient. Il est ami avec tout le monde. Enfin, pour être honnête, je ne pense pas que ça dure encore très longtemps, ici. C'est devenu plus dur depuis le Nouvel An. Davantage de troubles. L'autre nuit, quelqu'un a lacéré des tentes.

– Tu crois que vous allez abandonner ?

– Ce n'est pas que ça, c'est surtout que ce modèle d'organisation anti-hiérarchique ne fonctionne pas. On essaye d'avoir une forme de démocratie horizontale, que personne ne joue le rôle de chef, que personne ne décide, mais ça ne marche pas. Les gens se manipulent quand même. Et puis il faut bien que quelqu'un représente le mouvement, parle aux médias, nous fasse aller de l'avant. On ne peut pas tirer dans tous les sens sans jamais prendre aucune décision. Je veux dire, c'est un peu comme une famille. Tout le monde ne peut pas décider. Il ne peut pas toujours y avoir de consensus. Ça ne fonctionne pas. Il faut que quelqu'un prenne les décisions.

– Alors tu penses revenir en cours ?

– Non, absolument pas. S'il y a bien une chose que j'ai comprise ici, c'est que j'ai besoin de travailler. En fait, je crois que chacun veut avoir l'impression de servir à quelque chose par son travail. C'est le travail en soi qui compte. Faire quelque chose, avoir une raison de se lever le matin. Tout ce mouvement est une sorte de lieu de travail pour des gens qui ne supportent pas les boulots ordinaires. C'est pour ça que c'est drôle d'entendre les critiques qui nous reprochent d'être paresseux et de ne pas vouloir travailler. En fait, on travaille très dur. Le problème, c'est que beaucoup ne voient pas ça comme un travail. Mais soulever des problèmes, les mettre à l'ordre du jour, n'est-ce pas utile à la société ? Ici, les gens tentent juste de montrer qu'il y a une autre façon de vivre que celle fondée sur la croissance infinie et le capitalisme dérégulé. »

Ils restèrent un moment silencieux. Être assise dans une cathédrale lui rappelait l'Österbotten. Elle se dit que si un jour elle se mariait, elle voudrait malgré tout le faire à l'église. C'était ridicule de penser à ça maintenant, mais elle n'y pouvait rien.

« Tu parlais de manger ? » relança Russ.

Eva invita Russ à déjeuner dans un café des environs, après quoi ils retournèrent ensemble vers Saint-Paul. Au cours de l'après-midi eut lieu une réunion baptisée « Assemblée générale », où l'on exprimait son avis par divers mouvements des mains, pour éviter de se couper la parole : faire des moulinets vers l'avant signifiait qu'on souhaitait que la discussion avance, agiter une main signifiait qu'on était d'accord. Les participants étaient de tous les âges. Les plus jeunes qu'aperçut Eva devaient avoir dix-sept ans, deux filles avec des besaces en toile, cheveux ras, qui se tenaient par la main ou se roulaient des cigarettes.

Un des sujets à l'ordre du jour était les vols d'objets précieux. Quelqu'un s'était fait prendre sa stéréo portable. Une femme répéta que chacun était responsable de ses affaires. On discuta ensuite de l'alimentation électrique. Quelqu'un proposa de se débarrasser du groupe électrogène, car il était plus écologique de ne compter que sur les panneaux solaires. Le sujet donna lieu à une vive discussion, mais on finit par conclure qu'il était plus important que les gens puissent utiliser leurs ordinateurs pour twitter et bloguer en direct sur l'occupation. On décida que c'était un « moindre mal » de payer l'électricité directement avec la caisse commune plutôt que d'être obligés d'aller dans les boutiques capitalistes des environs pour pouvoir utiliser les ordinateurs.

Un prêtre et un professeur devaient prendre la parole dans la foulée, mais Eva était fatiguée et gelée. Elle était avec Russ devant sa tente, et essaya de ne pas trembler en lui parlant.

« Russ, si tu as le temps, j'aimerais bien qu'on se revoie. Peut-être ailleurs. J'ai pensé à toi depuis ta visite en Finlande.

– Moi aussi, j'ai pensé à toi. Mais je n'ai pas appelé, puisque tu n'avais pas l'air intéressée. Je n'ai pas l'énergie pour me battre. Si ça ne donne rien, tant pis, je survivrai.

– Je sais, je sais, pardon. »

Il se gratta la moustache.

« Je voulais te demander un truc.

– Quoi ? fit Eva.

– Je peux venir prendre une douche chez toi ? Si ta coloc n'a rien contre, bien sûr ? »

VINGT-SIX

Les lumières s'éteignirent dans l'avion. Ils avaient mangé, bu du vin, eu leur café. Le gros voisin de Katriina se mit aussitôt à ronfler très fort tandis qu'elle essayait de trouver une position confortable sur son siège.

Elle avait réglé les modalités pratiques. Elle avait rencontré un organisme local disposant d'une grande expérience de l'envoi à l'étranger de jeunes filles pour des formations d'infirmières, et avait pu avoir une vue d'ensemble sur la logistique nécessaire si l'HNS voulait se mettre à « importer » infirmières et aides-soignantes à une plus grande échelle.

Katriina ouvrit l'*Helsingin Sanomat*. Lire le journal après un long voyage était une façon d'atterrir dans le quotidien, une façon de revenir chez soi. Rien de mieux lors d'un vol que de laisser le texte se déverser, de lire tous les articles. Quand elle eut fini tout l'*Helsingin Sanomat*, elle passa à l'*Iltalehti*.

Une page du journal du soir était ouverte chaque vendredi à un éditorialiste invité – et voilà que Katriina y découvrit une photo de Laura Lampela.

Quelque chose dans son visage trahissait une assurance effrayante, cette façon de se tenir la main sur la hanche était l'expression et la posture de quelqu'un qui savait que sa vision du monde était dominante, qui savait qu'elle représentait une génération qui allait bientôt prendre le relais, et qu'elle en était la voix éclairée.

L'article était titré « Brève rencontre », elle y racontait qu'elle venait de voir le film du même nom. Dès les premiers mots, Katriina eut une impression de déjà vu : Laura décrivait la subtile innocence du film, cette héroïne amoureuse qui ne pouvait pas quitter son mari et ses enfants puisque l'histoire se déroulait dans l'Angleterre des années trente – « longtemps avant la révolution sexuelle ». Laura Lampela écrivait combien la morale avait changé – « Aujourd'hui, les sentiments refoulés des personnages principaux nous feraient rire » – et comment le film était malgré tout devenu un classique, grâce à l'interprétation toute en finesse de Celia Johnson, « son regard désespéré et sa voix narrative toujours maîtrisée ». L'idée de l'article était que Laura établissait une comparaison avec le temps présent. Aujourd'hui, nous pouvions « ressentir un chatouillement de plaisir » devant ce type de récit innocent et prude, parce que notre carte morale des relations amoureuses n'avait plus rien à voir. « À une époque où la moitié des mariages se finissent en divorce, une histoire d'infidélité est aussi originale qu'un pack de lait. Mais le rêve du grand amour a la vie dure. »

Pendant environ deux minutes, Katriina resta figée dans la pénombre de l'avion avec le sentiment d'avoir été trompée, non seulement comme épouse mais aussi comme lectrice. Elle avait envie de se lever, de demander aux autres passagers comment on pouvait avoir un tel culot – mais tout le monde était tranquillement assis, comme si de rien n'était, comme si le monde continuait comme avant, comme si le texte de Laura n'avait pas constitué une intrusion directe dans sa vie privée. En regardant sa voisine de gauche, de l'autre côté de l'allée – une femme de son âge –, Katriina reçut même un sourire, comme si cette femme était mêlée à ça, comme si tout le monde en fait y était mêlé, comme si le monde entier était au courant, sauf elle.

Quelle heure était-il ? Elle regarda sa montre : encore quatre heures avant d'atterrir. Elle relut l'article, s'arrêta sur certains mots – les mêmes phrases qu'avait utilisées Max la fois où ils avaient regardé ce film, et il y avait aussi quelque chose dans tout le raisonnement qui était typique de Max. Il croyait peut-être qu'elle ne l'avait pas écouté, mais en réalité si, elle avait entendu tout ce qu'il disait sur le regard désespéré, le rêve du grand amour. Elle avait entendu Max faire l'éloge du scénariste Noël Coward, sa théorie selon laquelle ce film était une sorte d'archétype des sentiments refoulés de la classe moyenne britannique. Cela ne pouvait pas être un hasard, il y avait trop de choses tellement familières.

Katriina ferma les yeux.

Elle sentit l'avion faire une petite embardée, sous l'effet d'une légère turbulence. Elle demanda une petite bouteille de vin rouge. Quand elle l'eut bue, elle en commanda une autre.

Il y avait des instants que Katriina se rappellerait toute sa vie. De brefs instants, des moments isolés – comme lorsque les filles avaient atterri sur son ventre, la toute première fois, à peine nées et totalement vulnérables, ou quand elle avait vu Max obtenir son doctorat, ou quand, à quatorze ans, elle avait remporté une médaille d'argent au championnat régional de plongeon au stade olympique.

Ces quatre heures dans l'avion de Manille lui faisaient le même effet, mais au lieu d'un instant, cela lui sembla durer une éternité, comme si elle était dans des limbes, un monde où tout était encore possible. Comme si elle était le chat dans le paradoxe de Schrödinger : à la fois vivante et morte. Tant qu'elle était encore dans l'avion, les deux possibilités coexistaient : Max avait été infidèle et ne l'avait pas été, car avant qu'elle ne rentre et le mette au pied du mur, elle ne pouvait pas le savoir. Et tant qu'elle était dans l'avion sans pouvoir lui téléphoner ou demander à quelqu'un d'autre, sa vie et son avenir restaient totalement ouverts.

Il était environ quatre heures de l'après-midi quand elle ouvrit la porte de l'appartement. C'était lundi, Edvard se précipita et lui sauta aux jambes. Elle appela Max. Elle perçut dans sa propre voix le trouble et l'alcool.

« Par-là », dit-il depuis la chambre.

Elle vit d'abord Max debout près du lit, son téléphone à la main. La télévision était allumée, une série policière se déroulait à l'écran, comme si la vie continuait comme d'habitude. Katriina se dit qu'il parlait avec elle, naturellement – comme ça, il était d'emblée démasqué.

En même temps, elle avait l'étrange impression que rien n'avait changé : c'était là sa vieille chambre, là son vieux lit, là leur télé, là était accrochée l'aquarelle offerte pour ses cinquante ans, là le livre qu'elle avait laissé sur sa table de nuit avant de partir. Là, son mari depuis trente ans qui avait l'air de venir de manger une tartine, car il avait une tache de moutarde sur son vieux T-shirt usé.

Max prit alors congé de la personne qu'il avait au bout du fil et posa le téléphone sur la table.

« Salut, dit-il.

– Salut, répondit Katriina.

– Maman a eu une attaque. »

Katriina s'était fait plusieurs scénarios dans le taxi, en rentrant de l'aéroport. Elle s'était vue – comme lors d'une terrible dispute quand ils étaient jeunes mariés – lui jeter dessus tout le contenu du frigo avec des cris aigus, avant de l'envoyer contre le mur d'un coup dans le ventre. Elle s'était vue vider tous ses vêtements des placards, les mettre dans un sac-poubelle et les jeter dans l'escalier. Mais elle n'avait pas imaginé cette scène. Que sa belle-mère ait une attaque et qu'il y ait soudain d'autres questions à discuter. Katriina sentit le choc, la tristesse, l'impuissance devant la mort, mais elle s'efforça de refouler ces pensées.

« Je ne fais que passer. Je dois y retourner demain », dit-il en la serrant contre lui.

La tête appuyée contre sa poitrine, elle vit s'évanouir toute cette dispute qu'elle avait imaginée. Elle sentit les mains de Max monter vers ses cheveux, il cherchait la consolation auprès d'elle, se blottissait dans son cou. Mais dans une bouffée de colère, elle le repoussa. Ça ne se passerait pas comme ça, pas question de lui laisser l'avantage.

« Max, as-tu une liaison avec Laura Lampela ? »

La série télé continuait comme si de rien n'était. Quelques secondes durant, on n'entendit dans la chambre que ses dialogues, les vannes bien huilées, la façon évidente qu'avaient les personnages stéréotypés de communiquer par courtes répliques – et Katriina savait qu'il fallait qu'il réponde vite quelque chose, puisqu'on ne pouvait plus rien retirer maintenant qu'elle l'avait dit.

« Je ne sais pas de quoi tu parles », dit-il en allant prendre son téléphone sur la table pour le mettre dans sa poche. Il entreprit alors de choisir des chemises dans la penderie.

Katriina sentit la colère monter, étonnée de la vitesse avec laquelle elle déferlait. D'abord presque inaperçue, une petite impatience au bas du ventre, elle avait grandi et poussé le long de sa poitrine et de sa gorge pour se fixer comme une brûlure palpitante à sa tempe. Elle se mit à suer, c'était énervant, mais avec l'âge on n'y pouvait rien.

« Mais comment peux-tu alors expliquer l'article de Laura dans l'*Iltalehti* d'aujourd'hui ? »

Max se retourna, l'air soudain intéressé, il souriait presque.

« Laura m'a emprunté le film. Je lui en ai un peu parlé. Je suis allé en bus dans l'Österbotten. Maman a eu une attaque pendant que je revenais. Il n'est pas dit qu'elle s'en tire. Elisabeth est avec elle, mais je dois y retourner demain. Elle va vraisemblablement être transportée à Vaasa. »

Katriina se mit à pleurer. Ça débordait, elle n'y pouvait rien, incapable de se maîtriser. À part ses sanglots, la pièce était silencieuse. Elle ne croyait pas Max, mais en même temps si – il pouvait difficilement avoir inventé l'attaque de sa mère.

« Je suis fatigué, je vais aller me coucher. Je me lève tôt demain, dit-il.

– Est-ce que tu l'aimes ? »

Il soupira.

« Je ne sais pas de quoi tu parles.

– Si tu l'aimes, je veux le savoir », dit Katriina.

Max ne répondit pas.

« Que veux-tu que je te dise ? Il ne s'est rien passé. J'ai un peu vu Laura. Elle m'a dit que mon manuscrit était bien. Mais il ne s'est rien passé. Qu'est-ce que tu veux ?

– Ne me demande pas à moi. Toi, qu'est-ce que tu veux ? Tu veux t'installer avec elle ? »

Une partie d'elle avait envie d'éclater de rire, ce qu'elle faillit faire – mais elle comprit ce que cela aurait de déplacé, eu égard à Ebba.

Max lui caressa la joue, la serra contre lui, comme il le faisait toujours quand elle avait de la peine. Elle plongea son visage plus profond contre sa poitrine, le laissa lui tenir la tête, lui embrasser les cheveux. Elle porta sa main vers sa barbe et la toucha.

Max réagit instinctivement en la serrant plus fort, en lui caressant les cheveux, descendant vers sa taille, passant ses mains sur ses fesses. Elle était fatiguée, épuisée, mais, assez paradoxalement – constata-t-elle –, pas trop fatiguée pour être excitée. Peut-être était-ce la seule chose logique dans cette situation, le seul sentiment qui reste entier, compréhensible. Elle répondit à ses caresses en renversant la tête en arrière pour le regarder. Elle ferma les yeux, se serra à nouveau contre lui, l'embrassa, lui prit la main et le conduisit vers le lit.

Ses mains couraient sur tout son corps, il changea de position et l'embrassa dans le cou, puis sur les seins, et elle sentit ses mains glisser à tâtons sous sa robe épaisse. Elle se hissa sur le lit, il la suivit, puis redescendit en commençant à la déshabiller.

Les secondes passèrent, ou les minutes, tandis qu'ils étaient enlacés.

Elle sentit sa langue, doucement. Elle poussa un faible gémissement et il continua. Tout s'écoulait, était emporté, sa peur, sa colère. Elle se sentait en sécurité dans cette situation, c'était là sa vie. En même temps tout semblait nouveau, comme si quelque chose avait changé dans le comportement de Max. Peut-être était-ce la tension, le fait de ne pas vraiment savoir, de coucher en quelque sorte avec un inconnu.

Il faisait sombre dans la chambre, rien que le corps de Max sur elle, le goût salé et familier de sa peau. Quand il entra en elle, elle n'avait pas ressenti ça depuis longtemps.

« Ah, Max… Qu'est-ce que… »

En pleine extase, elle tourna la tête et ouvrit les yeux.

Sa réaction fut si violente – et son cri si aigu – qu'elle envoya son genou dans la tête de Max avant qu'il ait le temps de sortir de sous la couette. Il en émergea, désemparé et pris de panique.

« Qu'est-ce qu'il y a ? Pardon, j'ai essayé quelque chose de nouveau et… »

Face à Katriina, sur la table de nuit, un des hamsters de leurs petits-enfants la regardait droit dans les yeux. Par terre, à côté, la culotte de Katriina rampait, elle devait avoir atterri sur l'autre hamster quand elle l'avait ôtée, et voilà qu'il tentait en vain de s'en libérer.

VINGT-SEPT

Tout se passa si vite qu'il n'aurait pas été possible de l'éviter. En y repensant par la suite, Max réalisa qu'on n'aurait pas pu sauver Éclair.

Max sauta du lit et atterrit sur le pied droit. En posant le gauche, il sentit dessous quelque chose de mou, quelque chose qui bougeait juste à côté de la culotte de Katriina. Il entendit par terre le cri singulier et terrible – mais aussi très bref. En soulevant le pied, il constata la plate et triste réalité.

Katriina, toujours couchée, regardait, interdite, Biscotte qui la fixait depuis la table de nuit.

« Ils ont disparu pendant une semaine et demie ? » demanda-t-elle alors.

Max se pencha pour inspecter les dégâts.

Ce n'était pas beau à voir. Éclair gisait sur le dos, bouche ouverte, ses petites pattes sans vie pendant sur les côtés.

Katriina se leva et alla chercher un peignoir dans la salle de bains. Max rassembla ses vêtements et se rhabilla. Il ramassa le hamster écrasé et le posa sur le bord du lit. Pas le temps de s'y attarder pour l'instant, pas le temps de régler un tel problème.

Edvard était accouru dans la chambre et flairait Éclair.

« Il faut attraper l'autre avant qu'il disparaisse », dit Max.

Katriina sortit de la salle de bains et s'approcha de la table de nuit. Biscotte flairait la lampe de chevet et tournait en rond sur la table. Katriina se pencha et attrapa le hamster à deux mains. Elle alla ensuite dans la chambre d'Eva le remettre dans sa cage.

Max partit boire un verre d'eau à la cuisine. Edvard le suivit.

« Est-ce que tu l'aimes ? » avait demandé Katriina.

Max n'avait jamais été du genre à prendre position. Il n'avait jamais eu envie de choisir son camp pour choisir son camp. On pouvait trouver ça lâche – une façon d'assurer ses arrières – mais il en avait aussi vu beaucoup, dans sa génération, s'enfermer trop tôt dans des vérités qui les marquaient pour le reste de leur vie.

Il y avait bien sûr, dans la vie personnelle de tout un chacun, des moments où il fallait s'en remettre à une sorte de boussole intérieure. Était-on formé par les événements eux-mêmes, ou agissait-on en fonction de ce qu'on était dès l'origine ?

Il songea au voyage du retour de Kristinestad. Elisabeth avait téléphoné alors qu'ils venaient de s'engager sur l'E8. Laura et Max avaient dû faire demi-tour et se rendre aux urgences de l'hôpital. Là, pas grand-chose à faire. Elisabeth pleurait dans la salle d'attente, et ne posa pas de questions en voyant Max arriver en compagnie de Laura. C'était l'heure du déjeuner, Max et Laura avaient faim, la tempête faisait toujours rage et personne ne savait combien de temps il faudrait rester à Kristinestad.

« Tu peux rentrer si tu veux. Je prendrai le bus, dit-il à Laura.

– Ce n'est pas grave, je peux rester. »

Au fond, Max ne voulait pas d'elle, mais il ne pouvait pas non plus l'obliger à partir. Il entra avec sa sœur dans la chambre de sa mère pour parler avec les médecins.

« Hémorragie cérébrale, constata l'interne de garde. Elle est âgée et a déjà fait une embolie. L'attaque a été assez violente. Même si elle s'en sort cette fois, il y en aura d'autres. Cela peut aussi bien se passer, mais je ne me risquerais pas à trop d'optimisme. »

Leur mère avait l'air paisible. Son visage était juste légèrement déformé, il y avait quelque chose du côté de sa bouche, quelque chose qui rendait ses traits familiers étrangement inquiétants. Elisabeth pleurait, Max la serra contre lui. Ils s'assirent, firent les cent pas en attendant que le médecin revienne avec les résultats des analyses sanguines.

Max rejoignit Laura.

« Tu sais, tu peux rentrer, si tu veux. Je vais sûrement rester ici un moment.

– Je n'ai pas d'impératif.

– Mais tu as sûrement mieux à faire ?

– En fait, non. »

Ils allèrent déjeuner dans un café sur la place. Ils regagnèrent ensuite la voiture de Laura, qui avait finalement décidé de rentrer. Quelque chose se passa.

Max se pencha et l'embrassa. Puis tout alla très vite. Elle se laissa faire, enleva ses vêtements, son pantalon, sa culotte et le laissa entrer en elle. Ce fut le sexe mécanique, le sexe pour repousser l'horreur – le sexe parce que le monde alentour, avec toutes ses conventions, venait d'être aboli. Il ne restait qu'une grande ivresse blanche. Ce fut le sexe à l'étroit, malcommode, le sexe en pleine tempête de neige, avec Radio Vega dans l'autoradio. Quand ils eurent fini, Laura remonta son pantalon et Max dit : « Merci. » Puis elle s'en alla et Max retourna à l'hôpital.

En s'asseyant au chevet de sa mère, il se dit qu'il existait peut-être une clause qui stipulait qu'on avait le droit d'être infidèle dans certaines circonstances particulières, par exemple en état de choc, quand le jugement se trouvait altéré. Ebba respirait doucement sur son lit et, en la regardant, il se sentait envahi d'ombre, pris d'un sentiment de perte. D'une certaine façon, il trouvait incompréhensible d'être arrivé à cet instant qu'il s'était pourtant souvent représenté, mais toujours de manière abstraite, lointaine. Ebba avait beau avoir habité toutes ces années à plusieurs heures de route, elle avait pourtant toujours été là, comme une certitude à l'arrière de sa tête, une présence constante dans sa vie. Et il lui faudrait désormais porter seul leurs souvenirs communs, les souvenirs de sa mère, de son père et de son enfance, et un jour ils disparaîtraient tout à fait. Que resterait-il alors de la vie qu'il avait vécue ?

Il s'était endormi dans le bus du retour. À présent, il n'était plus aussi sûr qu'il se soit passé quoi que ce soit avec Laura. Ce souvenir ne collait absolument pas avec tout le reste.

« *Est-ce que tu l'aimes* ? »

Quand Katriina était entrée dans la cuisine, Max avait évité son regard. C'était comme jongler avec plusieurs balles. Il avait mauvaise conscience, et en même temps non. Il n'arrivait pas vraiment à regretter ce qu'il avait fait. Comme si la situation l'avait exigé.

Planté dans la cuisine, Max fit ce qui lui semblait le plus simple. Il prit ses affaires de tennis et les fourra dans un sac. Il faisait toujours mauvais dehors, autour de moins vingt. Le vent mordait ses joues, tout son corps, il se mit péniblement en route. Il lui aurait fallu des skis.

Il entra dans le club de tennis et inspira l'odeur familière de linoléum, de sueur et de boissons énergisantes. C'était lundi soir, il alla au vestiaire et salua Jorma, qui travaillait – à ce qu'il avait compris – dans un petit théâtre de Berghäll. Il avait souvent entendu Jorma lui parler des metteurs en scène pénibles auxquels il avait eu affaire, des acteurs ayant sombré dans l'alcoolisme, des turpitudes du théâtre finlandais. Max n'y connaissait pas grand-chose, il allait rarement au théâtre, et toujours sur demande de Katriina. Mais il aimait écouter les gens qui faisaient autre chose que lui, cela lui ouvrait des perspectives.

Près d'un des casiers se tenait Juha, dont Max savait qu'il avait eu un cancer voilà quelques années mais qu'il en avait guéri, avant d'épouser une jeune Biélorusse. Tous les membres du club de tennis avaient pour habitude de colporter les ragots sur les absents. De cette façon, l'information circulait en boucle sans qu'il soit possible de savoir si l'on n'était pas soi-même l'objet de ragots.

Juha ne parlait jamais beaucoup mais était sacrément fort en tennis, avec la particularité rare d'avoir un revers presque aussi parfait que son coup droit. Il courait en outre plus vite que sa silhouette ne le laissait supposer, et avait un service puissant. Max devinait combien il pouvait séduire une jeune femme : ses capacités physiques ne se limitaient sans doute pas au court de tennis.

Un jeu physique et agressif n'était pas toujours le signe d'une personnalité agressive. Au contraire, il semblait que beaucoup de joueurs réservaient leur agressivité pour le match de tennis. Mais celui qui cherchait la compétition sur le terrain faisait souvent de même dans sa vie privée. On pouvait aller loin en jouant sans scrupule, mais, d'après l'expérience de Max, les meilleurs étaient ceux qui avaient le tennis dans le sang : ils jouaient comme d'autres dansent, semblaient aussi maîtriser intuitivement chaque aspect du jeu. Ces gens-là réussissaient souvent bien ce qu'ils entreprenaient, c'était une forme d'harmonie. Max l'avait observé chez certains de ses adversaires plus jeunes : une sorte de supériorité naturelle qui parvenait en plus à passer pour généreuse.

La qualité du jeu de Max était l'endurance : refuser d'abandonner alors que les crampes lui donnaient envie de se coucher par terre de douleur et d'épuisement. Ne jamais rater une balle, mais refuser de se risquer à des feintes inutiles. C'était ce qui lui avait fait remporter des milliers de matchs. Se maintenir en piste, à tout prix, jusqu'à épuisement de l'adversaire.

« Est-ce que tu l'aimes ? »

VINGT-HUIT

Russ passa la nuit chez Eva. Elle le raccompagna le lendemain jusqu'à sa tente.

« On ne chôme pas ici, on dirait », constata Eva en voyant les manifestants à peine levés vaquer à leurs tâches quotidiennes. La tente de Russ s'était couverte de neige pendant la nuit : il se mit à la secouer pour l'en débarrasser. Il lui faisait de la peine, mais elle se dit qu'il n'avait que faire de sa pitié.

« Je vais me débrouiller », dit-il, comme s'il avait lu ses pensées.

Il retendit les fiches en remontant d'un coup de pied les sacs de sable entassés tout autour de la tente. Un homme vint demander à Eva si elle avait quelques pièces. Elle fouilla ses poches et lui donna sa monnaie.

Ils prirent le petit déjeuner en commun sous la tente de l'université. Une dizaine de personnes discutaient du bras de fer avec la municipalité et le propriétaire du terrain. La ville voulait toujours déloger les manifestants, arguant que le campement faisait obstacle à la circulation. On prétendait aussi que les tentes augmentaient le taux de criminalité de la zone et faisaient du tort au commerce.

« L'ironie, c'est que nous nous occupons des gens que la ville n'est pas capable d'aider. C'est pour ça qu'il est important de ne jamais abandonner cet endroit. Pas besoin de grand monde. Il faut des tentes. Les tentes constituent notre symbole le plus important, elles signalent que la zone est occupée. Que c'est une colonie », dit une femme qui portait un bonnet de laine à rabats et un blouson coupe-vent. Elle avait la quarantaine, une tasse de thé à la main. Eva se dit qu'elle avait l'air d'être une habituée de ce genre de réunion, une sorte d'altermondialiste professionnelle.

« Mais quelles sont nos priorités ? » demanda un garçon qu'Eva reconnut d'une de ses précédentes visites. C'était lui qui avait surgi sous la tente pendant qu'elle discutait avec Russ.

« Je sais que nous en avons plusieurs fois discuté, mais nous devrions d'une façon ou d'une autre établir des règles communes. Nourrir les sans-abri doit-il passer avant les affaires courantes ? Devons-nous vraiment consacrer toute notre énergie à faire marcher une soupe populaire ? Nous ne sommes pas là pour ça. Ça n'a pas commencé comme ça. La question est de savoir s'il n'y aurait pas des moyens plus efficaces de faire passer notre message. »

Les gens le regardèrent. La femme à la tasse de thé haussa les épaules.

« Pas de manifeste. »

Les gens semblaient d'accord. Ils agitèrent leurs mains d'une façon dont Eva avait appris qu'elle signifiait l'approbation.

Quand elle rentra chez elle à Shoreditch quelques heures plus tard, sans Russ, elle trouva Malik devant sa porte. Penché sur l'interphone, il sonnait en continu, la tête collée au mur.

« *Hey babe*, balbutia-t-il.

– Lâche ça. Si je ne réponds pas, c'est que je ne suis pas là. Qu'est-ce que tu veux ?

– Je voulais dire bonjour. On a le droit de passer dire bonjour à sa copine ? »

Il était drogué, ou ivre, ou alors juste nerveux. Il se grattait le cou et semblait avoir du mal à tenir debout, même appuyé de tout son corps contre la porte.

« Qu'est-ce que tu veux ? répéta Eva. La dernière fois qu'on s'est vus chez moi, tu m'as traitée de salope.

– J'ai besoin d'un endroit où dormir.

– C'est pour ça que tu traînais avec Russ ? Parce que tu es sans abri ? Pourquoi tu ne rentres pas chez toi ? »

Malik la regarda comme s'il ne comprenait pas, ou comme si elle lui avait posé une question complètement idiote ou incongrue. Il semblait bizarre que Malik – qui n'était pas dans le besoin – ne puisse pas prendre une chambre d'hôtel s'il ne pouvait vraiment pas rentrer chez lui. Mais d'un autre côté, et elle l'avait remarqué pendant leur relation, il avait un besoin maladif de compagnie. Il pouvait parler d'histoire de l'art, de « fucking Saatchi », de sa vie trépidante mais, en fin de compte, il n'avait pas l'air d'avoir d'amis en dehors de l'école. Était-ce la raison des stratégies de pouvoir qu'il déployait en cours ? Parce qu'il ne savait tout simplement pas comment se comporter normalement avec les gens ?

Elle le fit entrer en traînant des pieds. Elle savait que Natalya n'était pas là, sans quoi elle ne lui aurait pas ouvert.

Malik alla droit au frigo se servir une bière. Il l'ouvrit et en but la moitié d'une seule lampée. Puis s'affala sur une chaise et fixa la table de la cuisine.

« Eva, il faut que je te dise quelque chose. Putain, écoute bien. Il y a peut-être cinq – non, trois – artistes de ma génération qui comptent vraiment, qui ont le truc, ce qu'il faut. Je suis l'un d'entre eux. J'aurais pu être au MoMA et remplir tout le putain de deuxième étage. J'aurais pu habiter dans une de ces putains de maisons de Lower Manhattan comme Julian Schnabel et sa clique, si je ne m'étais pas fait baiser par l'establishment. Une erreur. Une erreur ! On fait une putain de petite erreur et c'est fini. »

Eva était restée dans l'entrée. Elle avait à peine eu le temps d'ôter son manteau. Elle s'apprêtait à lui demander de quelle erreur il s'agissait, mais il ne lui en laissa pas le temps.

« Et tu sais ce que c'est ? Tu sais de quoi il s'agit ?

– Non », dit Eva. Elle pendit son manteau, doucement, tout en essayant de trouver un moyen de mettre Malik à la porte.

« Il s'agit d'adaptation. Du pur darwinisme. Tu dois t'adapter ! Souviens-t'en ! cria-t-il, les yeux fixés sur la table. Et autre chose. Ces putains de salles de vente… ces millionnaires fatigués des actions, ces fonds de pension de merde qui veulent posséder des putains de pièces uniques qui gardent leur valeur. Tu sais ce que c'est qu'une salle de vente aux enchères, Eva ?

– Non.

– Un bureau de pompes funèbres. L'art se meurt. Pourquoi penses-tu qu'aucun artiste ne puisse les sentir ? »

Il se leva, entra dans sa chambre et se laissa tomber sur son lit. Eva aurait voulu le jeter dehors. Elle ne l'avait jamais vu aussi pathétique, ni triste à ce point.

Il se pencha sur ses livres d'art et saisit le gros, sur les préraphaélites, qu'il commença à feuilleter. Il se mouilla le doigt, continua à tourner les pages, mais laissa tomber le livre, ce qui le fit – pour une raison x – pouffer de façon incontrôlée.

« Toutes les femmes sont des putes, tu sais ça ? »

Eva n'avait jamais vraiment eu peur de Malik jusqu'à présent. Mais elle se retrouvait seule avec lui et savait que personne ne viendrait rapidement si elle téléphonait. Elle n'aurait pas dû le faire entrer. Elle le laissa seul dans la chambre et referma la porte. Au bout d'un moment, alors qu'assise à la cuisine elle songeait à téléphoner à sa mère, elle l'entendit là-bas qui sanglotait. Il pleurait ? Le grand Malik Martin pleurait ?

Elle tendit l'oreille. Oui, cela ressemblait bien à des pleurs. Plusieurs minutes passèrent, il se mit à geindre. Il hoqueta, murmura quelque chose, sembla se taire. Elle resta figée sur sa chaise, sans savoir quoi faire.

Après quelques minutes de silence, elle s'approcha de la chambre pour écouter à la porte. Pas un bruit. Quand elle ouvrit la porte pour jeter un œil, elle le trouva immobile sur le lit. Il était grand, son dos était énorme, ses rares cheveux ébouriffés entouraient sa calvitie.

Une mauvaise odeur flottait dans l'air. S'était-il oublié ? Elle s'avança et vit alors la flaque sombre répandue sur le drap bleu. En s'approchant, elle découvrit que ça puait.

« Malik ? »

Pas de réponse. Il restait couché là, sur le ventre, comme un animal abattu, un corps sans propriétaire, juste un paquet malodorant jeté sur son lit.

Elle alla dans la cuisine téléphoner à Russ.

Comme il ne répondait pas, elle commença à vraiment s'affoler. Quel était son plan B – qui appeler ? Qui pourrait l'aider à se sortir de là ? Comment l'expliquer à Natalya ?

Elle réessaya d'appeler Russ. Il finit par répondre.

« Salut, c'est moi, dit Eva. J'ai un problème. Un assez gros problème, en fait. »

« Putain…

– J'ai ouvert la fenêtre. Tu crois qu'il est mort ? »

Russ et Eva se tenaient dans l'embrasure de la porte.

« Non, regarde, il respire.

– Qu'est-ce qu'on va faire ? »

Russ s'approcha de Malik et le toucha. Il bougea un peu, sembla murmurer quelque chose.

« En tout cas, il est vivant. Mais tout juste. Oh, putain…

– Tu crois qu'il a fait une overdose ?

– Qui sait ? Ou peut-être juste trop bu. Mon père se chiait dessus, des fois, quand il rentrait bourré. Parfois, en se levant pour prendre le petit déjeuner, on le trouvait dans l'entrée. Ma mère nettoyait.

– On ne peut quand même pas le mettre dans un taxi dans cet état ? »

Ils retournèrent à la cuisine pour réfléchir. L'odeur âcre d'excréments s'était répandue dans tout l'appartement, Eva avait peur que ça se sente jusque dans la cage d'escalier. Elle savait que la priorité numéro un était de faire se lever Malik.

« Il faut que tu ailles lui demander de se lever », dit-elle, plus en colère qu'effrayée.

« Tu crois que je vais y arriver ? Si ce n'était pas ton appartement, je le laisserais là où il est. Il doit peser au moins quatre-vingts kilos. »

Eva était à peu près certaine qu'il en pesait davantage.

« Mais justement, c'est mon appartement et il ne peut pas rester là. Natalya rentre ce soir. »

Ils retournèrent dans la chambre et secouèrent Malik. Cette fois, il réagit un peu, tourna la tête, retomba sur l'oreiller, gratta son pantalon poisseux.

« Maintenant, tu te lèves ! » dit Russ dans une tentative d'autorité, en tirant sur Malik. « Et merde, dit-il ensuite, j'avais autre chose à faire aujourd'hui. »

À côté de Malik, Russ avait l'air d'un gamin, un frêle hipster essayant de ranimer un rhinocéros. Malik commença par repousser Russ d'un geste, puis leva pourtant les yeux.

« Il faut aller sous la douche, Malik. »

Russ le tira, et Malik parut enfin collaborer, il s'appuya sur un bras pour se redresser mais, vu l'expression de son visage, il était complètement ailleurs, le regard fixé au mur. Eva les regarda et vit soudain Malik comme un enfant, un pauvre petit garçon seul et perdu qui se réveille en pleine nuit en ayant fait pipi au lit. Il se leva lourdement, appuyé sur Russ.

« Il faut que tu appelles sa femme. Tu as son numéro ?

– Elle est sûrement à la galerie. On peut peut-être la joindre là-bas ? dit Eva.

– Bien, tu t'en occupes ? »

Eva acquiesça. Elle savait qu'elle devait le faire.

En entrant dans la cuisine, elle vit que son téléphone vibrait. C'était sa mère.

« Salut, répondit Eva. Là, je suis un peu occupée. Je peux te rappeler ?

– Oui, enfin… c'est ta grand-mère. Elle a eu une attaque. Ce serait bien que tu puisses revenir à la maison. »

VINGT-NEUF

Katriina fit le ménage. C'était, lui semblait-il, le mieux à faire dans cette situation. Elle fit donc le ménage, inspecta le frigo, jeta tout ce qui n'était pas frais, récura les toilettes et se mit même à quatre pattes pour nettoyer le sol autour de la poubelle de la cuisine.

S'il y avait un enterrement, il aurait lieu dans le Lappfjärd. Ce qui voulait dire que Katriina devrait tout organiser. Elle était douée pour ça. Elle saurait réserver le bon traiteur. Elle veillerait à ce que la cérémonie ait un peu de classe, même si c'était à Kristinestad, même s'il n'y avait pas grand monde. Il y aurait Elisabeth avec ses garçons, Max et elle, les filles, Amanda et Lukas, le frère d'Ebba, quelques cousins de Kristinestad, peut-être quelques anciens collègues d'Ebba du bureau d'aide sociale, éventuellement des vétérans encore en vie, qui viendraient à cause de Vidar.

Elle aimait voir Max désemparé. Elle aimait quand il ne savait pas comment faire, quand il se taisait, quand elle avait en quelque sorte le dessus. Ils n'avaient pas parlé de Laura Lampela ces dernières heures, mais Katriina s'était amusée à compter qu'elle avait vingt-six ans à la naissance de Laura, ce qui voulait dire que Max en avait alors plus de trente, ce qui signifiait que Laura en avait dix quand Max avait quarante ans, juste à l'époque où ils vivaient aux USA. Katriina se livra à ces exercices de calcul mental tandis qu'accroupie dans la cuisine elle astiquait le bas des portes des placards. Quand elle eut fini, elle gagna la chambre en gardant ses gants en caoutchouc, et trouva Max au lit. Il avait fini de faire ses bagages.

« Tu as parlé à ta sœur ?

– Oui, rien de nouveau. Maman dort. »

Katriina se passa le gant humide sur le front, surprise par l'agréable sensation de fraîcheur.

« Max. Je vais t'aider pour tout. J'organiserai l'enterrement. Mais après, il faudra qu'on parle.

– Mais il n'y a rien à dire.

– Tu crois que je ne suis pas au courant ? D'à quel point on te trouve charmant ? Combien tu es charmant, aimable et merveilleux avec tout le monde, sauf moi ?

– Je ne sais pas de quoi tu parles.

– Je t'accompagne demain, dit alors Katriina.

– Tu n'es pas obligée.

– Oui, mais j'y tiens. Je veux voir ta mère en vie une dernière fois. C'est évident. Et Helen aussi.

– Mais comment faire pour les hamsters ?

– À toi de régler ça. Demain matin. Il faut aller à la boutique en acheter un autre. Un pareil.

– Qu'est-ce que tu as fait de celui que j'ai écrasé ?

– Je l'ai mis au congélateur.

– Au congélateur ?

– Je n'allais quand même pas le balancer comme ça à la poubelle ?

– Non, sans doute », admit Max.

Et Max s'exécuta. À neuf heures le lendemain matin, il prit le tram pour le grand magasin Stockmann. Il traversa la parfumerie et prit les escalators jusqu'au sixième étage. Il n'y avait personne, à part quelques boutiquiers, quelques touristes russes arrivés tôt à Helsinki, quelques messieurs qui essayaient des vestes sous le regard de leur femme, des vendeurs sportifs prêts à vendre des chaussures de course, et enfin l'animalerie avec son odeur de sciure et d'aliments pour poissons. Et là, Max trouva un hamster gris qui ressemblait à Éclair autant qu'un hamster pouvait lui ressembler, peut-être un peu plus petit, mais ça ne faisait rien, si ? Helen et les enfants, au pire, se diraient qu'il n'avait juste pas mangé tout à fait assez pendant leur absence.

Quand Max revint, Katriina avait descendu les valises dans la voiture. Helen était là elle aussi. Elle buvait le café à la cuisine, l'air abattu. Max espérait que c'était à cause de sa grand-mère, et non de quelque chose que Katriina lui aurait dit.

Edvard sauta autour de lui en aboyant. Max se glissa dans l'ancienne chambre d'Eva et lâcha le nouveau hamster dans la cage en compagnie de Biscotte.

Max et Katriina se turent une grande partie du voyage, tandis qu'à l'arrière Helen écoutait un audiolivre.

« Qu'est-ce que c'est ? demanda Katriina.

– *Soldats inconnus.* »

Max avait parlé avec Elisabeth, qui l'avait informé que la situation restait inchangée. Leur mère était toujours en observation, on ne savait pas quand ni si elle pourrait être transportée à Vaasa. Il y avait une inquiétude dans la voix d'Elisabeth, une hésitation, et Max sentit soudain qu'il avait été un mauvais frère, qu'il fallait qu'il fasse quelque chose, qu'elle attendait de lui un peu de consolation. Comment savoir ?

Peut-être Elisabeth avait-elle juste besoin de quelqu'un à qui parler. Max savait qu'il aurait dû venir voir sa mère beaucoup plus souvent ces dernières années, mais il s'était toujours dit que ce moment arriverait une autre fois, plus tard, et qu'il aurait alors un contact véritable avec elle. Il avait imaginé un moment calme et digne, lent et réfléchi. Pas stressant à ce point.

Maintenant, dans la voiture qui le conduisait vers l'Österbotten pour voir sa mère sur ce qui était probablement son lit de mort, il réalisait qu'il était trop tard.

Il fut frappé de songer qu'Edvard Westermarck s'était reproché une situation analogue. Il avait appris la mort de sa mère alors qu'il s'apprêtait à partir pour le Maroc. Il avait reçu un télégramme de Finlande, à l'improviste, tandis qu'il venait de rendre visite à sa mère et à sa sœur. Westermarck écrivait dans ses mémoires qu'il aurait voulu rester plus longtemps en Finlande, car c'était ce que souhaitaient sa mère et sa sœur, mais qu'il avait trop hâte de partir pour l'Angleterre puis le Maroc. Max pensait écrire quelque chose à propos des rapports de Westermarck avec sa vieille patrie et sur ce qui l'avait poussé à partir.

« Eva rentrera en cas d'enterrement, dit Katriina. J'ai promis de l'appeler aujourd'hui pour la tenir au courant. »

Il avait beaucoup neigé les jours précédents, mais à présent c'était l'accalmie, un beau et fragile matin d'hiver, avec du soleil et un froid mordant – la voiture semblait voler au-dessus de la route, radio allumée. Il y avait presque un sentiment de normalité. Dehors, le ciel bleu et le paysage plat et enneigé étaient totalement indifférents à ce qui se passait dans leurs vies. Le téléphone de Max vibra.

« Qui c'est ? demanda Katriina quand Max décrocha.

– Rien, juste le boulot », répondit-il.

C'était Matti. Il voulait des nouvelles du livre. Il écrivait qu'il avait convenu d'un rendez-vous avec Laura et qu'ils espéraient qu'il pourrait venir lui aussi. Max se demanda ce qu'il voulait dire – *qu'il pourrait venir lui aussi* ? C'était quand même son livre, non ?

Max répondit qu'il serait absent quelques jours, mais qu'il le recontacterait et que le manuscrit avançait. Puis il écrivit à Laura qu'il était en route pour aller voir sa mère à l'hôpital, et qu'il aimerait lui parler du livre quand elle aurait du temps.

Max réalisa qu'il ne savait rien de Laura. En faisant l'amour avec elle, il avait été frappé de constater qu'elle était froide, que sa température corporelle était tout autre que celle de Katriina. Ce n'était pas désagréable, juste différent. Intéressant.

« Max, j'ai réfléchi, dit alors Katriina. Helen, tu écoutes ? »

Helen n'avait pas l'air d'entendre, car elle ne répondit pas.

« Si ta maman meurt, je veux qu'on vende la maison de vacances.

– Mais pourquoi ?

– Cette maison t'appartient. Si on se sépare, je veux avoir les moyens de continuer à habiter notre appartement. Tu devras t'en trouver un autre. Vendre le Cagibi, ça nous fera un peu d'argent disponible, tu en auras besoin.

– Mais pourquoi devrait-on se séparer ? »

Max respirait lentement. Il voulait rester en piste, occuper le terrain, ne plus entendre que son pouls. Poser un pied devant l'autre, fatiguer son adversaire.

Mais Katriina était parfaitement calme.

« Je ne sais pas ce que tu as fait avec Laura. Et je m'en fous. Tu peux avoir ton petit flirt. Le problème, c'est que tu ne me vois plus. Quand avons-nous dîné ensemble pour la dernière fois ? Quand avons-nous fait quelque chose ensemble, peu importe quoi ? J'ai cinquante-cinq ans, je peux vivre encore vingt, trente ans, une tout autre vie. Voilà de quoi il s'agit. J'en ai assez de tourner en rond à la maison en me disant qu'un beau jour tu vas finir par faire attention à moi. »

Max appuya sa tête contre la vitre froide de la voiture. Il se dit qu'il aurait été normal de résister, d'argumenter. Mais, d'une manière assez perverse, il semblait vouloir savoir jusqu'où Katriina pousserait les choses.

« Mais le Cagibi appartient à ma famille. C'est injuste vis-à-vis d'Elisabeth de le vendre.

– Max, pendant ces trente ans, combien crois-tu que j'ai dépensé en nourriture, shampoing, lessive, vêtements pour les enfants, meubles, tapis… ? Tu ne comprends pas que tout ça compte, à la fin ? Être assis sur une maison de vacances ne suffit pas à y avoir droit. »

Max frissonna. Le droit matrimonial. Il avait toujours trouvé sordides ces arrangements que faisaient les gens, tous ces petits comptes mesquins. Ce jeu de pouvoir autour de l'argent et de la propriété.

Il regarda Katriina.

« Écoute-nous. Écoute ce qu'on est en train de faire. Tu veux vraiment ça ? Un divorce ? Qu'on se dispute pour une maison de vacances ? Une caricature des Suédois de Finlande ! Est-ce qu'on peut faire plus banal ? »

Mais Katriina pleurait, à présent. Elle pleurait en conduisant, ses larmes coulaient sur ses joues et scintillaient au soleil. Elle était en colère, Max le voyait bien, mais il ne supportait pas de la voir pleurer, il aurait voulu la prendre dans ses bras, la tenir jusqu'à ce qu'elle arrête, comme si son désespoir dépendait de quelque chose qui pourrait être réparé, pourvu qu'on la serre assez fort contre soi.

« Max, je veux seulement…

– Katriina, ma chérie, ma mère est à l'hôpital, nous devons traverser la semaine qui vient. Je te promets qu'après ça, tout ira bien de nouveau. Je te promets. »

Helen ôta alors ses écouteurs.

« Qu'est-ce qu'il y a, Maman ?

– Elle est juste triste. Nous sommes tous tristes », dit Max.

Son téléphone vibra dans sa poche. Il le sortit et regarda l'écran. C'était Laura.

« MAX, BORDEL, TU POURRAIS RANGER CE TRUC ?! »

Katriina lui arracha son téléphone, baissa sa vitre et le jeta par la portière.

TRENTE

Helen était restée jusqu'alors plongée dans le roman de Linna. Elle venait enfin d'entrer vraiment dans le livre. Mais elle vit soudain sa mère jeter un téléphone par la vitre de la voiture et son père essayer maladroitement de le rattraper, manquant de faire perdre à Katriina le contrôle de la voiture. Helen se pencha en avant et regarda sa mère dans le rétroviseur. Katriina avait les larmes aux yeux. Max lui cria que son téléphone avait coûté quatre cents euros.

« Mais qu'est-ce qui vous prend ? »

Ils avaient passé Björneborg une heure plus tôt et se trouvaient environ à mi-chemin de Kristinestad. Katriina repoussa ses cheveux derrière ses oreilles et s'accrocha au volant.

« Papa et moi allons nous séparer. »

Helen resta un moment silencieuse, cherchant quoi répondre. Elle se dit qu'il aurait probablement fallu qu'elle prenne l'air étonné – qu'ils s'attendaient certainement à ce qu'elle soit choquée – mais ce n'était pas naturel. Du plus loin qu'elle se souvienne, la relation de ses parents avait eu des hauts et des bas, et elle en avait entendu d'autres. Dans la famille, c'était *parole, parole*, un bla-bla continuel, et il était donc normal que le divorce de ses parents surgisse un jour dans la conversation. Elle voyait déjà bien comment, d'ici une semaine, ils allaient se rabibocher, comme toujours, car en fin de compte, ils ne supportaient rien d'autre que d'être malheureux ensemble.

« Ah oui ? C'est ça, séparez-vous. Bon courage.

– Non, cette fois, c'est pour de bon. Je ne veux pas entrer dans les détails, ça ne regarde que Papa et moi – de toute façon vous allez l'apprendre tôt ou tard –, il va me quitter. Il en a trouvé une autre. »

Ça, c'était plus inédit. Son père en avait trouvé une autre ? Helen n'arrivait pas à imaginer cette personne – jeune, ou vieille ? Helen sentit qu'elle ne voulait pas savoir. Pas pour le moment. Elle regarda par la fenêtre le paysage plat, les granges, les champs et les nuages qui flottaient à l'horizon, juste au-dessus des cimes des arbres, comme s'ils attendaient quelque chose ou qu'ils se taisaient pour assister au drame qui se déroulait dans la voiture.

« Fammo est en train de mourir. Vous ne pouvez pas garder votre crise conjugale pour après ?

– Si on se sépare, on devra vendre le Cagibi.

– Vendre le Cagibi ?

– Il faudra bien. »

Pour Helen, le Cagibi était un lieu magique, toute son enfance s'était déroulée là : au bord de la mer, parmi les rochers et les orties, dans la maison qui était toujours aussi silencieuse chaque fois qu'on y revenait, et se mettait à respirer lorsque tout était en place. Le Cagibi, c'étaient des virées en voiture à Kristinestad, des beignets sucrés avec des framboises et des fraises fraîches, mais aussi l'aventure, partir seule explorer le monde, nager, ramer, faire de longues promenades sans les parents, lire tard dans la nuit, écraser des moustiques en faisant des petites taches de sang sur le papier peint, sentir dehors l'odeur de la spirale fumigène verte censée les chasser, les aiguilles entre les orteils, les pommes de pin sèches sous la plante des pieds, le voyage en voiture depuis Helsinki, vers cet inconnu pourtant si familier. Le parfum de l'été, la lumière, l'automne, les sorbiers en août, les pierres dans la petite plate-bande et, dessous, toutes les fourmis. Et la maison : le tapis de liège, la cave à pommes de terre, une vieille cuisinière à bois, un vieux poêle de faïence dans le séjour où dormaient Max et Katriina. Le petit salon, le bibelot en forme de maison qui servait de porte-cigarettes (si on appuyait sur la cheminée, il roulait une cigarette).

Le Cagibi, c'était avant tout Kristinestad et Grand-mère, les robes de Grand-mère, ses épaisses chevilles et ses sabots. Helen voulait que Lukas et Amanda connaissent tout cela. Elle ne voulait pas perdre cette part d'Österbotten qu'elle avait en elle.

« Mais c'est chez nous. Je veux que Lukas et Amanda puissent y aller.

– Mais vous y êtes au maximum une semaine par an, et encore. L'an dernier, vous n'y avez passé que quelques jours.

– Oui, mais c'est juste parce qu'on y manque de place. Depuis que vous n'y allez plus, on y est beaucoup moins à l'étroit. »

Max se mêla alors à la discussion.

« Nous n'allons pas vendre le Cagibi. Pas pour le moment, en tout cas. Pas cette année, pas l'an prochain. Il y a des choses dont nous devons parler, Maman et moi, mais nous n'allons pas vendre la maison.

– Désolée, mais alors il faudra me dédommager. Toi et ta sœur. Ou Papa. Vous verrez comment vous arranger entre vous. »

Helen trouvait Katriina dure en affaires.

« Tu en as parlé à Eva ?

– On en parlera quand elle sera là. »

Helen s'était toujours sentie en position d'infériorité face à sa mère. Un de ses tout premiers souvenirs était Katriina revenant de chez le coiffeur après avoir coupé ses cheveux longs. C'était comme si une étrangère était entrée chez eux. Elle avait un pull jaune et avait fait le tour de l'appartement en se regardant dans les miroirs, en touchant là où ses cheveux s'arrêtaient, sur la nuque, comme pour se rappeler exactement leur longueur. Helen était avec Eva à la table de la cuisine, elle devait déjà aller à l'école, car elle avait des devoirs devant elle. Sa sœur et elle avaient alors regardé avec étonnement cette personne qui débarquait chez eux et prétendait les connaître. Et pas seulement les connaître, qui affirmait en plus être leur maman ! Helen avait regardé Eva, qui avait l'air aussi étonnée qu'elle.

Il était environ trois heures quand ils arrivèrent à Kristinestad. Il neigeait légèrement, ou peut-être étaitce juste le vent qui faisait voler la neige contre le pare-brise. Ils roulèrent en direction de l'hôpital. Tous se taisaient dans la voiture. Un sentiment mélancolique les envahit, comme à l'approche d'une église. Helen se dit que toutes les familles devaient traverser des scènes semblables, dans d'autres hôpitaux, dans d'autres petites villes où d'autres grands-mères faisaient des attaques.

Elisabeth était déjà là quand ils entrèrent dans la chambre. Elle embrassa Helen, et ils s'assirent tous les quatre autour du lit. Dans la chambre, une odeur de médicament, une ambiance grisâtre, figée. Il n'y avait rien à faire, rien à dire, à part des phrases convenues sur la maladie : la situation était inchangée, l'attaque avait visiblement duré si longtemps que l'état général était très mauvais. La transporter à l'hôpital central de Vaasa n'était pas une solution, en tout cas pas pour l'instant.

Ebba était couchée les yeux ouverts, mais ne pouvait pas parler. Helen s'approcha pour prendre sa main, à la fois rêche et sans vie. Impossible de savoir si elle la reconnaissait. Katriina se tenait au bout du lit, les bras croisés. Elle se mit à pleurer et Max vint lui poser la main sur l'épaule.

Une heure plus tard, Helen et Elisabeth bavardaient dans le petit café de l'hôpital. Max et Katriina étaient toujours avec Ebba.

Il faisait nuit dehors à présent, nuit noire, et l'hôpital était silencieux. Les murs du long couloir désert étaient couverts de photos de paysages d'hiver. Par les vasistas du plafond, on ne devinait rien du monde extérieur. Un sapin de Noël dans un coin éclairait un bout de couloir.

« Vous pouvez venir dormir chez moi ce soir, proposa Elisabeth. J'ai fait des lits dans le séjour.

– Merci », dit Helen. Elles burent leur café en silence.

« J'aurais aimé venir la voir plus souvent. Quand on était petites, on était chez Fammo et Faffa chaque été.

– Elle parle souvent de toi et d'Eva. Elle suit ce que vous faites. Elle est plus au courant qu'on ne croit.

– Maman et Papa se disputent. Je ne sais pas ce qu'ils ont. Pourquoi justement aujourd'hui ? Et Papa qui ne dit rien. Je ne sais pas ce qu'il pense, il doit être bouleversé. C'est sa mère, quand même. »

Elisabeth la regarda.

« Ton père n'a jamais été du genre à montrer ses émotions. Qui sait ce qu'il pense ? C'est comme cette femme qui était avec lui l'autre jour, il ne me l'a même pas présentée. Enfin, ça ne me regarde pas. »

Helen se tourna vers Elisabeth.

« Qui ça ?

– Je ne sais pas, j'ai pensé que c'était une jeune collègue, ou quelque chose comme ça. Il s'est pointé avec elle, sans prévenir. Puis elle est partie.

– De quoi avait-elle l'air ?

– Je ne sais pas. Brune. Ton âge. »

Helen ne répondit pas. Une jeune femme. Brune. Elle n'avait pas envie de savoir. Elle ne voulait pas que l'image de son père avec une jeune femme l'empêche de penser à sa grand-mère.

Max et Katriina entrèrent alors dans le café.

« On rentre ? demanda Elisabeth.

– Oui, il se fait tard, dit Katriina.

– Je vais rester ici cette nuit », dit Max.

Elisabeth le regarda. Helen ne dit rien, prit son manteau sur le dossier de sa chaise et se dirigea vers la porte.

Ça faisait un bon bout de route, de Kristinestad jusqu'à Närpes. Helen s'était installée avec sa mère à l'arrière de la voiture d'Elisabeth. Personne ne parla pendant le trajet, et Helen pensa qu'elle ne dirait peut-être jamais rien. Ni maintenant, ni une fois rentrée à Helsinki.

TRENTE ET UN

Sarah était arrivée une demi-heure plus tard chez Eva. Elle avait seulement demandé où était Malik et l'avait trouvé assis dans la douche, nu, avec Russ qui l'arrosait. Eva avait mis les draps dans un sac-poubelle et tout jeté dans la benne à ordures. Le matelas aussi était humide, elle l'avait roulé, attaché avec une ficelle et traîné dans l'escalier jusqu'à la benne. Elle était en sueur, fatiguée, avait la tête vide. À force d'aérer, le gros de l'odeur avait disparu.

« Vous êtes ses élèves ? demanda Sarah.

– Oui, dit Russ, épuisé. Il m'a appelé et je l'ai laissé entrer. Puis il s'est effondré sur le lit d'Eva, mentit-il.

– Il n'a pas été comme ça depuis longtemps. Je ne savais pas qu'il allait si mal. Vous comprenez, il est accro aux médicaments. C'est dur, ces derniers temps. Merci de m'avoir appelée. »

Eva regarda Sarah s'occuper de Malik et lui donner les vêtements propres qu'elle lui avait demandé d'apporter. On aurait dit une mère s'occupant de son fils. C'était comme glisser un œil dans une famille tout à fait différente, un couple dont Eva – elle s'en rendait compte à présent – ne savait rien. Malik ne parlait pas, il semblait toujours absent mentalement, tel un somnambule. Il tremblait, peut-être de froid.

Quand ils eurent fini de l'habiller et lui eurent enfilé ses chaussures, Sarah se laissa tomber sur un tabouret dans l'entrée.

« Merci encore. Désolée que vous ayez dû assister à ça », dit-elle.

Eva aurait voulu dire quelque chose. Quelque part, elle se sentait coupable. Parce qu'elle avait couché avec Malik, parce qu'elle n'avait pas assumé la responsabilité de ses actes alors qu'elle était une adulte. Elle regarda Sarah et se dit qu'en comparaison elle n'était qu'une ado gâtée. Elle ne s'était jamais occupée de personne, n'avait jamais eu à penser à personne d'autre qu'elle-même. Malik s'accrochait au cadre de la porte, menaçant de s'effondrer à tout instant.

Sarah la regarda.

« Il a dit quelque chose ?

– Non, à quel sujet ? demanda Eva.

– Sur nous. »

Incapable de regarder Sarah dans les yeux, Eva tourna les yeux ailleurs, vers le mur.

« Non, il a juste raconté qu'il aurait pu être un des trois plus grands artistes, ou quelque chose comme ça...

– Ah, ça. Il le répète sans cesse. C'est son grand traumatisme. N'avoir pas été compris. Malik était un artiste très doué. Quand nous nous sommes rencontrés, c'était le garçon le plus gentil du monde, poli, attentionné. Mais il y a une lourde hérédité dans sa famille. Des tarés. Si je ne m'occupe pas de lui, il finit comme ça, voire pire. »

Eva voulait demander à Sarah pourquoi elle supportait ça, pourquoi elle ne le quittait pas tout simplement, mais elle se sentait naïve, stupide, comme une cousine de province un peu bécasse qui ne comprendrait rien aux vrais problèmes de la vie, qui n'aurait jamais connu de coups durs. Elle songea au coup de téléphone de sa mère et à sa grand-mère mourante, prise soudain du désir de retrouver la Finlande, une sorte de pureté enfantine où elle n'aurait pas à faire face à tout ça, où la vie était passionnante rien qu'en se levant le matin pour aller chez l'épicier du coin.

Une fois Sarah partie, Russ était encore là.

« Merci pour ton aide, dit Eva.

– Ce n'était rien du tout. Enfin… si : je suis crevé.

– Tu veux dormir ici, cette nuit ?

– Mais où ? Tu n'as plus de matelas. Tu viens de le jeter à la benne, tu te souviens ?

– C'est vrai. J'avais oublié. »

Eva réalisa que son unique couette était dans la machine à laver et que pour tout couchage elle avait le fond en contreplaqué de son sommier. La chambre de Natalya était fermée à clé.

« J'ai une idée, dit Russ. Tu as des vêtements chauds ? »

Dans le bus pour Gatwick le lendemain matin, Eva se dit qu'elle savait ce qu'elle voulait faire pour l'exposition. Elle sortit un carnet de son sac et commença à esquisser l'œuvre qui lui apparaissait soudain comme une évidence : elle ramènerait avec elle la Finlande à

Londres. Elle rapporterait des branches de Kristinestad, de la neige d'Helsinki et des détritus du parc Sibelius, elle construirait une grande installation dans laquelle on pourrait entrer, enveloppante, un endroit rassurant qui ressemblerait aux tentes devant Saint-Paul. Il y aurait écrit : *This is none other than the house of God, and this is the gate of heaven*, et ce serait son paradis : les visiteurs, en entrant dans son œuvre, trouveraient des impressions de son enfance, elle rassemblerait tout au fond des objets de son ancienne chambre, le moulage de ses dents d'enfant, l'horrible sculpture en terre cuite. Voilà comment elle se sentait : elle aurait voulu se blottir au milieu de tout ça et n'en plus jamais ressortir. Elle réalisa que cela ne marcherait que si la réalisation était assez avancée techniquement, assez réfléchie esthétiquement. Il était évident que cela devait rappeler les tentes du mouvement Occupy : car de quoi d'autre s'agissait-il que d'une protestation contre un monde maléfique ? Le rêve d'une société plus pure, d'un endroit sûr. Elle voulait aussi remettre au premier plan l'interprétation du monde, le sentiment enfantin d'être Dieu, d'être celui qui nomme toutes choses.

Russ et elle avaient dormi sous sa tente cette nuit, blottis l'un contre l'autre dans son sac de couchage. Eva avait plusieurs fois été réveillée par les cloches de la cathédrale, mais chaque fois, en se retournant, elle l'avait vu, avait senti la proximité de son corps dans le noir, avec une étrange sensation de sécurité tandis qu'elle entendait la rumeur de Londres, la rumeur accumulée de toute une métropole endormie, les fêtards et la circulation, le vent et les arbres et la terre sous elle.

Ce n'est qu'une fois installée dans l'avion qu'elle s'endormit pour de bon. Après l'atterrissage, elle prit un bus et rentra chez elle en ville, ouvrit la porte d'un appartement vide. Helen, Katriina et Max étaient à Kristinestad, mais il était trop tard pour les rejoindre. Elle alla chercher un carton dans le placard de ses parents et commença à y mettre certains objets de sa chambre. Dehors, la nuit tombait et il fit bientôt complètement noir dans l'appartement. Elle n'alluma aucune lampe, juste quelques bougies dans sa chambre – pour rester dans l'ambiance – et, assise par terre, elle classa les objets qu'elle emporterait, en prenant des notes. Quelques cassettes, le moulage en plâtre de ses dents, des rédactions de primaire – elle était à présent bien contente que sa mère ait tout gardé – et une chemise en flanelle de son adolescence, usée jusqu'à la trame mais qu'elle n'avait jamais pu jeter parce qu'elle l'avait portée pendant presque tout le collège.

Là, dans le noir, tout était silencieux dans sa chambre, à part les hamsters qui tournaient dans leur roue. Elle les regarda et se demanda ce qui les y poussait : le besoin de fuir un danger imaginaire ou juste un besoin inné de bouger sans arrêt ?

Eva avait envie de sortir et pensa à ses amis d'Helsinki, mais elle n'avait plus aucun contact avec eux. Elle enfila son manteau et descendit dans la rue vers Mannerheimvägen et Hesperiaparken. Il neigeait, la baie de Tölöviken avalait les flocons à grandes goulées. Eva passa devant Finlandiahuset et se dirigea vers le centre-ville. Elle sortit son téléphone et enregistra le bruit des tramways qui passaient. Elle pourrait l'utiliser. Elle continua vers le centre, dépassa le musée Kiasma, la poste, le grand magasin Sokos, avec l'impression d'être en mission secrète – personne ne la voyait, ni ne savait ce qu'elle fabriquait. Elle suivit Mannerheimvägen en passant devant la résidence universitaire, le Théâtre suédois, remonta jusqu'au carrefour Skillnaden, croisa Stora Robertsgatan, longea le musée du Design, l'église Saint-Jean et la côte de Högbergsgatan.

Arrivée devant chez Maxill, elle décida d'entrer, ils allaient y déjeuner en famille le dimanche quand elle était petite, elle voulait capter quelque chose de l'atmosphère, du brouhaha d'Helsinki. Elle secoua la neige de son manteau et de ses chaussures. C'était bondé ce soir-là, des gens qui riaient et parlaient, mais elle les regardait comme un film, comme des figurants. Au bar, elle commanda du vin. Elle pendit son manteau au mur et prit le verre entre ses mains gelées. Pour la première fois depuis longtemps, elle avait peut-être trouvé un semblant de direction, un but dans sa vie.

TRENTE-DEUX

Eva resta une semaine à Helsinki. Katriina avait déjà commencé à parler de l'enterrement – elle avait prévu un moment de recueillement avec la famille proche à Kristinestad, un pain-surprise, du café, Elisabeth l'aiderait – mais soudain, au bout d'une semaine, Ebba montra des signes d'amélioration. Les médecins la gardèrent à l'hôpital, car elle était trop faible pour retourner à la maison de retraite. Ebba sentait de nouveau son corps et pouvait bouger le visage normalement, de sorte qu'il était possible de communiquer avec elle. Mais elle semblait complètement dépassée par la situation et demandait sans arrêt quand elle pourrait rentrer chez elle.

Max avait dormi au Cagibi et passé ses journées à Kristinestad, mais il venait de rentrer à Helsinki pour y prendre des vêtements et travailler quelques jours.

Eva n'avait jamais vu son père pleurer, et il faisait désormais face à la situation en parlant de questions pratiques, de médicaments et de factures d'hôpital, comme si tout devenait supportable en regardant d'abord l'aspect concret des choses.

Helen avait l'air plongée dans un état émotionnel qu'Eva trouva un peu dérangeant. Elle disait combien elle se souvenait de sa grand-mère, quelle relation chaleureuse elles avaient eue : Eva se taisait mais sentait qu'Helen exagérait, en prétendant d'une certaine façon avoir un lien plus fort qu'elle avec Kristinestad, en parlant de leur grand-mère comme si elle était déjà morte. Eva aimait elle aussi Ebba mais ne passait pas son temps à improviser de petits monologues commémoratifs pour des cérémonies à venir, à s'enthousiasmer en racontant quelle extraordinaire personne leur grand-mère avait été. Elle ne feuilletait pas dans la cuisine l'album photo de Max enfant en parlant de se lancer dans des recherches généalogiques. Elle ne faisait pas comme si, tout à coup, sa grand-mère était devenue la chose la plus importante de sa vie.

Eva passa sa semaine à travailler à son œuvre d'art, elle rassemblait des éléments et essayait de visualiser comment la réaliser d'un point de vue purement technique. Un jour, en ville, à l'arrêt du tram devant le palais de Verre, elle aperçut soudain Laura Lampela, la journaliste qui avait interviewé son père.

« Laura ? »

Laura ne l'entendit pas tout de suite, absorbée par son téléphone.

« Laura ? »

Elle sembla d'abord troublée, comme si elle ne reconnaissait pas bien Eva, ou qu'elle avait oublié comment on faisait pour saluer les gens.

« Eva ? Ici ? Je te croyais à Londres ?

– Ma grand-mère a été malade, alors je suis venue la voir.

– Ah oui, j'en ai entendu parler. Je suis désolée.

– Merci », dit Eva.

Elles restèrent un moment silencieuses. Eva voulait dire quelque chose. Elle était contente de voir un visage connu, il était peut-être temps de renouer contact avec Helsinki.

Quand le tram arriva, il s'avéra qu'elles allaient dans la même direction. Eva descendait seulement deux arrêts plus loin.

« Je ne sais pas ce que ton père t'a raconté, dit Laura. Mais j'ai lu son livre. Pendant que tu étais à Londres. J'étais censée l'aider, mais là, je ne sais plus trop si ça se fera. Avec ta grand-mère, tout ça... comment va-t-il ? »

Eva n'avait jamais pu lire aucun manuscrit de son père. Il ne parlait pas de ses livres à la maison, c'était comme une activité secrète à laquelle aucun autre membre de la famille n'était convié. Elle avait lu ses livres, mais seulement une fois publiés – et alors tout le monde les lisait, ils étaient accessibles à des gens comme Laura, ils n'avaient plus rien de spécial.

« Elle n'est pas un peu bizarre, la génération de ton père ? dit alors Laura.

– Comment ça ?

– Non, je veux dire, quels privilégiés ! Ils cultivent le mythe d'une énorme ascension sociale, et c'est vrai qu'ils l'ont connue, mais en même temps c'était facile pour eux, enfin, c'était une autoroute, tout droit, les choses n'ont jamais mal tourné pour eux.

– Oui, peut-être bien. »

Eva ne comprenait pas pourquoi Laura parlait de ça maintenant.

« Oui, je veux dire, ton père aussi. Toute cette génération. Dans les années soixante, ils se battaient pour abolir les hiérarchies à l'université, apporter l'instruction au peuple, et aujourd'hui ils se plaignent que plus personne n'ait de culture classique, que les femmes fassent la loi à l'université et que les garçons ne sachent plus lire. On a quand même l'impression qu'ils ont initié toute l'évolution qui nous a conduits là où nous en sommes aujourd'hui. »

Eva trouvait l'analyse de Laura boiteuse, il manquait quelque chose, sa rhétorique vindicative empêchait son raisonnement de se tenir vraiment. Mais surtout, elle trouvait cette discussion incongrue. Elle aurait préféré parler d'autre chose. Elle soupira.

« Pardon, dit Laura. Je pense à haute voix. Ta grand-mère est malade. C'est juste que je suis lasse qu'une certaine catégorie de personnes ait toujours le dernier mot dans ce pays. Mais toi, qu'est-ce que tu fais ? De l'art, c'est bien ça ? »

Eva sentait que si elle parlait de son projet à Laura, elle détruirait tout ce qu'elle avait imaginé, ressenti, et perdrait l'envie de réaliser son œuvre. En parler à Laura reviendrait à tout salir. Elle comprit qu'il lui fallait préserver son intuition, s'y installer à demeure pour ne pas qu'elle lui échappe. Le tram passa devant le Musée national. Eva devait descendre à Hesperia-parken.

« Oui, nous allons exposer en mars, dit-elle.

– Tu veux en parler ? »

Eva regarda Laura.

« En fait, non.

– D'accord. Je comprends. Je sais ce que c'est : on ne veut pas déflorer le sujet.

– C'est ça, dit Eva.

– Si je devais faire une œuvre d'art, dit alors Laura, je ferais quelque chose sur les travailleurs précaires, sur les petits boulots et l'incertitude du marché du travail. Aucune de mes connaissances n'a de travail stable. »

Eva se demanda comment on pouvait être aussi énervante. Elle se rappela une copine de fac, Anna, qui cachait son esprit de compétition derrière une façade d'amour hippie pour l'humanité tout entière, mais qui régentait la vie sociale de l'appartement qu'elles occupaient à plusieurs. Elle avait édicté des règles sur quand et comment on pouvait ramener ses petits amis – règles qu'elle viola aussitôt qu'elle ramena à son tour quelqu'un et organisa des fêtes dans le séjour. Laura lui faisait un peu penser à Anna.

« Je descends ici », dit-elle.

Quelques jours plus tard, Katriina avait organisé un dîner auquel participaient aussi Helen, Christian et les enfants. Katriina s'en était occupée toute la journée, avait acheté des fleurs et mis le couvert sur la grande table du séjour.

C'était la première fois depuis longtemps qu'ils étaient rassemblés, la première fois qu'il n'y avait personne d'autre que la famille proche. Katriina avait préparé un rosbif et Eva une salade. Ils avaient bu du vin et bavardé. Helen s'était plusieurs fois mise à pleurer au cours de la soirée, et parlait des sentiments intenses qu'elle nourrissait pour sa grand-mère, comme si elle était la seule à comprendre, comme si tous les autres membres de la famille étaient des étrangers. Katriina abondait dans le sens d'Helen, et Eva ne pouvait s'empêcher de se sentir exclue. Elle savait ce qu'on attendait d'elle, mais cela ne lui venait pas naturellement, elle n'arrivait pas à participer à ces effusions sans les observer en permanence de l'extérieur. Elle avait un peu ressenti la même chose devant certains tableaux : on savait qu'il s'agissait de chefs-d'œuvre, sans pourtant parvenir à être bouleversé.

Elle alla voir son père dans son bureau. Edvard était couché par terre devant la porte et se mit à remuer la queue quand elle s'approcha. Elle se pencha pour lui flatter la tête. Eva ne s'était jamais tellement intéressée aux chiens et, d'une certaine façon, c'était comme si elle le voyait maintenant pour la première fois, qu'elle établissait vraiment un contact. Il la regarda au fond des yeux et elle le regarda à son tour.

« Edvard, qu'est-ce que je dois faire, à ton avis ? »

Il la fixa, agita la queue de plus belle, il devait croire qu'elle lui demandait s'il voulait sortir.

Elle soupira, se releva et entra dans le bureau de son père. Il était assis dans son fauteuil.

« Bonjour Papa. »

Elle s'approcha, s'assit sur ses genoux et il lui répondit en l'entourant de ses bras. Elle appuya sa tête contre son épaule.

« On mange bientôt ? demanda-t-il.

– Je crois.

– Tant mieux. J'ai faim. »

Ils se turent un moment. Max sentait bon. Petite, elle aimait déjà sentir cette odeur quand il venait lui dire bonne nuit. Elle l'associait à son écriture, elle avait toujours imaginé qu'il allait écrire dès qu'elle serait endormie, qu'il se glissait alors hors de sa chambre pour aller travailler à ses livres.

« Eva, ma chérie. Tout va bien pour toi ? Tu te plais, à Londres ? »

Elle se blottit plus encore dans son cou.

« Je m'y plais beaucoup, Papa. »

Quand ils arrivèrent à la cuisine, le repas n'était pas encore prêt.

« L'un de vous voudrait bien faire la sauce ? On devrait encore avoir quelques chanterelles au congélateur », dit Katriina.

Helen alla en chercher deux sachets. Elle les ouvrit et en versa le contenu dans un saladier. Elle regarda Katriina, stupéfaite.

« Qu'est-ce que c'est que ça ?! »

TRENTE-TROIS

L'état d'Ebba s'améliora petit à petit. On la transféra dans un centre de rééducation, et Max faisait la navette entre Kristinestad et Helsinki. Un jour, début mars, il se retrouva chez son éditeur, dans le vaste bureau de Matti. Il se retenait de l'étrangler. Matti venait de lui annoncer que son livre sur Edvard Westermarck ne paraîtrait pas à l'automne.

« Je ne sais pas, Max. Je crois que ça va être dur de le sortir. Les listes sont en principe déjà bouclées, et il te reste pas mal de boulot. Tu tiens à peu près les parties biographiques, mais il me manque encore quelque chose.

– Qu'est-ce que tu veux dire ? Sa philosophie morale ?

– C'est toi l'expert. Je dis juste que quelque chose... manque. Il faudrait un ancrage plus précis dans l'époque, ou peut-être un peu plus de matière sur ces histoires de pédés, on pourrait broder là-dessus, je ne sais pas. »

Quelque chose dans la voix de Matti suggérait que tout ça sentait le sapin et ne l'intéressait plus. Il ne tenait pas en place, classait des papiers, faisait l'important, comme s'il voulait expédier la chose au plus vite.

C'était jeudi, Max s'occupait d'Amanda, qui n'avait pas classe à cause d'une journée de formation continue à son école. Max l'avait emmenée chez son éditeur : elle s'ennuyait sur le canapé à côté de lui. Amanda semblait considérer les autres adultes comme des personnages secondaires dans la vie, sans intérêt. Elle n'arrêtait pas de faire glisser la fermeture éclair de son blouson, de bas en haut, et de haut en bas.

« Ah oui, autre chose, ajouta Matti. En fait ça n'a rien à voir, mais je voulais t'en parler – puisque ça te concerne en partie : je suis en train de négocier avec Laura la publication d'un manuscrit, elle m'en a envoyé un synopsis sacrément prometteur. C'est en partie autobiographique, ça raconte un peu comment une jeune femme entre dans le monde patriarcal du journalisme… »

Mais Max avait cessé d'écouter.

Une fois dans la rue, il demanda à Amanda ce qu'elle voulait faire.

« On pourrait aller dans un café ? S'il te plaît ?

– Qu'est-ce que tu voudrais ?

– Une brioche. »

Ils entrèrent au café Esplanad, où Max commanda une brioche pour chacun. Tandis qu'il mangeait en se demandant s'il n'allait pas abandonner ce projet de livre – peut-être Matti avait-il raison, peut-être tout cela n'avait-il aucun intérêt –, Amanda commença à commenter chacune de ses bouchées, à la façon d'un commentateur sportif.

« Max Paul attaque à présent sa brioche. Oh, la bouchée était un peu trop grosse, il l'avale maintenant avec un peu d'eau. Voilà, ça a l'air d'être descendu. »

Max la regarda. Le voyant interloqué, elle renchérit.

« Max Paul a eu une journée difficile. Il est allé voir son éditeur et a appris une mauvaise nouvelle. Son livre ne sortira pas cet automne. Il n'y a pas de place sur la liste. »

Max fut étonné qu'Amanda ait si bien écouté. Pendant son rendez-vous, elle avait semblé totalement absente, le regard dans le vague. Le café était bondé. Amanda se pencha alors en avant, l'œil encore plus vif.

« Max Paul a eu une journée très, très difficile.

– Amanda, tu peux arrêter ? »

Elle continua de plus belle.

« Maintenant, Max Paul se fâche. Il demande à sa petite-fille d'arrêter. Il prend sa tasse de café et la porte à sa bouche. Il avale une gorgée. Max Paul rumine que la vie est dure. Et dans le journal, il n'y a que des bêtises.

– Amanda, pour de bon, tu peux arrêter ?! »

Dans le café, les gens se tournaient à présent vers leur table. Max prit la main d'Amanda et chuchota.

« Je ne suis pas vraiment d'humeur, arrête tout de suite. »

Mais cette attention sembla inciter Amanda à tester les limites, elle voyait combien il était triste, quel pouvoir elle avait sur lui. Elle lui faisait à présent face, bras croisés.

« Max Paul est un grand écrivain. Mais son nouveau livre ne sera pas publié. Max Paul est assis dans un café, il réfléchit à la vie. Que faire quand on devient vieux ? À présent, Max Paul boit une gorgée de café. Il a le visage tout rouge. Il en laisse presque tomber sa tasse...

– Amanda, ta gueule ! »

Cela lui échappa d'une voix plus forte qu'il n'aurait voulu. Sa main tremblait. Il renversa du café.

Les gens alentour regardaient Max. Un homme jeune, qui était là avec sa famille, se leva et s'approcha.

« Tout va bien, ici ? »

Amanda le regarda sans rien dire, à la fois fascinée et amusée. Max sentit qu'il s'affaissait sur place. Il aurait voulu s'expliquer, mais serait passé pour un idiot. Il jeta un œil autour de lui et réalisa que tout le monde les regardait.

« Oui, aucun problème, dit-il.

– Tu me dis, s'il y a un problème ? demanda le jeune papa, tourné vers Amanda.

Elle se contenta de le regarder avec de grands yeux, ravie de la suite d'événements qu'elle avait réussi à déclencher. Max se leva, prit leurs vêtements, saisit la main d'Amanda et sortit.

Le soir, une fois que Katriina eut reconduit Amanda chez elle, Helen appela, dans tous ses états. Elle ne leur avait pas parlé depuis deux semaines. Elle téléphona directement à Max.

« Amanda raconte que tu lui as dit de fermer sa gueule, dans un café, aujourd'hui. C'est vrai, Papa ?

– Oui, mais... Bon, oui, j'ai eu une journée difficile. Et elle m'énervait. Mais ce n'était pas bien grave.

– Elle t'énervait ? Tu as dix ans, ou quoi ? Apparemment, c'était assez grave pour que quelqu'un intervienne ?

– Oui, oui. Mais c'est elle aussi… elle ne voulait pas arrêter…

– Alors comme ça, tu accuses Amanda, maintenant ? Une fillette de neuf ans ?

– Non, non, mais… tu sais bien comment sont les enfants, des fois.

– Tu me passes Maman ? »

Max tendit le téléphone à Katriina. Entre eux, c'était une sorte de guerre de position silencieuse depuis une semaine. Max avait l'impression que Katriina surveillait ses faits et gestes dans le moindre détail. Il avait réagi en s'enfermant dans son bureau pour dormir et surfer sur des forums en ligne. Eva était rentrée à Londres en emportant un grand carton plein de branches, de brindilles et d'objets dont elle s'était refusée à dire à quoi ils lui serviraient.

Sa conversation avec Helen achevée, Katriina vint voir Max.

« Max. Deux choses : je veux divorcer. Et nous allons vendre le Cagibi. »

Le lendemain, elle lui remit un papier, plusieurs mails imprimés : visiblement, elle avait contacté un avocat. Max tomba sur des phrases telles que : *S'agissant de l'ancien logement commun, il existe une disposition du code matrimonial qui rend possible, pour celui des partenaires considéré comme ayant le plus besoin d'un logement, de se voir concéder par le tribunal le droit de continuer à habiter dans ledit logement jusqu'à une répartition ayant force de loi et devant survenir dans un délai de deux ans maximum.*

« Et qu'est-ce que c'est censé vouloir dire ?

– Que je veux l'appartement. Tu dois déménager.

– Mais je n'ai nulle part où aller.

– Ça, il fallait y penser avant de commencer une liaison avec une gamine de vingt-cinq ans.

– Vingt-neuf », tenta Max, mais Katriina n'écoutait pas.

« Parce que j'imagine que tu avais quand même un peu réfléchi, non ? Tu as bien dû comprendre que ça arriverait tôt ou tard, ou alors tu n'avais pas l'intention de me le dire ? »

Max ne lui avait rien dit, mais, d'une façon ou d'une autre, Katriina savait depuis le début. Max regrettait leurs disputes, il aurait préféré tout lâcher d'un coup.

Dans la soirée, devant son ordinateur, il googlisa le nom de Laura. Il tomba sur une série de liens sur le site de discussion Hommaforum. On y trouvait plusieurs commentaires sur son apparence physique. Quelqu'un écrivait à propos de ses éditoriaux qu'elle était « une journaliste politiquement correcte typique, qui utilisait les colonnes des journaux pour se lamenter d'être mal baisée », un autre que le journal *Iltalehti* était en train d'être noyauté par « des féministes gauchistes qui haïssaient la famille nucléaire et la patrie », un troisième qu'elle « avait l'air d'avoir de beaux nichons ».

Il se déconnecta et ferma la porte de son bureau.

Il entendait Katriina dans la cuisine. Elle avait commencé à ranger casseroles et assiettes dans des cartons, car elle avait décrété qu'il était temps de raser l'ancienne cuisine. Max avait vu les plans qu'elle avait commandés sans rien dire, se contentant de hocher la tête et de se retrancher dans son bureau.

Il se servit un whisky et rouvrit son moteur de recherche.

Il se mit à écrire.

TRENTE-QUATRE

Helen et Christian n'avaient pas de maison de vacances à eux. La maison de famille du côté de Christian se trouvait presque à la frontière russe, enfin ce n'était pas vraiment une maison, plutôt une ferme où sa grand-mère paternelle avait grandi. Il parlait avec nostalgie de cette demeure, et avait à plusieurs reprises proposé qu'ils se mettent à l'utiliser – aucun membre de sa famille n'y passait plus de quelques nuits par an –, mais Helen la trouvait trop loin de tout pour que cela vaille le coup d'y aller pour de courtes périodes. Elle n'était pas non plus au bord de l'eau, mais sur un terrain ombragé plein de moustiques et d'herbes hautes, au bout d'un chemin pour tracteurs, avec un gros rocher qu'on heurtait toujours en voiture. En fait, Helen n'y était allée que deux fois : quand Amanda était petite – ils avaient dû commencer par nettoyer les crottes et les cadavres de souris – et une fois l'été précédent. Ils avaient eu un week-end libre, et Christian avait persuadé la famille.

« Maman, je ne veux pas y aller. Je veux aller au parc Flamingo », avait râlé Amanda.

Lukas lui aussi s'était inquiété de ces histoires de souris crevées qu'il avait entendues.

Pour Christian, cette villégiature était son cheval de bataille, il en parlait comme on raconte une vieille histoire de famille qu'on ne cesse d'enjoliver. Christian avait plein de souvenirs liés à ce lieu, incroyablement ennuyeux quand il tentait de les faire partager, et son plus grand rêve était que les enfants s'y attachent autant que lui, comme Helen avec Sideby.

Ils étaient partis un samedi matin de juin. C'était un trajet en voiture de trois heures et demie, pas si long en soi, à travers les magnifiques paysages de la Finlande orientale. Helen avait eu le temps de se dire que, finalement, ce n'était peut-être pas si mal – cette maison avait peut-être un potentiel, elle changerait peut-être d'avis en la revoyant.

Ils n'avaient absolument pas les moyens de se lancer dans la rénovation d'un vieux manoir de famille – toutes leurs économies passaient dans leur résidence principale – mais peut-être n'y avait-il besoin que de quelques réparations de base.

Une fois arrivés, ils avaient failli ne pas pouvoir passer à cause des herbes de deux mètres de haut. Ils avaient dû s'y frayer un chemin pour arriver jusqu'au perron. Helen marchait dans l'herbe en imaginant qu'un serpent allait la mordre. Amanda criait que des taons l'attaquaient.

« Mais pourquoi on doit venir dans cette foutue maison ? » avait dit Lukas.

Christian avait trouvé les clés, cachées sous une pierre dans la cour, et ouvert la porte. Helen avait aussitôt senti la forte odeur de moisi. La maison en elle-même n'était pas mal, vaste, avec une belle hauteur sous plafond et un assez beau sol en liège du début du vingtième siècle. Mais tout y était usé, sans vie, abîmé par l'humidité et le froid. Il n'y avait ni souris ni campagnols crevés cette fois-ci, mais l'air était malodorant et mort, comme un repaire de toxicomanes avec des meubles des années trente. Christian était entré, tout guilleret, et s'était lancé dans une présentation enthousiaste devant un public extrêmement sceptique : il dissertait sur chaque objet, depuis la croûte représentant une vieille ferme jusqu'à une petite malle qu'il prétendait provenir d'Amérique, il en parlait comme d'objets magiques, possédant un pouvoir qu'il était le seul à connaître.

« Quand est-ce qu'on repart ? » avait demandé Lukas, avec l'assentiment d'Amanda.

« On ne va quand même pas rester là trop longtemps ? avait-elle demandé.

– On peut au moins dormir ici, avait proposé Christian. Il devrait y avoir de jolis draps dans l'armoire. »

Helen l'avait regardé sévèrement.

Quand ils furent remontés dans la voiture, une demi-heure plus tard, Lukas avait solennellement déclaré que « cette maison était pire qu'il ne l'avait imaginée ». Amanda, qui voulait toujours être une bonne fille et prenait volontiers le parti de son père, avait dit que « c'était un peu dégoûtant, mais quand même joli, d'une certaine façon, quoi ».

Pendant le retour en voiture, Helen avait essayé de se montrer diplomate.

« Il faudrait un peu plus qu'un simple coup de peinture, avait-elle dit tandis qu'ils s'engageaient sur l'autoroute dans la direction d'Helsinki. Il y a de la moisissure.

– Qu'est-ce que tu en sais ? avait demandé Christian.

– Je le sais, c'est tout. Je le sens. »

Christian était resté un moment silencieux, comme s'il songeait à abandonner la partie. Puis :

« OK. Disons que tu as raison. Il peut tout à fait y avoir de la moisissure dans la maison. Mais j'aimerais savoir comment tu peux en être aussi sûre. Parce que ça sent un peu le renfermé ? Personne n'y a habité depuis des années, c'est normal qu'une vieille maison sente ça. Ou peut-être que tu as un don spécial pour repérer le moisi ?

– Et si j'en avais un ?

– Tiens donc. C'est fou ce qu'on parle de moisissure, de nos jours. Personne ne parlait de ça dans les années soixante-dix. C'est un peu comme l'intolérance au lactose. Tout d'un coup, personne ne veut plus boire de lait. Tout d'un coup, toutes les vieilles maisons ont des problèmes d'humidité. »

Ils n'y étaient plus retournés depuis et Helen s'inquiétait désormais de voir ressurgir ce sujet de conversation, maintenant que Max et Katriina vendaient le Cagibi.

Helen avait du mal à se concentrer sur son travail depuis qu'Ebba était à l'hôpital. Elle sentait un poids, le deuil de quelque chose en train de disparaître, pas seulement Ebba, mais aussi ce qu'elle avait elle-même été. Elle se disait qu'il y avait une part d'elle que Christian n'avait jamais comprise, qui était peut-être plus importante qu'elle ne voulait l'admettre, car elle déterminait sa façon même de voir la vie. Ou bien ce qu'elle ressentait était plutôt le manque de quelque chose d'important, qu'elle avait jadis possédé.

Elle essaya toute la semaine de se formuler la chose. Mais, le vendredi, Christian lui annonça qu'il allait faire de la gym, puis boire un verre avec Michael.

« On mangera sûrement dehors, ne prépare rien pour moi.

– Vous sortez ? Mais déjà la semaine dernière… ? »

Christian et Michael étaient sortis deux fois depuis le dîner chez eux.

« Oui, mais quoi ? Juste une bière. Il dit qu'il ne connaît pas bien la ville.

– Et toi ? Ça fait des années que tu n'es pas sorti, non ?

– Oui, mais je me tiens quand même un peu au courant. Au boulot, j'entends sans arrêt parler de nouveaux endroits. Je pensais essayer ce nouveau restau au carrefour Skillnaden, il paraît que la cuisine y est bonne.

– Ah bon. OK », dit Helen.

Une fois rentrée, elle mit du poisson pané et des frites au four et laissa les enfants manger devant la télé. Elle alla s'étendre sur le lit en essayant de ne pas penser à ce dont Christian et Michael pouvaient bien parler quand ils sortaient comme ça ensemble. Elle alla dans le séjour finir les assiettes des enfants et resta un long moment à les observer pendant qu'ils regardaient la télé.

Christian ne rentra pas avant quatre heures du matin. Elle savait l'heure, car il l'avait réveillée en s'effondrant littéralement sur le lit. Le lendemain, il se réveilla dès huit heures, mais semblait encore ivre au petit déjeuner : il raconta de façon incohérente ce qu'ils avaient fait – ils avaient atterri dans une boîte de nuit, puis attendu une heure un taxi –, aussi lui demanda-t-elle s'il ne valait pas mieux qu'il retourne se coucher.

Il ne se leva qu'à midi, toujours fatigué et mou, et s'installa devant son ordinateur.

« Je crois que je vais faire un tour au parc avec les enfants », dit-elle en entrant dans le séjour. Il était penché sur son téléphone. À qui envoyait-il des sms ? À Michael ?

« C'était bien, hier ?

– Oui, très bien.

– C'est à lui que tu écris ?

– Oui, on envisageait d'aller à la gym aujourd'hui.

– Ah bon, dit Helen, alors comme ça vous êtes vraiment potes, maintenant ?

– Je ne sais pas. C'est juste de la gym, hein. »

Elle n'arrivait pas à croire que ce soit le même Christian qui, tout récemment, avait insisté pour qu'ils emportent leurs propres sandwichs à bord du ferry, qui était toujours prudent et ne se lâchait jamais. Qu'avait donc Michael pour que, d'un coup, il se comporte comme ça ? Était-ce une crise de la quarantaine précoce ? Essayait-il de rattraper le temps perdu quand les enfants étaient petits ?

Le soir, elle lui demanda s'ils ne pourraient pas faire l'amour. Ils étaient au lit, avaient regardé le DVD d'une série, les enfants s'étaient couchés tôt, étaient sagement dans leurs lits. Il réagit aussitôt – se retourna, se coucha sur elle, baissa son slip, lui ôta sa culotte, et le tout fut fini en moins de dix minutes.

« Merci, c'était bon, dit-il.

– Oui. On devrait le faire plus souvent.

– On devrait. »

Ils se turent un moment, Helen commençait à s'assoupir, quand soudain il se mit à parler.

« J'ai pensé à un truc.

– Mmh.

– En fait, on ne se connaît pas. Je veux dire, bien sûr, on se connaît, mais on ne sait rien de nos vies d'avant les enfants. On s'est rencontrés, on a eu les enfants, et voilà comment a commencé notre vie commune, mais nous ne nous connaissions absolument pas avant ça. Toute ma vie avant Amanda et Lukas, c'est comme si c'était celle de quelqu'un d'autre que moi.

– Tu veux parler de toute cette musique que tu t'es remis à écouter ?

– Oui… mais pas seulement ça. Enfin, oui, tu as raison. Comme si j'avais arrêté tout ça parce que je croyais que c'était comme ça qu'on faisait, tout laisser derrière soi.

– Mais je ne t'ai jamais demandé une chose pareille.

– Non, je sais, je sais. Je ne sais pas pourquoi j'ai fait ça. Mais j'en ai beaucoup parlé à Michael, et en en parlant, j'ai réalisé que je n'avais peut-être pas vraiment été moi-même. Lui, il n'a pas changé juste parce qu'il a eu un enfant.

– Non, mais sa femme est morte, quand même. Et comment sais-tu qu'il n'a pas changé ?

– Mais puisqu'il le dit.

– Ah, d'accord. Et donc, qu'est-ce que tu aimerais faire ? Jouer dans un groupe de rock ? C'est ça que tu veux dire ?

– Oui, pourquoi pas ? Par exemple. »

Ils se turent un moment.

« Il sait plein de trucs. C'est fou, sa culture générale !

– Qui ça ? Michael ?

– Oui.

– On dirait que tu l'admires un peu… »

Christian se récria d'un geste.

« Non, je ne sais pas, mais on peut quand même trouver que quelqu'un a de la culture générale ? »

Ils restèrent un long moment sans rien dire. Helen s'assoupit, mais parvint à se ressaisir avant de s'endormir, à se concentrer sur la chambre et la dernière chose qu'elle voulait dire.

« Christian ?

– Oui ?

– Je crois que j'aimerais monter à Kristinestad voir Fammo.

– Quand ça ?

– Bientôt. Genre le week-end prochain.

– Pas de problème. »

Elle réfléchit et se dit qu'elle prendrait un jour de congé à l'école pour lui rendre visite.

TRENTE-CINQ

Eva était assise dans la pénombre de son œuvre. C'était le trente mars. Il faisait meilleur à Londres ces derniers jours, on pouvait prendre un café au soleil en terrasse, faire de longues promenades au bord de la Tamise sans se geler, on pouvait presque avoir l'impression que l'existence était supportable, qu'il y avait quelque chose au coin de la rue qui valait la peine qu'on l'attende.

Elle avait bâti son installation en deux semaines. Sarah lui avait donné beaucoup de place dans sa galerie. Eva était venue tous les matins pour réfléchir, faire des plans, en oubliant parfois de déjeuner – et Sarah lui faisait alors la surprise de lui apporter à manger. Parfois, elle avait travaillé d'arrache-pied jusqu'à s'apercevoir qu'il était deux heures du matin et qu'il fallait rentrer. Les autres étudiants travaillaient à l'atelier, mais Eva avait obtenu l'autorisation de construire son installation sur place. Elle maniait la perceuse à percussion et les câbles d'acier, et Sarah l'aidait à calculer les angles et les hauteurs. Le plus long était de tresser la coque de la hutte. Elle le fit en partie avec des branches ramassées à Kristinestad. Le reste, elle était allée le chercher avec trois grands sacs Ikea dans la forêt la plus proche, localisée par Russ grâce à Google Maps. Elle s'était dit qu'elle pouvait mettre la citation biblique en suédois et en anglais, brodée au crochet dans la vieille tradition de l'Österbotten : « *Ce n'est rien de moins qu'une maison de Dieu, et la porte du ciel.* »

Quand elle eut à peu près fini, elle installa l'éclairage à l'intérieur de la hutte. Il y avait tout au fond un petit téléviseur où passait un film qu'elle avait réalisé avec l'aide d'Helen. C'était un montage de vidéos tournées par Max quand elles étaient petites. Eva trouvait que ces simples films muets super-huit produisaient un effet esthétique instantané.

Sarah se glissa dans la hutte et regarda autour d'elle.

« J'aime ça. C'est si harmonieux. D'habitude, la plupart de ceux qui exposent ici ont une esthétique bien léchée. C'est rare d'avoir quelqu'un qui ose prendre d'emblée la beauté à bras-le-corps. »

Le compliment réjouit Eva. Elle avait beaucoup pensé au mot *amour* ces derniers temps. S'était dit qu'il n'était peut-être pas si moche de faire des choses par amour. Tout n'avait pas forcément besoin d'être subtil. C'était une bonne idée de ne pas intercaler une couche d'ironie entre le spectateur et soi.

« Encore une fois, je suis désolée pour Malik. Je ne l'avais pas vu dans cet état depuis longtemps. Mais c'est comme ça. Quand on est bipolaire, la période euphorique finit toujours dans le mur. Ne le dis à personne, mais je crois qu'il était amoureux d'une de ses étudiantes. Quand elle a rompu, il a complètement flippé. »

Eva ne savait pas quoi dire.

« Mais ça ne vous dérange pas… je veux dire, vous êtes mariés ? »

Sarah regarda Eva en éclatant de rire. Elle lui rappela soudain Katriina, cette même façon de balayer les questions.

« Notre mariage a fonctionné pendant dix ans. Maintenant, je ne sais même plus si j'aime encore les hommes. Mais je ne peux pas juste… il faut bien que quelqu'un s'occupe de lui. Il faut bien que quelqu'un veille à ce qu'il se fasse aider quand il en a besoin. Il arrive malgré tout à mener une vie à peu près normale la plupart du temps. Comme je l'ai déjà dit, sa famille est complètement tarée. Et c'est héréditaire, tu sais. »

En rentrant chez elle ce soir-là, Eva passa par Saint-Paul et s'assit sur les marches du parvis. Les occupants avaient été chassés fin février et beaucoup avaient abandonné. Une partie d'entre eux avaient transféré leurs tentes non loin de là, à Finsbury Square, mais le gros du mouvement s'était dispersé. Les touristes passaient sur l'esplanade devant l'église comme si rien n'avait changé, que tout était revenu à la normale, que la vie suivait impitoyablement son cours. Elle trouvait ça triste. Que la frontière entre la révolution mondiale et l'oubli total soit aussi ténue. Un courant d'air chaud se faufila sous son T-shirt. Elle se leva et prit le chemin de la maison.

JUIN

TRENTE-SIX

Max sentait qu'il avait vécu toute sa vie dans l'attente de cet instant. Il redressa son dos, fit craquer ses épaules et regarda ses notes.

Il allait faire un discours pour le mariage de sa cadette, et avait tellement hâte qu'il ne savait pas par où commencer.

Il avait pris la parole au mariage d'Helen, mais cette fois c'était différent. Quand Eva était née, il avait été davantage présent, il l'avait bercée tant de soirs, tenue dans ses bras en écoutant Rachmaninov, dont il s'était entiché en cet automne du début des années quatre-vingt. C'était sublime, et il ne cessait alors de l'imaginer quand elle serait adulte – quand il se lèverait, ferait un discours pour elle et prononcerait justement ces mots. Comme si l'essence même de leur lien se définissait en cet instant précis, quand elle le quittait et qu'il pouvait dire : voilà ce que tu étais. Voilà comment ça se passait. Voilà à quoi ressemblait notre vie. Voilà ce que j'ai fait.

Peu importait qu'il ne connaisse pas bien Russ. Il avait l'air agréable. Tout était parfait. Quelle alternative ? La vie continuait son petit bonhomme de chemin. Certains divorçaient, d'autres se mariaient.

Au milieu de la table, dans la salle des fêtes de Roddstadion, il se leva et frappa son verre de son couteau jusqu'à obtenir l'attention générale.

Dehors tout était vert, vert clair comme au début de l'été, quand rien n'a encore fleuri, quand tout est plein de mille promesses et d'infinies possibilités. Ce n'était pas par hasard si, plus on vieillissait, plus on appréciait le printemps, c'était une preuve tangible que la vie renaissait chaque année, qu'il restait encore du temps.

Il avait noté son discours sur un papier froissé et taché de sueur, mais il le déplia et l'étala sur la table devant lui. Il avait chaussé ses lunettes de lecture, mais se souviendrait sûrement du discours par cœur : il l'avait tant lu et relu.

Il se racla la gorge, sourit à Eva – elle portait une robe jaune clair –, sourit à Russ – il s'était coupé les cheveux et avait taillé sa moustache – et commença :

« Ah, mes chers amis. Pour un sociologue finlandais, il est impensable de commencer un discours de mariage sans citer Edvard Westermarck. Ce pour quoi nous nous souvenons souvent de Westermarck aujourd'hui, à part sa critique de Freud, ce sont ses travaux pionniers sur l'histoire du mariage. Il en existe une belle édition en suédois où on apprend beaucoup sur les rituels matrimoniaux de la plupart des régions du monde. Bien sûr, Westermarck vivait à la fin du dix-neuvième siècle, et la recherche anthropologique de son époque était sans aucun doute marquée par le regard colonial. Westermarck bâtit une grande partie de ses récits sur des entretiens avec des missionnaires. Mais il n'en demeure pas moins intéressant de regarder ce que ce bon vieil Edvard nous dit sur le mariage comme institution. Je vais vous lire un peu ses notes. »

Il se racla de nouveau la gorge.

« Chez les Indiens Macusi en Guyane britannique, avant qu'un jeune homme puisse prendre une épouse, il doit montrer qu'il est un homme. Sans sourciller, il se laisse lacérer les chairs, coudre dans un hamac plein de fourmis rouges, ou subit encore d'autres épreuves du même genre pour montrer son courage. »

Rires parmi les convives.

Max croisa le regard de Katriina, qui posa le verre qu'elle tenait. Son sourire était figé, presque méprisant. Max regarda plus loin et vit sa sœur. La salle était éclairée, mais les bouleaux, dehors, projetaient leurs ombres sur les murs. Elisabeth le regardait, comme toujours, d'un air un peu amusé, comme si elle était la seule personne au monde à savoir qu'en fait il jouait un rôle. Que tout ça était du théâtre.

Eva traduisit pour Russ, qui rit à son tour, gêné.

Max continua :

« Cher Russ, tu devrais te réjouir de te marier au début du vingt et unième siècle. Au dix-neuvième, les choses n'auraient peut-être pas été aussi simples. En Sibérie, le futur beau-père allait en forêt abattre le plus gros arbre qu'il pouvait trouver. Son gendre devait alors traîner le tronc jusqu'au village. Il ne pouvait se marier que s'il y parvenait. »

Nouveaux rires dans la salle. Max se dit qu'il pouvait bien s'offrir un autre exemple, ce n'était encore qu'un échauffement.

« Je cite à présent directement Westermarck. »

Max prit le livre, une édition de 1923, et lut à haute voix :

« Chez les Wapokomo d'Afrique de l'Est britannique, on empêche les unions trop précoces par la règle selon laquelle aucun jeune homme ne peut se marier avant d'avoir tué un crocodile et donné une partie de sa viande à la femme. Et chez plusieurs tribus d'Asie du Sud-Est, chasseuses de têtes, on dit que personne ne peut se marier sans présenter au moins une tête en gage de courage. »

Max croisa de nouveau le regard de Katriina, qui semblait s'ennuyer ferme. Elle fixait son verre de vin avec insistance.

« Mais naturellement, le mariage exige tout à fait autre chose que ce genre d'exploits physiques. Réduire une tête humaine ou tuer un crocodile est à la portée de n'importe qui… »

Le public s'étouffa de rire.

« … le véritable exploit – vous le découvrirez ensemble –, c'est de ne pas se perdre de vue, de réussir à vivre à travers l'autre et pas seulement pour soi. Westermarck a écrit aussi là-dessus. C'est vrai, Westermarck est resté célibataire, et il semble aujourd'hui communément admis qu'il était homosexuel. Mais son regard a été attiré par un détail intéressant : on parle rarement des mariages heureux. Comme il l'écrit : "Ce n'est pas sur eux que le théâtre, le cinéma et les romanciers bâtissent leurs intrigues." Mais ceci dit, je suis persuadé que vous vous entendrez mieux que la mère d'Eva et moi. Nous aurons quand même tenu ensemble assez longtemps, comme vous le savez tous, mais enfin – *shit happens.* »

Max ne reçut aucune réaction du public, ni de Katriina. Il observa Helen. Elle semblait terrorisée. Il se racla une dernière fois la gorge.

« Russ ! Nous n'avons pas encore eu le temps de bien faire connaissance, mais à ce que j'ai pu observer, tu rends ma fille très heureuse. Nous aurons donc de l'indulgence pour le fait que tu viennes de Londres – une ville dont Westermarck a écrit qu'elle a "besoin de son brouillard pour cacher son horrible architecture". À la santé des mariés ! »

Tout le monde leva son verre, Katriina aussi, qui regarda alors Max avec une expression nouvelle, comme si elle avait l'intention de se lever pour dire quelque chose de très sarcastique.

Max avait pris un congé pour aller à Londres voir l'exposition d'Eva. Il avait passé une semaine dans un hôtel bien trop cher, tout près de Hyde Park, dîné avec Eva et Russ quand ils avaient le temps et fait de longues promenades printanières. Un soir qu'il dînait seul, il avait failli adresser la parole à deux messieurs qui échangeaient des anecdotes sur la Seconde Guerre mondiale à la table voisine. Max aurait volontiers participé à la conversation, raconté qu'il venait de Finlande, dit quelque chose sur la guerre d'Hiver – ces messieurs auraient sûrement été impressionnés, et il aurait apprécié parler avec des gens de son âge –, mais il ne parvint pas à croiser leur regard. Il était donc resté là une heure ou deux à les écouter, tandis qu'ils s'échauffaient jusqu'à finir par se disputer. Max était rentré en se disant que Londres était un endroit qu'il fallait bien davantage de temps pour comprendre. Le lendemain, au British Museum, il avait eu la déception d'apprendre que la Salle de lecture où Westermarck venait travailler était fermée pour l'installation d'une exposition temporaire. Il était allé à la boutique et s'apprêtait à acheter un petit serre-livres représentant le dieu Anubis, mais, au moment de passer à la caisse, il s'était soudain souvenu que tous ses livres étaient dans des cartons. Et qu'il n'avait plus de bureau.

Max était toujours face à son public.

« Voilà, c'est à peu près tout ce que j'avais à dire. Enfin – une dernière chose – je voulais en profiter, puisque je suis là, pour dire que je suis très fier de vous. Très fier de mes deux filles. Vous faites le bonheur de votre papa. Continuez comme ça. »

Il regarda autour de lui. Katriina, Eva, Helen et Christian, et les petits-enfants. Russ, assis à côté d'Eva, avait l'air d'un homme qui vient de gagner au loto. Elisabeth était là, et Ebba, dans son fauteuil roulant. Curieusement, sa mère semblait plus en forme que depuis bien des années. Peut-être les enterrerait-elle tous ?

Après les applaudissements, Max alla embrasser Ebba sur le front. Elisabeth le salua.

« Joli discours. Toi, le baratin, ça te connaît », dit-elle.

Risto vint lui donner une tape sur l'épaule pour le féliciter. On avait mis de la musique, les Beach Boys, le son des haut-parleurs envahit bientôt toute la salle. Les gens bavardaient au balcon. Max chercha Eva des yeux, et croisa son regard. Elle était dans l'embrasure de la porte, dans sa robe de lin jaune clair.

Max alla voir Helen. Elle était assise, Lukas dans les bras. Il venait d'avoir six ans. Amanda, en robe bleue, jouait à faire sauter un ballon.

« Tu ne dis pas bonjour à Moffa ? dit Helen.

– Bonjour Moffa, dit Amanda.

– On va rester longtemps à ce foutu mariage ? dit Lukas en se pendant à sa mère.

– Qu'est-ce qu'on a dit, à propos de ce mot ? »

Ils avaient invité presque deux cents personnes. Une vingtaine d'invités venaient d'Angleterre. Max les vit, agglutinés dans un coin de la salle. La plupart étaient sans doute des amis communs de Russ et Eva. De la famille de Russ, il n'y avait que sa mère et sa sœur avec ses enfants. Max et Katriina leur avaient été présentés très brièvement, et il se demandait à présent s'ils feraient un jour plus ample connaissance, ou si c'était la première et la dernière fois qu'il voyait la belle-mère de sa fille.

Il trouva Katriina sur le balcon. Elle fumait sur un banc. Elle était belle, et Max se détesta d'avoir cette pensée maintenant.

« Pas mal, quand même, ce mariage.

– Oui, pas mal, répondit-il.

– Tu as parlé avec sa mère ?

– Juste un peu. Elle a l'air sympathique. Et toi ?

– Moi, pas du tout. Sa sœur a l'air très jeune.

– Pas beaucoup plus jeune que moi quand j'ai eu Helen.

– Non, peut-être pas. »

Assis là, avec ce soleil de solstice haut dans le ciel, cette douceur dans l'air – sans aucun moustique –, Max avait l'impression que rien n'avait changé. Il aurait pu se pencher contre Katriina, la prendre dans ses bras et rester là toute la nuit.

« Qu'est-ce que tu regardes comme ça ? » demanda-t-elle.

REMERCIEMENTS

Plusieurs personnes ont contribué à la naissance de ce livre. Le professeur JP Roos, de l'université d'Helsinki, m'a généreusement prodigué des conseils bibliographiques à un stade précoce du travail, a répondu à mes questions et même relu et commenté mon manuscrit presque achevé. Sture Sunabacka m'a raconté ce que c'était que d'arriver de l'Österbotten à Helsinki dans les années soixante-dix, et Em Weirdigan a partagé avec moi son expérience de quatre mois passés au sein du mouvement Occupy à Londres. Ulf Månsson a fourni quelques formulations juridiques qui ont également trouvé leur place dans ce livre.

Les mémoires d'Edvard Westermarck ont été une lecture divertissante et fascinante pendant tout le processus d'écriture, ainsi que ses livres sur le mariage. Il faudrait vraiment que quelqu'un écrive une biographie de Westermarck. La dernière en date, publiée par Rolf Lagerborg dans les années cinquante, est loin d'être complète.

En guise d'introduction au monde de l'art, j'ai lu *Seven Days in the Art World* de Sarah Thornton. L'essai de Michael Foley, *The Age of Absurdity : Why Modern Life Makes it Hard to be Happy*, a eu une certaine influence sur le professeur de sociologie Max Paul et sa vision du monde. Le surnom de la maison de vacances de la famille Paul, le Cagibi, est un mot que j'ai trouvé dans un des recueils de poèmes de Lars Huldén. Je veux aussi mentionner le roman de Claire Messud, *Les Enfants de l'empereur*, qui m'a donné l'idée de présenter Max par l'article dans le *Helsingin Sanomat*.

Pia Ingström m'a remplacé quand j'ai pris un congé de l'*Hufvudstadsbladet* et ma collègue Lena Skogberg a lu le manuscrit quand j'ai eu besoin d'un regard neuf. Merci au Svenska Kulturfonden, au Centre baltique des Traducteurs et Écrivains de Visby, et au Kulturfonden för Sverige och Finland.

Merci à mes éditrices Sara Ehnholm Hielm, Nina Eidem et Lotta Sonninen pour tous leurs commentaires et leurs améliorations – et surtout pour leur patience.

Et enfin, un grand merci à Malin, qui a toujours encouragé mon travail. TOUT est alors plus simple. Je t'aime.

Composition Nord Compo
Impression CPI Bussière en décembre 2014
Éditions Albin Michel
22, rue Huyghens, 75014 Paris
www.albin-michel.fr

ISBN : 978-2-226-31250-1
N° d'édition : 21176/01 – N° d'impression : 2012898
Dépôt légal : janvier 2015
Imprimé en France